장성 아리랑 바랑

아리랑 정신은

은근과 끈기, 사랑과 열정,

흥과 한, 용서와 포용, 꿈과 끼,

정의와 극복의 유전자가 담긴 혼이요 뿌리다.

장성
아리랑 바랑

2024 년 1 월 1 일 발행

지은이 • 김상술

발행인 • 유영란

발행처 • 그린누리

등록번호 • 제 319-2009-39 호(2009.12.4)

주소 • (우)06921 서울시 동작구 상도로 31 길 19

전화 • 010-9048-7990

팩스 • 02-814-8687

전자우편 • greennoori@naver.com

장성

아리랑 바랑

김상술 글 · 사진/안창회 그림

그린누리

장성 공원에서 바라본 장성역 주변

지난 격동 한세기 역사의 소용돌이 속에서 억울하게
희생되신 분들과 온갖 시련을 견디며 모진 삶을 살다가신 분들의
영령(英靈) 앞에 이 책을 바칩니다 .

백 년 묵은 바랑을 열며

지난 한 세기를 되돌아보면 우리 선조들은 일제의 총칼에 맞서 빼앗긴 나라를 되찾고, 분단의 아픔과 전쟁의 폐허를 딛고 일어나 민주화, 세계화 과정에서 시련과 위기를 극복하여 당당히 한국을 선진국 반열에 올려놓았다. 역사의 소용돌이 속에서 그들은 피할 수 없었던 시대적 아픔을 가슴에 안고 굽이치는 아리랑 고개를 넘어야만 했다.

우리 선조들은 외롭거나 괴로울 때면 아리랑 노래를 부르며 가슴에 쌓인 수심을 달랬다. 그들에게 아리랑은 삶의 애환이며, 사랑이자, 희망이었다. 그들 삶의 원동력이 곧, 유구한 역사 속에서 다져진 아리랑 정신이다. 그것은 은근과 끈기, 사랑과 열정, 흥과 한, 용서와 포용, 꿈과 끼, 정의와 극복의 유전자가 담긴 혼이요 뿌리다.

격동의 세월을 견뎌낸 우리네 부모 형제들의 파란만장한 삶의 흔적을 더듬어 보면 말 못 할 사연이 숨겨져 있고 구겨진 삶의 궤적이 우리 마음을 아프게 한다. 저마다 가슴속에 품고 있는 아리랑 바랑을 들여다보면 그 시대 특유의 시대정신과 생존 관행이 존재했으며, 출생과 성장, 인연과 사랑에 얽힌 말 못 할 애환이 서려 있다. 또한 그 속에는 흥과 한이 흥건히 배어 있으며 애정과 냉정으로 점철된 인생 여정에 용서와 포용이 넘쳐흐른다.

그것이 바로 그들 삶에서 우러나오는 아리랑 향기이다.

나는 격동의 한 세기를 가로질러 굽이치는 아리랑 고개를 넘어왔던 주인공들의 삶에 녹아 있는 아리랑 정서를 채혈하여 거기서 우러나오는 아리랑 향기를 독자 여러분과 함께 나누고, 희망의 아리랑 고개를 넘어 보았으면 하는 바람에서 이 책을 발간하게 되었다. 아울러 그분들이 힘들게 넘어왔던 아리랑 고개에 아직도 남아있는 상흔을 들춰내어 말끔히 치유하기 위해서, 이 책을 썼다. 또한 지난 백년 격동의 세월을 되돌아보며 역사적 진실 앞에서 다 함께 참회와 반성, 용서와 화해의 마음으로 희망찬 미래를 향해 나아갔으면 하는 바람도 담아보았다.

소설 창작의 핵심이 서사와 감동이기에 독자의 마음을 사로잡기 위해 부단히 애를 썼다. 하지만 100년의 인생 이야기를 한 권의 소설에 담아낸다는 것이 쉽지 않은 일이었다. 또한 진화된 세상의 잣대로 과거를 가늠한다는 것은 더욱 어려운 일이었다. 하지만 암석에서 금맥을 캐는 심정으로 인간의 삶에 스며 있는 인문 정신문화의 가치와 진정한 삶의 의미를 찾으려 노력했다.

우리는 흘러간 과거를 디딤돌 삼아 다시 과거가 될 현재를 살아가며 곧 현재로 다가올 미래를 꿈꾸게 된다.

누구나 과거와 현재를 살아오면서 말 못 할 사연을 담은 무거운 바랑을 짊어지고 아리랑 고개를 넘어가고 있는지도 모른다.

독자 여러분도 이 책을 읽고 한 번쯤 지난날을 되돌아보며 삶의 향기를 음미하면서 지난 삶의 의미를 찾고 그 속에서 행복을 느꼈으면 하는 마음 간절하다.

2023년 겨울
김상술

contents 목차

제 1 장 평전 아리랑

필암서원(유네스코 세계문화유산, 위로부터 청절당, 확연루, 경장각)

1

아랫녘 전라남도 장성의 평전(平田) 마을.

동네 좌측으로는 멀리 축령산을 병풍 삼아, 용이 꿈틀대듯 황룡강이 굽이쳐 흐르고, 강 건너 축령산 길목에 호남 사림의 중심 필암서원(筆巖書院)이 자리 잡고 있다. 우측으로는 노령산맥의 정기를 받아 백호가 포효하듯 우뚝 솟은 이재산성의 품에 안긴 제봉산이 동트는 해를 맞이한다.

예로부터 전라도 산세는 산이 촉 하기로 사람이 나면 재주가 있다고 했다. 산 좋고 물 맑은 선비의 고장 장성에는 문묘에 배향된 호남 유일의 인물이며 호남의 유종(儒宗)으로 추앙을 받는 하서(河西) 김인후의 위패가 모셔진 필암서원이 있고, 성리학의 6대가로 칭송되며 성리학에 대한 독창적인 이(理)의 철학 체계를 수립한 노사(蘆沙) 기정진을 모신 고산서원 외에도 봉암·추산·학림·모암 등 여러 서원이 있어 선비정신의 맥이 이어져 오고 있다. 그래서 장성은 학문에 대해서 견줄 곳이 없을 만큼 출중한 인재가 많았기에 감히 '문불여 장성'(文不如長城)이라 불리고 있다.

대길의 선친들은 산자수명(山紫水明) 한 이곳에서 대를 이어가며 잘 살아오고 있었다.

일제의 식민 침탈이 노골화하고 나라 잃은 서러움에 비분강개한 민중들의 독립운동이 확산하고 있을 무렵이었다.

어느 날, 필암서원에 성리학 강의를 듣기 위해 유림 동문이 모였다. 강의가 시작되기 전부터 모여든 유림의 분위기는 일제의 만행에 분기탱천(憤氣撑天) 하였다. 이날 강의 주제는 하서 김인후의 경(敬) 사상으로, 마음을 지키고 실천을 통해 이치를 밝혀야 한다는 내용이었다.

"~~~하서는 몸을 지배하는 것은 마음이요, 그 마음을 지배할 수 있게 만드는 것은 경(敬)이라고 가르쳤소. 지금이야말로 마음을 실천할 때입니다. 다시 말해 행동하는 양심이 필요합니다."

강사의 열띤 강의에 모두가 하서의 가르침을 반추하는 듯했다.

"~~~ 노자의 도덕경에는 도충이용지혹불영(道沖而用之或不盈)이란 말이 있소. 즉 도는 깊어서 쓰고자 하면 채워져 있지 않을지도 모른다는 뜻이지요."

강사의 강의에 감화된 대길의 양할아버지가 고개를 몇 차례 끄덕이다 의미심장한 말을 했다.

"옳소, 깊은 샘물도 목마를 때 퍼다 마셔야 차는 법이요."

강의장 안은 시국에 대한 성토 열기로 가득했다.

청절당(淸節堂)을 빠져나온 일부 유림이 급히 문루(확연루) 쪽에 모여 비장한 각오를 다짐했다.

"우리 선배들은 반외세 자주독립과 반봉건의 근대화를 위해 동학농민 혁명에 의병으로 참여하여 저 앞에 보이는 황룡 촌 전투에서 승리했었오."

"맞소, 일본 침략자들을 어떻게 해서라도 몰아내야 합니다."

"하서 선생의 가르침인 성경(誠敬)의 실천이 필요한 때입니다."

"우리가 독립군을 도와 나라를 구합시다."

"좋소. 나도 보태겠소."

"제가 군자금 좀 보태고 만주에 직접 다녀오겠소."

그들은 앞다투어 구국의 의지를 불태웠다.

"자, 받으시게. 이것으로 자금 만들어 하루빨리 만주로 떠나 주게나."

수염을 쓰다듬고 있던 양할아버지가 가슴팍 두루마기 안주머니에 품고 있던 땅문서를 젊은 후배에게 넘겨주었다.

집안 장손인 양할아버지는 선대로부터 물려받은 넓은 땅덩어리를 굴리며 역전 통의 대궐 같은 집에서 남부럽지 않게 살았다. 그는 한학과 서화에 능하고 음주·가무를 즐기는 한량이었고 천성이 모질지 못했다. 다만 가문의 대를 이을 장손을 얻지 못한 그는 국권 피탈이 되던 해, 13살 난 작은 집 조카를 양자로 들였다.

어린 나이에 가문의 대를 이어야 한다는 무거운 짐을 지고 큰집 양자로 들어간 그는 열여덟 살에 장가를 들어 딸 둘을 낳고 집안의 대를 이을 장손이 태어나길 학수고대하고 있었다.

집안의 종손이 된 그는 농사일하면서도 틈만 나면 사람들이 많이 모이는 황룡 장터를 찾아다니며 태극기를 흔들고 독립 만세 함성을 지르며 울분을 토해내곤 했었다.

그 이듬해, 나라의 독립 못지않게 간절히 바라고 기다리던 가문의 대를 이을 손자가 태어났다.

"만세! 만세! 만세!"

그는 좋아서 앞마당에서 덩실덩실 춤을 추며 만세 삼창을 했다.

양할아버지도 동네 주막에 들러 만나는 사람마다 술잔을 권하고 손자 자랑에 여념이 없었다. 세이레가 지나자, 손자 이름도 손수 지어 크게 길(吉) 하여지라고 대길(大吉)이라고 불렀다.

어린 대길은 금이야 옥이야 하면서 가족들의 보살핌 속에 자랐다. 종갓집 장손인 그는 한학에 관심 많은 양할아버지 지도로 일찌감치 한문을 깨우치고 소학을 통독할 정도였고 일제식 교육기관인 보통학교도 다녔다.

대길은 학창 시절 식민사관 교육을 받고 자라서 또래의 다른 젊은이들에 비해 활달하고 개화적이었다. 학창 시절 그는 일제의 일본식 성명 강요로 성은 가네다(金田) 이름은 다이키치(大吉)라고 불리었다.

어린 시절을 어려움 없이 보냈던 대길의 앞길에 갑자기 먹구름이 끼고 가파른 고갯길이 시작되었다.

양할아버지가 헤픈 씀씀이로 가산을 기울게 하더니만, 마침내 대궐 같은 집까지 날리고 화병(火病)으로 세상을 등지고 말았다. 유산으로 남겨놓은 것이라고는 겨우 목구멍 타작할 정도의 논밭 여남 마지기와 시도 때도 없이 닥치는 제사와 윗대 선산뿐이었다.

어쩔 수 없이 읍내에서도 산동네라 불리는 평전(平田)으로 이사하면서, 대길은 상급학교 진학마저 포기해야 했다. 하지만 그는 일그러진 집안 형편을 쉽게 수긍하지 못하고 한동안 방황했다. 그동안 손에 흙도 안 묻히고 자랐던 그였기에 농사일은 남의 일 보듯 거들떠보지도 않았다.

"이놈아, 뭔 지랄허고 싸돌아댕기냐! 느그 아버지 허리 꼬부라지게 일 허는 것 알기나 허냐? 인자 그만 빌빌거리고 속 좀 차려라!"

대길이 허송세월하며 빈둥거리는 모습을 지켜보던 어머니가 참고 참다가 속이 상한 듯 성화를 냈다.

기울어진 가산은 대길의 기를 한풀 꺾어 놓았다. 그는 누구를 원망한들 무슨 소용이 있을까 하는 자각이 들고 나서부터 이른 새벽부터 신문 배달도 하고, 낮에는 신문 대금 수금도 하며 틈나는 대로 아버지 농사일을 도왔다.

"대길아, '소자' 삼춘에게 요것 좀 싸게 갖다주고 오거라."

"예, 아버지, 후딱 댕겨올께요."

대길은 읍내에서 일하는 외삼촌에게 쏜살같이 달려갔다.

그곳은 동양척식회사 지방관리소였다. 대궐 같은 큰 집에 안채, 별채, 행랑채가 있고 한 귀퉁이에는 마구간이 따로 있었다. 그 집 행랑채에서 사는 외삼촌은 말 사육과 마차 관리하는 일을 했다. 이날도 외삼촌은 말에게 여물을 주다가 대길을 보고 반갑게 맞이했다.

외삼촌은 이야기 도중 안채에는 소장 부부와 지난해 일본에서 중등 과정을 마친 뒤 부모님이 그리워 한국으로 건너온 딸이 살고 있다고 했다. 그리고 관리소장이 잘 대해 준다고 하면서 딸도 부모처럼 심성이 고와 친절하고 예의가 바르며 예쁘다고 귀띔해 주었다.

어느 날, 대길은 외삼촌을 따라서 안채를 둘러볼 수 있었다. 커다란 안채도 궁금했지만, 호기심이 발동한 그는 염불보다는 잿밥에 더 큰 관심을 두는 듯했다.

"저곳이 소장 내외가 거처하는 방이고 요기가 딸이 사용하는 방이다."

외삼촌이 걸어가며 건성으로 설명하는 사이 그는 열린 미닫이문 사이에 머리를 넣고 휘둘러보았다. 긴 복도가 양쪽으로 있고 중앙에는 다다미가 깔린 응접실이 있는데, 여주인의 세심한 손끝이 느껴지는 세련된 정리가 보였다. 한 번도 본 적이 없는 서양 가구와 그림들 그리고 번쩍이는 장식장 안에는 다기류와 식기들이 즐비했다.

"야, 그만 보고 얼른 따라와. 손상되거나 분실되면 큰일 난다."

그는 금방이라도 열릴 것 같은 방문을 보면서 슬며시 고개를 들고 씩 웃었다.

그들이 창가를 지날 때 자갈 밟는 발소리와 인기척에 방 안에 있던 딸이 창문을 살며시 열었다.

하얀 커튼을 뚫고 드러난 그녀의 모습은 대길의 시선을 붙잡았다.

"안녕하세요. '소자' 아저씨, 손님이노 오셨스무니까?"

그녀가 입가에 미소를 띠고 소자 아저씨에게 상냥하게 인사를 하며 대길을 바라보았다.

"아~참, 제 누님 아들(생질)이 왔네요. 대길아, 인사해라. 관리소장님 따님이다."

"곤이찌와. 와다시와 가네다(金田) 데스."

대길은 일본말로 인사말을 건네면서 수줍은 듯 간신히 그녀의 얼굴을 바라보았다. 대길의 눈과 마주친 그녀의 표정은 당당했다.

"안녕하세요. 저는 소노다 아야코(園田綾子)이무니다."

"조선말을 잘하시네요."

"평소 조선말 조금씩 했스무니다. 자주 놀러 오세요."

그녀는 상냥함을 넘어 대길에게 한 발짝 다가서는 느낌이었다.

그날 밤, 대길의 눈앞에는 창문 밖으로 내민 아야코의 미소 띤 얼굴이 어른거렸다. 눈을 감아도 떠오르는 미소, 흰 목덜미, 하얀 치아, 앵두 같은 입술, 꾀꼬리 같은 목소리는 새벽닭이 울 때까지 그의 머릿속을 떠날 줄 몰랐다.

그 후 대길은 수시로 외삼촌 집을 들락거리며 외사촌 동생들과 놀면서 아야코를 먼발치에서 쳐다볼 수 있었다.

어느 날 그는 용기를 내어 외삼촌에게 부탁했다.

"외삼춘, 나 그 관리소에 소개 좀 해줘요. 잔심부름이고 뭐고, 뭐든지 잘할 수 있어요. 관리소 소장을 잘 알아두면 좋을지 누가 알아요."

"허긴 니가 일본말도 잘하고 똑똑하니 소장 눈에 차면 나도 니 덕 좀 볼지 모르겠다.”

결국 그는 외삼촌의 소개로 관리사무소에 들어갈 수 있었다. 대길은 소작료 수금이나 각종 심부름을 하면서 가끔씩 안집 허드렛일도 하였다.

한 달쯤 지난 후부터 어느 정도 일들이 차츰 익숙해지자 맡은 일들을 깔끔하게 처리하면서 관리사무소 소장 부부로부터 인정받기 시작했다.

어느 날 대길이 마구간에 들러 윤기가 번지르르한 말에게 먹이를 주면서 길게 늘여 뺀 거무스름한 말의 성기를 호기심 어린 눈으로 바라보고 있었다.

“고놈 봐라. 정말 물건이다. 조랑말 거시기와는 비교가 안 되는구나.”

마침 아야코가 먼 발치에서 대길을 보더니 행랑채 앞을 지나 마구간을 향해 사뿐사뿐 걸어오고 있었다. 곱게 차려입고 화장을 한 그녀의 얼굴은 햇빛을 받아 화사하게 피어난 한 송이 백장미 같았다.

인기척을 느낀 대길은 고개를 돌려 소리가 나는 쪽으로 시선을 향했다.

“가네다 상, 뭘 그리 뚫어지게 보고 있으무니까?”

“하필 이때….”

대길은 못 볼 것이라도 보다 들킨 것처럼 아야코가 민망스러워할까 봐 얼른 자기 몸으로 말을 등지며 고개 숙여 인사했다. 그녀가 다가오면서 남성을 자극하는 야릇한 향수 냄새가 점점 진하게 풍기자, 여물을 먹던 말도 그녀의 미모에 동요하는 듯했다.

아야코는 장난기 어린 표정으로 쳐다보며 미소를 지었다.

“어머나! 야마모토가 힘이 너무치나 봐요.”

“말 이름이 야마모토예요?”

"하이, 야마모토는 아버지가 지어준 이름이에요. 할아버지가 어린 야마모토를 아버지에게 선물로 줬어요."

그녀의 눈빛은 그의 눈을 응시하고 있었다. 의외로 소탈하고 친절한 아야코의 모습은 대길의 마음을 사로잡기에 충분했다.

대길은 그녀와 눈빛이 마주치는 순간 얼른 시선을 말 쪽으로 돌렸다. 하지만 벌렁거리고 콩닥거리는 가슴을 억제해야만 했다.

"가네다 상도 말을 좋아하무니까?"

"조금요."

대길은 얼굴이 붉어지고 가슴이 괜스레 두근거렸다. 아야코는 당황하는 대길의 얼굴을 유심히 바라보았다. 그녀의 초롱초롱한 동공이 좀처럼 줄어들지 않았다.

"제 얼굴에 뭐가 묻었나요?"

대길이 그녀의 눈빛을 뚫어지게 쳐다보며 능청스럽게 물었다.

"맞아요. 코에 검불 쪼가리가 붙어 있으무니다."

그녀는 대길의 우뚝 선 콧날을 응시하고 있었다.

"가까이 와 봐요. 내가 떼어 드릴게요."

아야코의 가늘고 하얀 검지가 그의 얼굴에 닿았다. 야릇한 분 냄새가 코끝에 스치자, 대길은 예쁜 장미꽃이 뿜어낸 매혹하는 향기라고 생각했다.

작은 검불 조각 하나를 떼어 낸 그녀는 검지 손가락을 내밀어 대길에게 보여주고는 상큼한 미소를 지었다.

대길은 지금까지 한 번도 느껴보지 못했던 이상야릇한 감정에 사로잡히고 말았다. 가까이 다가서는 그녀의 향기에 심장이 쿵쾅거리는 설렘을 주체할 수 없을 정도였다.

아야코 역시 대길에게 마음이 가 있었다. 첫눈에 봐도 건장한 청년의 우뚝 선 콧날, 짙은 쌍꺼풀눈, 떡 벌어진 가슴, 훤칠한 키가 그녀의 마음을 사로잡았다.

그 후 대길과 아야코는 만남이 잦아지고 시간이 지나면서 자연스레 정분이 두터워져 갔다. 어느새 두 사람의 마음속에는 조건을 초월한 순수한 사랑의 새싹이 돋아나고 있었다.

이듬해, 어느 청명한 가을 날이었다. 공원 주변의 가냘픈 코스모스 줄기 끝에는 꽃들이 만발하여 향기가 그윽했다. 꽃향기를 실은 바람이 아야코의 긴 머리칼을 스치면서 아야코의 향기를 싣고 대길의 코끝으로 스며들었다.

대길이 코를 벌름거리며 향기를 음미하고 있을 때 그 모습을 본 아야코가 물었다.

"코스모스 좋아하무니까?"

"아, 예, 수줍은 듯 활짝 웃는 저 꽃이 맘에 드네요."

코스모스 꽃말: 소녀의 순애, 순정, 순결, 첫사랑의 추억

"저도 코스모스를 좋아해요. 티없이 순결하고 한결같이 하늘만 바라보는 하얀 꽃이 너무 좋스무니다."

"저 꽃을 봐요. 맑고 밝은 미소 그리고 속마음까지 활짝 여는 진솔함이 느껴지네요. 꼭 아야코를 닮은 것 같아요."

"설마, 정말로요?"

"저 꽃처럼 호리호리한 아야코 몸에서 코스모스 꽃향기가 나요."

"가네다 상, 참 짓궂다. 너무 과장 아니무니까?"

아야코는 대길의 어깨를 가볍게 치고는 손을 입에 가져가며 씩 웃었다.

그녀의 다정스러운 모습을 바라보던 대길은 불현듯 그녀의 손을 이끌고 아무도 없는 코스모스 저편, 둘만의 세상을 찾아 사라지고 싶은 생각이 들었다.

아야코는 말없이 고개를 돌려 대길의 얼굴을 쳐다보며 수줍은 듯한 표정을 지었다. 대길이 아야코의 옆모습을 훔쳐보다 그녀의 눈길과 마주치자, 얼굴을 붉혔다. 두 사람이 공원을 배회하는 동안 어느새 인적이 끊어지고 풀벌레가 목청을 다듬기 시작했다.

짧아진 가을 해가 공원 언덕 너머 멀리 축령산에 걸쳐 있었다. 공원 언덕과 하늘이 맞닿은 지평선 끝에 걸쳐진 구름이 오늘 밤 둘만이 갈 수 있는 외딴섬 같았다. 멀리서 예배당 종소리가 들려오자 붉게 물든 노을 속에 묻힌 두 개의 검은 그림자는 잠시 걸음을 멈추고 마치 기도하는 모습이었다. 그리스 신화의 사랑과 욕망의 신인 에로스 신이 강림했던 것일까? 노을이 지고 땅거미가 스멀스멀 대지를 적시자 두 그림자는 점점 형체를 잃어가고 있었다.

"아야코 상, 저… 혹시…."

대길이 말을 더듬자, 아야코는 대길의 얼굴을 바라보며 말했다.

"가네다 상, 무슨 할 말이 있으무니까?"

대길은 그녀에게 하고 싶은 말은 많은데 무슨 말부터 해야 할지 도무지 입이 떨어지지 않았다.

"할 말이 있긴 한데 갑자기 생각이 안 나서….."

대길이 주변을 둘러보더니 그녀에게 슬그머니 손을 내밀었다. 그의 손이 머뭇거리던 그의 입을 대신한 듯했다.

아야코는 기다렸다는 듯 대길의 손을 잡고 키만큼 자란 코스모스 숲속으로 따라들어갔다.

둘은 서로의 마음을 확인한 뒤 한 폭의 아름다운 그림을 그리기 시작했다. 아야코의 가슴이 용광로 같은 그의 가슴에 닿자 금방 뜨겁게 달아오르기 시작했다. 초가을 코스모스 줄기들이 바람에 한들한들 그들의 속삭임에 향기를 불어넣어 주었다.

어느덧 야심한 밤이 되었다. 어슴푸레한 초승달이 구름 사이로 고개를 내밀었다.

초승달이 구름 속으로 숨자, 둘은 약속이나 한 듯 밀착해 갔다. 아야코가 어느새 대길의 가슴으로 파고들었다. 대길의 손은 미끄러지듯 그녀의 하얀 목 언저리와 귓불을 어루만졌다. 어느새 대길의 손이 그녀의 한복 저고리에 달린 옷고름을 잡아당기고 있었다.

아야코는 대길을 만날 땐 일부러 한복을 자주 입었다. 일본인 태를 내지 않기 위해서였다. 그리고 대길을 만나면 되도록 조선말을 많이 사용했다.

점점 더 두 사람의 숨소리가 거칠어졌다. 그 순간 그녀는 나지막한 목소리로 "사랑해요. 가네다 상"이라고 속삭이고 있었다.

이미 엎질러진 기름에 불이 붙은 것이었다. 둘은 누가 먼저랄 것

없이 빨려 들어갔다. 불은 순식간에 타올랐다. 마침내 대길이 그녀의 신비로운 시원(始原)의 동굴 속으로 자맥질할 때마다 신음이 그녀의 입술 사이로 새어 나왔다. 새들과 풀벌레들마저도 곤히 잠든 깊은 밤이기에 숨소리가 더욱 거칠게 들렸다.

한참이 지났을까? 인기척에 숨죽였던 풀벌레들의 연주가 시작되었다. 개똥벌레는 현란한 조명으로 무대를 빛내 주었고 다른 벌레들은 저마다 독특한 음색을 가지고 존재의 기지개를 켰다. 어둠 위로 떠오른 소리의 신기루, 그것은 분명 밤의 행진곡이었다.

그들은 이 행진곡에 맞춰 성스러운 계단을 완벽하리만치 차분하게 한 걸음 한 걸음 올라가고 있었다.

"아야코, 사랑해요."

"가네다 상, 이 밤은 영원히 잊을 수 없스무니다."

그녀는 태어나서 처음 느껴 본 오묘하고 감미로움을 잊을 수 없었다. 그들의 걸음걸이마다 코스모스가 축하의 꽃잎을 듬뿍 뿌려주었다.

그들의 티 없이 맑고 순수한 사랑은 늘 어둠 속에 꼭꼭 숨어있었다.

아야코는 관리소에서 일을 하는 대길을 대할 때도 시치미 뚝 떼고 부모님이나 소자 상이 전혀 눈치채지 못하게끔 감쪽같이 처신했다.

그러면서도 그들의 사랑은 늘 음지에서 양지를 지향하며 더욱 가까워졌다.

아야코의 외출이 잦고 귀가가 늦어지면서 어느 날 갑자기 아버지가 그녀를 불렀다.

"아야코, 요즘 부쩍 외출이 잦구나. 무슨 바쁜 일이라도 있나?"

"예 아버지. 광주에 나가 꽃꽂이도 배우고 일본서 온 친구도 만나 영화를 보고 오느라 늦었어요."

"처녀가 밤늦게 다니면 누가 채 갈지 모른다. 여기는 일본이 아닌 조선이야. 우리가 지배는 하고 있지만, 조센진들의 울분이 언제 터져 나올지 모르고 누구에게 화풀이할지 모르니 조심 하거라.”

“네 아버지 걱정하지 마세요. 저도 어린애가 아니에요.”

“엊그제 나카무라 순사를 만났는데 네가 신사 공원 계단에서 가네다와 함께 내려오는 모습을 보았다고 하더라.”

“아하, 어느 날, 광주 갔다 오면서 공원에 있는 신사에 들러 참배했어요. 집에 오는 길에 우연히 가네다를 만났는데 날도 어둡고 무서워서 가네다에게 집에 데려다주라고 부탁했어요. 가네다가 가끔 저의 경호원처럼 저를 돌봐 주고 있어 든든해요.”

“그래, 그렇다면 안심이 되는구나. 가네다가 있으면 든든하겠지.”

소노다 소장은 말은 점잖게 했지만, 그때부터 아야코가 대길과 필요 이상으로 가까워지는 것을 경계하기 시작했다.

옆에서 주고받는 얘기를 듣고 있던 그녀의 어머니가 점잖게 타일렀다.

“아야코, 엄마는 네 마음 충분히 이해해, 엄마도 사춘기 때 그랬다. 하지만 이곳은 일본이 아니잖니! 정도를 지켜라. 일본에 가면 좋은 사람 많으니 차라리 오사카 언니 집에 가서 있는 게 낫겠다.”

“엄마 걱정하지 말아요. 가네다는 우리 집 일꾼 그 이상도 이하도 아니에요.”

그 후 아야코는 누군가 자신을 감시하는지도 모른다고 생각하며 부모의 눈치를 살피며 더욱 조심스레 가네다를 만나곤 했다.

**

1942년 대길의 나이가 21세 되던 해였다. 일본은 태평양전쟁에 필요한 인력과 물자를 공급하기 위해 갖은 협박과 회유로 조선의 젊은이들을 끌어들였다.

대길 또한 전쟁 준비에 혈안이 된 일제의 강제 노역 대상에서 벗어날 수 없었다.

어느 날 일본 순사와 이장이 그의 집을 찾아왔다.

"아니 죄지은 것도 없는디, 순사 나리가 뭔일로 우리 집까지 오셨당가요?"

대길의 부친이 깜짝 놀라자, 이장이 먼저 말을 꺼냈다.

"대길 아버지, 놀라지 마소. 오늘은 서에서 나카무라 순사가 좋은 정보 알려 주려고 왔다네."

"긴 센세(金先生), 안녕 하시무니까? 저는 나카무라 순사 올시다. 요즘 먹고살기 참 고단하시죠? 자녀들을 팔 남매나 키우며 얼마나 고생이노 많으시무니까?"

나카무라 순사가 인사를 하며 부드럽게 접근했다.

"네, 순사 양반, 우리 아그들한테 무슨 좋은 소식이라도 있소?"

"조선에는 일자리가 없어 일본 가서 돈 벌어 오는 젊은이들 많으무니다. 돈도 벌고 기술도 배우고 일거양득이지요.

마침 미쓰비시 조선소에서 노동자를 모집하면서 우리한테 좋은 사람을 알선해 주라고 의뢰가 왔는데 이번이 절호의 기회 이무니다. 요참에 누구 하나 보내면 안 되겠스무니까?"

"여그서도 다들 지 앞가림하고 살고 있소만."

그러자 나카무라 순사의 억양이 달라졌다.

"자식 중에 누군가는 징병으로 남양군도까지 끌려갈 수도 있으무니다. 잘 생각해 보쇼. 아들 대신 딸을 보내도 좋스무니다. 시대가 바뀌어서 돈 벌러 가는 아가씨들도 줄을 섰으무니다."

"아무리 그렇더라도 전쟁 통에 딸을 이국땅에 어찌고 보낸다요?"

이장이 부친에게 귓속말로 분위기를 전했다.

"요즈음 부쩍 난리여. 면 단위로 할당량이 있는지 관에서 나서서, 말이 알선이지 지명하니라고 야단법석이네. 자식 많은 집부터 뽑아내는 갑더만."

설득해서는 안 되겠다고 판단한 나카무라가 은근히 압박했다.

"긴 상, 새겨들으시라고요. 정보과에서 그런디, 당신네 집안은 그동안 대를 이어가며 역전 통에서 잘 살다가 갑자기 논이고 집이고 다 팽개치고 산동네로 왔다면서요. 뭔가 이유가 있다고 하던데요."

"난 생판 모르는 일이요."

"알만한 사람은 다 압니다. 그리고 큰아들 다이키치(大吉)가 똑똑하다고 소문이 자자 하던데 이번 기회에 미쓰비시 조선소에 가서 일하면서 기술 배워오면 좋겠네요. 이것저것 고려해서 조만간 결정해야 하무니다."

나카무라 순사는 최후의 통첩이라도 하듯 그 말을 남기고 쌩하니 가버렸다.

중일전쟁 후 일제는 전시의 노동력 동원을 위해 자유 모집 형식의 교묘한 방법으로 노동력 수탈을 자행해 오고 있었다.

일제는 1939년 제정된 '국민징용령'에 의해 일본 민간기업이 관의 허가를 받아 조선인 노동자를 모집하도록 했고, 1942년 2월부터는 관의 알선 형식으로 전환, 일본 민간기업의 의뢰를 받아 사실상 경찰과 면장 등이 명령하거나 지명하는 형태를 띠었다.

나카무라 순사가 다녀간 뒤 부친은 고민을 거듭하다가 대길을 불러 고민을 털어놓고 상의했다.

"대길아, 심상치 않다. 팔 남매나 되는디 뭔 걱정이냐고 하면서 니가 똑똑하다고 보내라고 난리다. 거그 가면 기술도 배우고 돈도 많이 벌 수 있다고 허면서 꼭 보내라고 협박까지 해싼다. 그라고 니가 안 가면 남동생 중 누군가 징병으로 끌려갈 수 있고, 여동생 분이라도 보내라고 헌디 뭔 수작인지 모르겠다. 대답은 안 했다마는 이러지도 저러지도 못하고 환장할 노릇이다."

"나쁜 놈들, 요새 소문이 뒤숭숭하더라고요. 일본 가서 돈 좀 벌어 왔다는 사람도 있다지만 죽은 사람도 많다던데요."

"근디 말이야, 돌아가신 양할아버지가 독립군 자금 대준 것을 알고 있는 것처럼 은근히 협박하더라."

부친은 그동안 고민만 하던 말을 털어놓은 뒤 곰방대에 쌈지 담배를 채워 불을 붙이고 연거푸 뻐끔뻐끔 빨아대며 안절부절못했다.

"낮말은 새가 듣고 밤말은 쥐가 듣는다고 안 헙디여, 근다고 동생들이 징병으로 끌려가면 더 큰 걱정이고, 그렇더라도 전쟁 통에 분이를 사지로 보낸다는 것은 말도 안 되고요. 제가 갈라요."

마침내 대길은 부모님과 동생들을 위해 스스로 희생을 각오하고 징용에 응했다. 그나마 아야코의 고향인 오사카를 희망지로 선택할 수 있어 다소나마 위안이 되었다.

대길은 일본으로 떠날 날이 다가오자, 속으로만 끙끙 앓으며 안절부절못했다. 그동안 차일피일 미루어 왔던 곧 다가올 이별을 아야코에게 털어놓아야만 했다.

하늘에 먹구름이 잔뜩 끼어 금방이라도 비가 내릴 것만 같았다. 두 사람은 여느 때처럼 신사 공원에서 은밀히 만났다. 대길은 떨리는 마음을 억제하며 아야코의 손을 잡고 신사 뒤쪽 코스모스가 우거진 단풍나무 밑으로 갔다.

"아야코, 다른 날 같으면 석양 노을이 붉게 물들 터인데 오늘은 먹구름이 잔뜩 끼어 금방 어두워질 것 같군요."

"가네다 상, 날씨 탓인지 몰라도 당신 얼굴에 어두운 그림자가 밀려오는 것 같아요. 무슨 일이 있스무니까?"

대길은 아야코를 품에 안은 뒤, 그녀의 등을 토닥거리며 답답한 마음을 달래려고 아리랑 노래를 부르기 시작했다.

"가네다 상, 당신이 부르니 아리랑 노래가 더 슬프게 들리무니다."

아야코는 대길의 가슴팍에 얼굴을 묻고 두 손으로 허리를 감싸고는 떨어질 줄 몰랐다. 하지만 대길은 말이 없었다.

"가네다 상, 당신이 불렀던 노래에 '나를 버리고 가시는 임은 십리도 못 가서 발병 난다'는 소절이 마음 깊이 와닿스무니다."

"아야코, 그 말은 가지 말라고 애원하는 말이에요."

"가네다 상, 걱정하지 말아요. 저는 발병 날 일 없스무니다."

"미안해요, 저는 아리랑 노래에서 '날 버리고 가시는 임 가고 싶어 가나'라는 소절을 다시 부르고 싶구만요."

아야코가 깜짝 놀라며 묻는다.

"제가 가네다상을 버리고 갈까 봐 하는 말이무니까? 다시 말하지만, 아야코는 당신을 아주 많이 사랑하무니다."

대길은 다시 말문이 막혔다. 한참 동안 그녀를 품에 안고 다독이다가 다시 용기를 내어 말했다.

"아야코, 미안해요. 제가 발병이 날까 두려워요. 사실은 일본에 가서 돈도 벌 겸 징용을 가게 되었구만요."

순간 아야코는 온몸에 소름이 끼쳤다. 언젠가 아버지에게 주의를 받았을 때 가네다를 언급했던 것이 화근이 되었는지도 모른다는 생각이 들었기 때문이었다.

"아니, 돈 때문에? 나를 버리고 간다는 말이무니까?"

"나도 아야코 곁을 떠나기 싫어요. 어쩌면 아야코가 내 곁을 떠날 수도 있다는 생각에 당신의 고향인 오사카로 먼저 가서 당신을 기다리려고 해요."

"오사카! 거기에서 꼭 다시 만나야 하무니다."

아야코가 눈물을 글썽이며 애원하듯 말했다.

"아야코 울지 말아요. 희망대로 배속될지는 모르지만 어떻게든 다시 만날 수 있어요."

대길은 노무 동원 희망 지역으로 오사카를 선택했던 터라 어쩌면 전화위복의 계기가 될 수 있다는 기대를 하고 있었다.

순간 아야코의 머리에는 오사카에 있는 미쓰비시 조선소와 군수물자를 만드는 공장들이 떠올랐다.

"요시! 오사카 집으로 돌아가서 반드시 찾아가겠스무니다."

"아야코, 일본에서 꼭 다시 만나기로 약속해요."

"우리 다시 만나 아리랑 노래를 함께 불러야 하무니다."

하늘도 슬픈지 눈물 같은 보슬비를 뿌리기 시작했다. 두 사람은 비에 젖은 채 몸을 맞대고 헤어지기 서러워 한없이 울고 있었다.

대길은 떠날 날이 결정되자 관리사무소에 통보해야만 했다.

곧바로 소자 외삼촌에게 달려가 외삼촌과 함께 소노다 소장을 만났다.

"소자 상과 가네다가 웬일인가?"

당황한 소자 외삼촌은 관리소장에게 읍소하였다.

"소장님, 크- 큰일 났습니다. 가네다가 일본에 징용 가나 봅니다. 소장님 밑에서 더 일하게 할 수 없을까요?"

"글쎄, 알아보기는 하겠지만 나랏일이라 내 힘이 미칠까?"

대길이 혹시나 하는 심정으로 관리소장에게 간청하였다.

"소장님 나카무라 순사 아시죠, 그 순사가 우리 집에 찾아와 아버지에게 저를 지명하며 꼭 보내야 한다고 하셨다는군요. 저도 소장님 밑에서 더 일하고 싶은데 좋은 방법 없을까요?"

"가네다, 자네는 똑똑하잖아. 물고기는 큰물에서 놀아야 해. 기술도 배우고 신문물을 경험해 봐. 사나이답게."

"소장님, 그래도 조금만 더 늦출 수는 없을까요?"

관리소장은 이미 알고 있다는 듯이 대길을 다그쳤다.

"가네다, 뭐가 무섭나! 나라 방침을 무슨 수로 뒤집은단 말인가?"

언제 보았는지 주변을 맴돌던 아야코가 멀찌감치 떨어져 그들의 얘기에 귀를 기울이고 있었다.

**

대길이 떠나는 날 역 대합실에는 징용자들의 가족과 친적들로 북적거렸다. 대길도 가족들의 눈물 젖은 배웅을 받고 역사 안으로 들어가는데 역 부근에 사는 친구 오동이 터벅터벅 힘없이 대길에게 다가왔다.

"오동아, 너도 결국 가는구나."

"대길아, 어쩌겠냐? 나이 든 형들 대신 젊은 내가 가야지."

그는 오 형제 중 막둥이라서 어쩔 수 없이 형들을 대신해 일본행을 결심했다고 했다. 그들은 기대감도 있었지만, 더 큰 불안감에 사로잡혀 무거운 발걸음으로 열차에 올라탔다. 열차는 이리를 거쳐 전주, 남원, 순천을 지나 여수역에 도착했다. 각 역을 경유할 때마다 지역에서 모집된 많은 징용자들이 인솔자를 따라 들어왔다.

여수항에 도착하자 전라도 일원에서 강제 모집한 징용자들과 앳된 아가씨들이 북적거렸다. 아가씨들은 그곳에 가면 돈 많이 벌 수 있다는 희망을 품고 기대 섞인 대화를 나누며 웅성웅성 했지만, 왠지 표정들이 불안해 보였다.

그들을 싣고 여수항을 출발한 배가 시모노세키항에 입항하자 부산항을 출발해 먼저 도착한 배에서 수많은 젊은이가 하선하고 있었다. 항구 주위에는 감시원들이 징용자들의 행동을 주시하는 가운데, 군수품을 생산하는 기업에서 나온 노무계 직원들이 팻말을 들고 노동자들의 이름을 큰 소리로 부르며 인수인계 작업에 분주했다.

함께 간 징용공 대부분이 나가사키로 분류되고 일부는 후쿠오카, 요코하마, 일부는 오사카로 분류되었다.

대길은 희망대로 오사카로 배정되었으나 친구 오동은 나가사키행이었다. 이번 징용공들은 조선소나 탄광, 병기 제조창으로 배송되는 듯했다.

대길은 옆줄에 서 있는 오동에게 다가가 눈물을 글썽이며 이별의 포옹을 했다.

"오동아, 제발 탄광 막장 노역은 피해야 할 텐데. 어디 가든지 너무 나서지 말고 쥐 죽은 듯이 있다가 돌아와야 헌다."

"대길아, 너도 자나 깨나 몸조심하거라. 그래야 니가 사랑하는 아야코도 다시 만날 것 아니냐!"

서로의 등을 토닥여 준 뒤 마지막 악수를 나누는 두 사람의 손에서는 긴장의 땀방울이 흘렀고 눈에는 이슬이 맺혀 있었다.

하늘이 구름 한 점 없이 마냥 푸르기만 했다. 여수항에서부터 따라온 갈매기 서너 마리가 호위라도 하듯 그가 탄 배 주위를 오락가락했다.

불확실한 미래에 대한 걱정과 뱃멀미에 지쳐 쓰러져 있었던 대길 일행을 실은 배는 요코하마 해군기지를 경유 후쿠오카를 거쳐 징용 자들을 하선시킨 후 오사카의 미쓰비시 조선소에 도착했다.

조선소 내부 분위기는 마치 신병 훈련소 같았다. 대길은 그곳에서 전함을 만드는 일을 하게 되었다. 철판 등 자재를 나르고 페인트도 칠하고 배에 장착할 군수 물자도 날랐다.

몇 달이 지나자 대길은 찌든 땀 냄새와 피비린내가 익숙해졌다. 그는 조선인 징용공에 대한 차별 대우를 견디며 두 주먹 불끈 쥐었다가 참아내곤 했다. 때로는 부글부글 끓어오르는 가슴을 쥐어박으며 생명을 부지하고 있었다. 그나마 탄광 막장 노동은 피하게 되어 불행 중 다행이라고 위안하고 있었다.

대길은 강제 노역의 고통과 설움을 참고 견디는 동안 밤하늘의 샛별을 보며 조국 해방의 희망을 버리지 않았다. 달이 뜨는 밤에는 아야코를 그리워했다. 하루하루 자유에 굶주린 고된 삶을 견뎌내며 그녀를 만나리라는 한 가닥 희망을 품고 갈매기 우는 오사카의 아리랑 고개를 넘어가고 있었다.

아야코는 대길이 떠난 뒤 그를 생각하며 몹시 괴로워했다.

"아버지는 우리가 서로 좋아 만나는 것이 그렇게도 못마땅 할까? 사랑하는 게 무슨 죄라도 된단 말인가!"

아야코는 아버지가 나카무라 순사에게 부탁해 대길을 자신에게서 떼어 놓으려 했던 것이 아닌지 의심했다. 거듭 고민하다가 그런저런 이유를 들어 그녀는 오사카에 사는 언니 집으로 가야겠다고 결심했다.

대길이 떠난 지도 반년이 넘었다. 그녀는 대길의 외삼촌인 소자를 통해 대길의 안부를 알아냈다. 다행히 오사카 미쓰비시 조선소에 배정되어 무사하다는 소식이었다. 희망에 부푼 아야코는 급히 서둘러 한국을 떠나 오사카로 왔다.

고향 땅에 온 그녀는 처음엔 대길을 쉽게 만날 수 있으리라는 기대에 부풀어 있었다. 하지만 전시 상황이라 어려운 일이었다.

**

"조센징, 빠가야로 데쓰! 조센징은 그저 소나 말처럼 때려야 말을 듣는단 말이야!"

작업반장과 조장을 대동한 작업 대장의 순시 때마다 작업반장이 하는 말이었다.

숨 가쁘게 돌아가는 군수 공장 내 노역장 분위기는 전쟁터나 다를 바 없었다. 일본인 노동자 중 첩자도 요소요소에 배치되어 암약하고 있는 가운데 작업장 분위기는 군대처럼 삼엄했고 조선인 징용공들은 짐승 취급을 받기도 했다.

"조또 마떼 구다사이(조금만 기다려 주세요.)"

대길은 처음에는 강제 노역의 불만 때문에 다그치는 작업반장에게 정중하게 조또 마떼 구다사이를 외치기도 하고 감시원의 눈을 피해 태업을 하거나 대충 때우고 마는 식으로 은밀한 저항을 했다.

그러던 어느 날 작업반장의 지시에 항의하는 시위에 앞장서서 동료 노역자들의 애로사항을 일본 말로 통역하며 불만을 전달했다. 이에 화가 난 감시원이 목도(木刀)로 그의 배를 몇 차례 찌르더니 체벌방으로 끌고 가 고초를 가했다. 군경의 지원을 받은 노무계 직원들은 무서울 게 없는 것 같았다. 그들의 눈에는 조선인 노역자들이 벌레처럼 보였던 모양이었다. 대길과 함께 항의한 조선인 노역자들도 그들이 북어 패듯 휘두르는 목도에 안 죽을 만큼 두들겨 맞았다.

그날 밤 대길은 온몸에 멍이 들고 통증으로 잠이 오지 않았다. 나라 잃은 서러움에 복받쳐 이불이 적시도록 눈물을 펑펑 쏟았다. 그는 울다가 지쳐 창밖의 눈썹 같은 초승달을 쳐다보며 실낱같은 희망을 걸고 굳게 다짐했다.

보고 싶다. 그래 저 달이 차오르면 고향의 부모님 얼굴이 비치겠지. 그리고 사랑하는 아야코의 얼굴도 보일 거야. 어쩌면 오사카 하늘 아래 살고 있는 아야코는 저 달이 차오르기 전에 달려올지도 모르지. 그래, 꼭 만나게 될 거야, 참자. 견디자.

작업 대장에게 대들어 봤자 폭행과 매만 부를 뿐이라는 것을 알게 된 대길은 아야코와 다시 만나려면 어떻게든 살아남아야 한다는 다짐을 새롭게 했다.

그 후 고향의 부모님과 아야코의 얼굴을 떠올리면서 작업장에서 감시자들의 눈에 거슬리지 않게 열심히 일을 했다.

그러한 대길의 성실성은 작업 대장의 눈에 들어, 대길은 때로는 특별 위로금도 받았다. 아야코를 향한 포기할 줄 모르는 집념과 재회 약속에 대한 믿음은 대길에게 강제 노역의 아픔을 극복하게 했다.

태평양 전쟁이 본격화하면서 일본은 군수물자 보급이 달리자, 노무자들을 독려하기 위해 벌보다는 상을 강화했다. 그것이 대길에게는 전화위복이 되었다.

대길은 상보다도 오직 아야코만을 생각하며 일을 해왔다. 그러던 중 어느 날 갑자기 작업장에서 자재를 나르다 어깨와 쇄골이 으스러지는 불의의 사고를 당하고 말았다. 다행히 생명에는 지장이 없었고 두 달간 치료 후 상처는 아물었지만, 뼈가 붙기까지는 상당한 시일이 필요하다는 진단을 받았다.

"가네다, 하마터면 큰 일 날 뻔했구나! 자네는 몸을 다쳐 힘든 일을 할 수 없으니 당분간 내 사무실로 와서 잔 심부름이나 하게."

미우라 작업대장은 대길과 처음엔 악연이었으나 대길이 일본 말도 잘하며 충실하다고 생각하고 그를 가까이 두고 부려먹을 요량이었다.

대길은 작업 대장의 배려로 중노동 현장을 벗어나 사무실 허드렛일이나 청소, 심부름 등 비교적 가벼운 일을 하면서 특별 휴가나 외출도 할 수 있게 되었다.

한편 아야코는 대길을 만나려고 백방으로 노력했지만, 당초 생각처럼 쉽지 않았다. 그를 찾아 헤맨 지도 벌써 1년이 다 되어가고 있었다.

그녀는 여느 때처럼 이른 아침부터 조선소 주위를 서성이며 이곳저곳 기웃거렸다.

안개가 걷히자, 조선소 작업 현장에서 용접봉 불꽃이 번쩍거렸다. 한쪽에서는 망치 소리가 요란하고 각반을 찬 감시원들이 채찍을 휘두르는 소리가 허공을 갈랐다. 자재를 나르고 군수품을 싣느라 끙끙대는 노역자들이 욕설과 채찍을 피해 허둥지둥하는 모습도 보였다. 하지만 대길의 모습은 보이지 않았다.

사무친 그리움 때문일까? 그녀의 눈앞에 대길이 잔잔한 파도를 타고 실루엣처럼 떠올랐다. 껴안을 수는 없지만, 대길의 허상을 본 것만으로도 자신을 위안하는 표정이었다.

그녀가 방파제 위를 터벅터벅 걸으며 어제 본 갈매기를 바라보며 하소연했다.

"갈매기야, 넌 이제는 내 마음 알겠지, 가네다 상에게 날아가 내 안부 좀 전해다오."

갈매기가 말을 알아들었는지 유난히도 힘찬 날갯짓을 하며 희망의 울음을 들려주었다.

아야코는 발걸음을 돌려 시내 전신 전화국으로 향했다.

그녀는 한국에 있는 소자 아저씨와 안부 전화를 하며 혹시나 하고 대길에 대한 무슨 소식이라도 알고 있는지 슬며시 물었다.

"처음 오사카 미쓰비시 조선소로 갔다는 말은 들었는디 그 후로 통 소식이 없다가 최근에 잘 있다는 전보가 왔닥 허데요."

"그래요! 여기 와서 다친 사람도 많다던데 다행이무니다."

"혹시 조카 대길이 만나게 되면 내 안부나 전해줘요."

"통제가 철저해서 조선소 안에 들어가지는 못하지만, 우연이라도 만나게 되면 소자 상 안부 전하겠스무니다."

대길이 무사하다는 소식에 마음이 놓였던 그녀는 안도의 숨을 내쉬었다. 수화기를 놓고 돌아서는 그녀의 표정은 마냥 밝아 보였다.

바로 그때, 작업 대장 심부름 차 전신 전화국에 들른 대길이 일을 마치고 두리번거리고 있었다. 전화박스에서 나오는 낯익은 여인이 대길의 눈길을 붙잡았다. 그는 설마 하면서 다시 그녀의 얼굴을 확인했다.

얼마나 갈망했던지 눈빛이 교차하는 순간 두 사람의 동공에서는 불꽃이 튀었다.

"아- 아니, 당신은 아야코 아니요!"

"가네다 상! 여기가 조선 장성 아니지요. 꼭 꿈만 같아요. 너무너무 보고 싶었스무니다."

"아야코, 오사카 맞아요. 당신은 나의 믿음을 저버리지 않았군요!"

반가움에 말문이 막혀버린 두 사람은 누가 먼저랄 것이 없이 부둥켜안고 엉엉 울었다.

두 사람의 재회는 우연이라기보다는 어찌 보면 준비된 만남이었다. 그도 그럴 것이 아야코는 틈나는 대로 이 주위를 맴돌며 그를 찾아 헤맸기 때문이다.

아야코는 수많은 나날을 조선소 주위를 헤매고 다녔지만, 매번 왔던 길을 되돌아갔으니 지금, 이 순간이 꿈만 같았다.

두 사람은 조선소 주변의 방파제에 이르렀다. 파도가 방파제에 부딪히며 물보라를 일으켰다. 조선소 주위를 나는 갈매기가 날갯짓하며 그들의 재회를 축하해 주었다. 어느새 방파제 뒤편 조용한 곳에 도착한 두 사람은 애타게 기다려왔던 재회의 기쁨을 나누었다.

아야코는 이내 지친 표정으로 대길의 가슴에 얼굴을 파묻고 안도의 눈물을 흘리고 있었다. 아야코를 가슴에 품은 대길의 입술이 그녀의 입술에 닿자 심술궂은 바람이 입술 사이를 스치고 지나갔다. 그 순간 바람에 흩날리는 아야코의 머리카락이 대길의 귓불을 스치며 꿈에도 그리워했던 추억 속 그녀의 향기를 배달해 주었다.

오랜만에 대길의 품에 안겨 두 눈을 지그시 감고 있던 아야코는 신사가 있는 공원 언덕에서 만났던 장성의 추억을 떠올리며 대길과 함께할 오사카의 미래를 설계하기 시작했다.

이것이 우리의 운명적 사랑이다. 이대로 영원히 품에 안겨 잠들고 싶지만, 감시 대상인 그를 붙잡아 둘 수는 없지 않은가. 함께 도망칠 수도 없는 노릇이고 말이야. 인연의 언덕 같은 아늑한 곳은 없을까?

그녀는 이러지도 저러지도 못하는 안타까운 현실에 한숨을 쉬었다.

어느덧 석양 노을은 두 사람 작별의 시간을 재촉하고 있었다.

"아야코, 오늘은 이만 들어가야 해요. 이젠 자주 만나요."

대길은 꼭 잡았던 손을 슬며시 놓으며 조심스레 말했다.

"가네다 상, 이젠 외롭지 않아요. 다음에는 맛있는 음식도 먹고 밤새도록 못다 한 이야기도 나누고 시프무니다."

"조만간 휴가를 받아 미리 연락할게요."

"가네다 상, 힘들더라도 참고 견뎌야 하무니다. 그날 밤 그 언약을 꼭 지켜야 하무니다."

대길은 재회의 약속을 하고 총총걸음으로 조선소 정문으로 갔다.

며칠 후, 아야코는 아침부터 들뜬 모습이다. 마치 시집가는 날 아침에 설렘을 주체 못 하는 신부의 모습과 흡사했다. 유난히도 빨갛게 바른 입술은 인연의 언덕에 피었던 코스모스 꽃잎을 연상하게 했다. 기다림에 지쳐 헝클어진 머리를 단정하게 다듬어 말아 올리고 기모노 차림을 한 그녀의 모습에서 마음속 각오가 스멀스멀 새어 나왔다. 화장대 거울 앞에 선 아야코는 곧 만나게 될 대길을 생각하며 혼잣말로 다짐했다.

가네다 상, 살아남아야 합니다. 어수선한 전시 상황도 그렇고 여기저기서 들려오는 징용공들의 사망 사고 소식에 가슴 조이며 살고 있어요. 미쓰비시 조선소 주위를 맴돌 때마다 높이 솟은 초대형 크레인을 바라보며 당신의 무탈을 빌었답니다.

저는 비가 오나 눈이 오나 파도가 몰아쳐도 이 주위를 돌고 돌며 당신을 만나게 해주라고 신에게 기도했습니다.

지금은 감사 기도를 드리고 있네요. 저는 조선에서 헤어질 때 느꼈던 슬픔보다 이곳에서 당신을 다시 만난 기쁨이 더 큰 것 같습니다.

당신도 코스모스 향기 그윽한 단풍나무 아래 언덕에서 풀벌레들이 들려준 밤의 교향악을 잊을 수 없겠지요. 이것이 우리의 운명적 사랑인가 봐요. 저는 당신 위해서라면 뭐든지 다 할게요.

아야코는 두 눈을 깜박이면서 고개를 끄덕인 후 입술을 굳게 다물고 집을 나섰다.

작업 대장에게 허락받아 외박 나온 대길도 들뜬 마음을 다독이며 전신 전화국으로 향했다.

약속이나 한 듯 자연스레 만난 두 사람은 다정히 손을 잡고 대로를 건너 건물 모퉁이를 돌아 막다른 골목길 맨 끝에 있는 한적한 여관으로 들어갔다. 방안에는 아야코가 미리 준비해 놓은 술과 음식 등이 차려져 있었다.

"아야코, 언제 이렇게 많은 음식을⋯."

대길이 깜짝 놀라며 감동의 표정을 지었다.

"가네다 상, 제 마음을 담았스무니다. 많이 드세요. 자, 간빠이!"

"가네다와 아야코의 무탈과 영원한 사랑을 위하여!"

"위하여!"

대길과 아야코가 술잔을 부딪치며 건배했다.

대길은 아야코가 따라 주는 술은 그에겐 생명수이자 사랑의 원기소라 생각하며 마셨다. 아야코도 대길이 권하는 술이 재회의 기쁨이자 사랑의 샘물로 여기며 취해가고 있었다.

요도우라 항구에 닻을 내린 해가 어느새 서서히 핏빛 물결 속으로 잠기고 있었다. 오늘은 공습경보가 없어서 두 사람의 은밀한 만남은 방해받지 않았다. 어둠은 금세 밀려왔다.

사이렌 소리와 함께 소등하는 바람에 순식간에 도시 전체가 암흑세상으로 변했다. 두 사람은 두려움 속에서도 기다렸다는 듯이 얼싸안고 떨어질 줄 몰랐다.

대길은 오랜만에 자유를 만끽했다. 일본에 온 뒤 노역에만 시달렸던 그로서는 내심 남자구실이나 제대로 할 수 있을까 걱정이 되었지만, 아야코에 대한 갈망은 그의 근육에 용기를 불끈 넣어주었다. 두 사람은 날이 새는 줄도 모르고 머리끝에서 발끝까지 서로의 사랑을 확인하였다.

"아니, 어깨 부위의 상처는 무엇이무니까? 조선에서는 보지 못했던 상처 아니무니까?"

대길의 가슴 위 어깨 부위에는 이제 겨우 새살이 돋아나고 있어서 수술 흔적이 뚜렷했다. 아야코는 깜짝 놀라며 안쓰러운 표정을 지었다.

"조선소에서 자재를 나르다, 산소 용접공의 실수로 위에서 떨어진 철판 조각 때문에 쇄골과 어깨가 으스러지는 사고를 당해 큰 수술을 했어요."

"머리를 안 다친 것이 천만다행이무니다."

"당신의 기도 덕분인 것 같아요."

"미안 하무니다. 강제 노역도 억울한데 몸까지 다치다니…."

일본이 겉으로만 내선일체를 주장하면서 조선인 징용자에 대해 노동력 착취와 차별 대우를 하는 것은 역사에 남을 죄악 아닌가! 아야코는 그런 정부를 원망하는 눈치였다. 더구나 대길이 그녀를 사랑한 죄로 강제 노역의 타깃이 되어 억울하게 고초를 당하고 있다고 생각을 하고 있던 차에 대길의 상처를 보자 더욱더 미안한 마음이 들었던 모양이다.

"아야코, 지금은 아주 좋아졌으니 걱정하지 말아요. 그 바람에 심한 일은 안 하고 있어요. 사실 탄광 노동자들은 매일 지옥문을 드나들며 피땀에 절여 있답니다. 목숨을 잃은 사람도 많고요."

"저도 이야기 많이 들었스무니다. 가네다 상, 계약기간까지 얼마 남지 않았으니 조금만 더 참아줘야 해요. 당신을 기다리는 아야코가 있으니까요."

"전황이 심상치 않군요. 요즘 들어 계약 만기가 다가오는 징용공에게 기간 연장을 독려하고 있습니다. 여러 가지로 생각 중인데 그

문제는 다음에 만나서 얘기 나누기로 해요."

아침 식사를 마치고 짐을 정리하는데 또다시 밖에서 요란한 공습경보 사이렌이 울리고 방공호로 대피하라는 가두방송이 요란했다.

두 사람은 서둘러 인근 지하 방공호로 대피했다. 삽시간에 많은 사람이 모여들었다. 얼마 후 미군 폭격기의 공습이 조선소 주위에 이어졌다. 천지를 진동하는 굉음이 방공호 문틈으로 새어 들어왔다. 순간 놀란 표정의 아야코가 대길의 가슴에 얼굴을 묻었다.

한참 뒤 날카로운 비명 같은 경계경보 해제 사이렌이 울렸다. 그녀를 꼭 껴안고 있던 대길이 아야코의 손을 살며시 잡았다. 그리고 손목의 시계를 보더니 다급한 표정으로 작업장 복귀를 서둘렀다.

공습경보가 해제된 뒤 시내 거리는 한적하고 을씨년스러웠다. 가

로수에 납작 엎드린 매미들도 공포에 질려 온몸을 부르르 떨며 슬피 울고 있었다.

조선소 정문에 이르자 아야코가 훌쩍훌쩍 울면서 꼭 잡았던 대길의 손을 놓아주었다. 정문을 지나 기숙사를 향해 가던 대길의 발걸음은 천근만근 무거워 보였다. 그는 가다 서기를 반복하며 뒤를 돌아보았다.

헤어지기 섭섭했던 아야코는 대길의 그림자마저 자취를 감출 때까지 뚫어지게 바라보고 있었다.

그 후로도 두 사람의 지속적인 은밀한 만남은 둘만이 아는 신성한 비밀이었다.

강제 노역하는 동안 대길은 틈나는 대로 아야코를 생각하고 외출이나 외박할 때 그녀를 만나는 것이 유일한 낙이며 희망이었다.

그해가 가고 이듬해 새봄이 오자, 요도우라 항구 주변 도로에 사꾸라 꽃이 만발하여 전시 분위기를 잠시 잊게 해 주었다.

전쟁은 점점 심화되고 폭격기가 군수 시설은 물론 내지까지 공습

하여 경보 발령과 방공호 대피가 빈번해졌다. 폭격으로 많은 노동자가 죽거나 다치기도 했다.

전시 군수품 수요가 급증하자 전범 기업들은 작업장마다 징용공들의 노역 시간을 늘려가며 생산에 박차를 가했다. 반면에 외출 외박 등은 철저히 통제했다.

그러던 어느 날, 일본 정부기관들까지 공습을 피해서 지하 벙커로 대피하는 것을 본 대길은 일본이 패전의 길로 접어들었음을 직감했다. 그는 일본이 망해야 조국이 해방될 수 있고, 평화로운 시대가 되어야 사랑하는 아야코와 둥지를 틀 수 있다고 확신하고 오직 그날이 빨리 오기만을 학수고대해 왔다.

어느새 대길의 입에서는 어린 시절 입이 닳도록 불렀던 반달 동요가 입술 사이로 새어 나왔다.

"~~~샛별이 등대란다 길을 찾아라."

그렇다. 샛별이 반짝인다. 이젠 조국을 찾아야 한다. 나도 자유의 몸이 되어 갈 길을 찾아야 한다.

그 무렵 병기 제조창이나 조선소 주위에는 수시로 미 항공기 폭격이 이어졌다. 어느새 대형 크레인이 기울어졌고 공장과 사무실 건물이 부분적으로 무너져 내려앉았다. 여기저기서 불길이 치솟기도 하고 새까만 연기는 조선소 하늘을 뒤덮었다.

가끔 앰뷸런스 소리가 요란한 가운데 죽거나 다친 노동자들이 실려 가는 모습은 대길의 가슴을 후벼팠지만, 속울음만 삼켜야 했다.

그 후 공습과 방공호 대피가 일상이 되다시피 한 대길의 조선소 생활은 오직 생사만을 걱정해야 하는 공포의 연속이었다.

이런 불안과 공포 속에서 강제 노역의 아픔과 고통을 잊게 해 준 아야코는 사실상 대길의 전부였다.

오늘도 대길은 그녀와의 지난 추억을 떠올리며 밤새 편지를 쓰다
가 지우기를 반복했다.

사랑하는 아야코!

당신은 절대 포기할 수 없는 나의 영원한 첫사랑이오. 당신은 가냘프
고 순결한 코스모스를 좋아한다고 했지요. 저는 그런 코스모스를 닮은
당신이 더 좋았어요.

당신과의 인연의 끈이야말로 희망의 끈이었고, 생명의 동아줄과도
같은 것이었소. 당신은 나에게 사랑을 가르쳐 주고 삶에 용기를 불어넣
어 주었소. 내가 극한 상황에서 견뎌내고 삶의 의미를 찾게 된 것은 모
두 당신 덕분이오. 그러니까 당신은 나의 생명이라오.

지금까지 당신은 진정한 사랑이 무언가를 몸소 보여주었던 거요. 당
신의 나라가 조선을 강탈하고 조선인을 억압하며 차별 대우하는 모습
을 보면서, 당신은 서슴없이 비난도 했고 나에게 늘 미안해하면서 스스
로 인간다운 모습을 보여주려고 노력했었소.

당신의 그런 마음이 너무 아름다웠다오. 모든 일본인이 당신 마음만
같다면 얼마나 좋을까 생각도 하곤 했소만…. 그래야 내 양어깨에 날개
를 달고 날 수 있고 알을 품을 새의 둥지에도 따스한 볕이 들겠죠.

편지를 쓰는 동안 그는 미지의 섬에서 아야코와 함께 둥지를 틀고
싶은 욕망의 늪에서 허우적거렸다. 아야코의 천사 같은 모습을 떠올
리던 중 대길은 그녀의 따뜻한 사랑에 도취해 몇 줄을 썼다가 지우
기를 반복하다가 앰뷸런스 소리에 펜을 놓고 말았다.

갑자기 앰뷸런스가 밤의 적막을 깨뜨리며 긴장을 고조시켰다. 그
소리에 대길은 불안하고 초조해졌다.

순간 며칠 전 조선소에서 보았던 건물 잔해 밑에 깔린 반나체의
근로정신대 아가씨의 사체가 문득 떠올라 걱정이 꼬리를 이었다. 하

마터면 자기 대신 끌려갈 뻔했던 여동생 분이가 잘 있는지 걱정스러웠고, 출발할 때 여수에서 보았던 앳된 소녀들은 어찌 되었을까 염려되었다.

**

시모노세키 항구에서 대길과 굳게 악수하며 헤어졌던 오동은 늘 친구 대길이 당부했던 말을 명심하며 하루하루를 힘들게 버티고 있었다. 그는 불행하게도 죽음의 섬이라 불리었던 하시마섬(군함도)의 미쓰비시 나가사키 광업소 탄광을 피해 가지 못했다.

군함 한 척이 바다 위에 떠 있는 모양의 검게 분장한 섬 하시마에 도착한 오동은 근 3년 가까이 석탄 가루를 마시며 두더지 같은 생활을 참고 견뎠다.

그는 오늘도 탄광 지옥문을 통과하며 이 문으로 무사히 다시 나올 수 있기를 빌었다. 조원들과 함께 새장 같은 케이지를 타고 700미터 지하까지 오금 조이며 내려간 뒤 갱도를 따라 석탄을 채굴해 들어갔다. 다행히 화약을 연결해 발파하는 일은 면했다. 가스를 피해 엎드려 숨을 쉬며 2킬로쯤 갔을 때 막장이 나왔다. 벌써 훈도시가 땀에 흥건히 젖어 검은 먹물이 간헐적으로 흘러내렸다.

오동은 잠시 곡괭이질을 멈추고 석탄 가루로 범벅이 된 얼굴에 실개천을 만들고 흘러내리는 땀방울을 닦아내며, 주위를 살폈다. 일본인 작업반장의 눈을 피해 지옥 같은 탄광 노역을 곱씹으며 친구 대길을 걱정하기 시작했다.

대길아, 넌 무사 하겠지?

난 처음에 멋모르고 대들다가 각반을 찬 작업 반장에게 채찍질 당하고 감시원이 춤추듯 휘두르는 목검에 맞아 갈비뼈가 부러지기도 했다. 우린 소나 돼지만도 못한 취급을 받은 거였어.

대길아! 나는 힘들 때마다 널 생각하며 우리가 다시 만날 그날만을 손꼽아 기다리고 있다. 우리가 시모노세키항에서 헤어질 때 니가 당부한 대로 그놈들이 파라고 하면 파고, 쉬라고 하면 쉬면서 말이야.

대길아, 푸른 하늘 은하를 따라 쪽배를 타고 오는 샛별을 기다리며 참고 견디자.

그해 8월 9일, 아침부터 나가사키 전역에 공습경보가 내려졌다. 하시마섬에는 병기창과 조선소가 있는 지역과는 달리 공습이 거의 없었다. 이곳은 고립된 섬이기에 전쟁의 분위기를 처음에는 실감하지 못했다. 하지만 경계경보가 울리면 지하 방공호로 대피하는 것이 일상화된 지 오래되었다. 더구나 3일 전 히로시마에 검은 버섯구름을 만들며 시가지를 초토화했던 원자폭탄의 위력은 일본 전역을 공포의 도가니로 몰아넣었다.

경계경보가 해제되자 숨 막히는 방공호에서 뛰쳐나온 오동은 방파제 위로 달려가 바닷바람을 흠뻑 마셨다.

하늘에는 구름이 잔뜩 낀 날씨라 뜨겁지는 않았지만, 여름 날씨치고는 몹시 후덥지근했다. 비가 올지 걱정되어 하늘을 올려다보던 오동은 자기 눈을 의심하고 몇 차례 깜박인 후 하늘을 다시 확인했다. 잠시 구름 사이로 별이 반짝거렸다. 하지만 대낮에 샛별이 뜰 일이 없는데 이상한 현상이었다. 구름이 걷히며 반짝거리던 그 별이 사라졌다. 서쪽 나라로 간 것일까?

잠시 후 섬광이 번뜩였다. 뒤이어 공습경보가 내려 오동이 방공호로 가는 사이 해제되었다. 어느새 나가사키 하늘에도 버섯 같은 먹구름이 뒤덮고 있었다.

다행히 하시마섬은 멀리 떨어져 있었기에 살아남을 수 있었던 오동은 안도의 숨을 내쉬며 잠시 생각에 잠겼다.

샛별이 떴으니 조국 광복의 날도 멀지 않았구나. 나가사키 병기창과 조선소에 내렸던 동료들의 생명이 무사해야 할 텐데….

**

미군이 히로시마(8월 6일)에 이은 나가사키에 원자 폭탄을 투하하여 엄청난 인명 피해를 주고 시설을 파괴하여 나가사키를 유령의 도시로 바꿔버리자, 곳곳에 백기가 걸렸다.

마침내 1945년 8월 15일 정오, 히로히토 쇼와 천황(昭和 天皇)은 풀이 죽은 목소리로 항복 선언을 했다.

여기저기서 억압과 설움을 견디며 참고 또 참아왔던 기쁨의 함성이 터져 나왔다.

얼마나 기다렸던 조국 해방인가! 얼마나 보고픈 부모 형제인가! 얼마나 가고픈 고국산천이었던가!

광복의 환희도 잠깐, 대길은 부모님과 조상을 모셔야 하는 종갓집 장손의 의무 때문에 귀국을 고민하던 중 미우라 작업 대장의 잔류 권유를 받았다.

"가네다 상, 그동안 고생 많았네. 이젠 자네는 자유의 몸이 되었네. 조선의 해방을 축하하고 그동안 우리가 조선인 징용공들에게 못된 짓 한 것 사과하네. 난 자네가 성실하게 일해주어 늘 고마웠네. 좀 더 남아서 나와 함께 일하면 좋겠는데 말이야."

"제가 사고당했을 때 미우라 상께서 노무계 사무실에서 일하게 해주신 덕분에 꿈에 그리던 첫사랑도 만날 수 있었습니다. 사실 저도 잔류를 고민하고 있습니다."

"무슨 고민인가? 내가 도와주겠네."

"실은 애인이 오사카에 사는데 빨리 돈 벌어서 둥지를 틀고 싶네요."

"우선 기숙사에서 함께 지내다 넓은 데로 옮기면 안 되겠나? 임금은 충분히 줄 테니 잘 생각해 보게나."

대길은 미우라 대장의 인간적인 접근에 매몰차게 거절을 못 하고 일단 남아서 일을 하면서 귀국을 결정하기로 마음먹었다. 무엇보다 아야코와 헤어지기 싫어서였다. 하지만 부모·형제도 그리워 고민하던 중이었다.

패전 후 일본 전범 기업의 징용공을 대하는 태도가 완전히 부드러워졌다. 노동자들의 근로 조건은 상당히 개선되었고 늘 감시와 채찍에 시달렸던 노동자들의 일상생활도 자유로워졌다.

이젠 대길은 아야코를 수시로 만날 수가 있었다. 아야코 역시 대길이 보고 싶을 때마다 기숙사로 찾아가곤 했다.

"대길 씨 여기서 나와 함께 행복하게 살아가요."

"나도 당신과 영원히 함께하고 싶어요. 당신처럼 예쁘고 심성이 고운 아이도 낳아 키우면서 행복하게 살고 싶어요."

"저도요. 대길 씨 닮은 아이를 갖고 싶으무니다."

"아야코 사랑해요"

"대길 씨 저도 아주 많이 사랑하무니다. 나를 버리고 가면 십 리도 못 가서 발병 난다고 했스무니다. 약속해 줘요"

"아야코. 그런데 한국에 계신 당신 부모님이 귀국하게 되면 우리 사이를 온전히 허락할지 걱정이 되네요."

"대길 씨 남자답지 않게 그런 걸 걱정하세요. 제가 설득할 자신이 있으무니다."

"어떻게요?"

"걱정하지 말아요. 이젠 아버지의 입장도 바뀔 수밖에 없스무니다, 조선에서처럼 관리소장이 아니잖아요. 오히려 지난날을 반성하실 거예요. 달도 차면 기우는 게 순리 이무니다."

아야코의 심오한 답변 속에는 그녀가 고민한 흔적이 엿보였다. 지난날의 아버지의 입장이 어땠길래 반성한다는 것인가? 이는 아야코만 아는 비밀이었다.

"아야코, 저도 돌파할 자신 있습니다. 다만 몇 달 후 잠잠해지면 부모님께 딱 한 번 다녀오려고 해요. 반드시 돌아올게요."

"다음에 다시 얘기하기로 하고 오늘은 이만 주무세요."

기숙사의 불 꺼진 창틈 사이로 애절한 아리랑 노랫소리가 새 나왔다.

"아리랑 아리랑 아라리요 아리랑 고개를 넘어간다."

"나를 버리고 가시는 임은 십 리도 못 가서 발병 난다."

**

나뭇잎이 우수수 떨어지는 시월 하순 어느 날, 대길은 복잡한 마음으로 짐 가방을 챙겨 떨어지지 않는 무거운 발걸음을 옮기며 요도우라 항구에 도착했다.

항구의 갈매기는 오늘따라 유난히도 슬프게 울었다.

귀국선의 뱃고동 소리가 사람들의 발걸음을 재촉했다. 항구 대합실에는 허술한 군복 차림이나 작업복 차림의 한국인들의 발걸음이 분주했다. 대부분이 징용, 징병으로 끌려왔던 사람들이었고 간혹 유학 중 학도병이나 징병으로 끌려갔던 사람도 있었다. 그들의 몸은 땀과 눈물로 절여 있었으며 이젠 살았다고 하는 안도의 숨소리가 여기저기서 흘러나왔다.

뿌앙! 뿌앙!

다시 귀국선의 뱃고동이 승선을 재촉했다. 이젠 이별해야 할 시간, 대길은 아야코와 마지막 포옹을 하고 나서 그녀의 손을 꼭 붙잡았다. 그 손이야말로 망망대해를 표류하는 배를 항구로 이끌어 준 등대와 같은 손이었다.

"아야코, 부모님만 뵙고 이내 돌아오리다. 조금만 기다려 줘요."

대길은 붙잡았던 그녀의 손을 놓으며 굳게 다짐했다.

"가네다 상, 언제까지라도 기다리겠스무니다. 꼭 돌아오세요."

아야코는 참았던 눈물을 왈칵 쏟아내며 애원했다. 진한 사랑의 눈물이었다.

대길은 생살을 도려내는 듯한 이별의 아픔을 애써 감추고 손수건을 펴서 그녀에게 건넸다. 아야코는 눈물을 닦은 뒤 주머니에서 뭔가를 꺼내더니 눈물 젖은 손수건에 둘둘 말아 대길의 주머니에 넣어주었다. 대길은 확인할 겨를도 없이 출국 심사대를 향해 걷다가 뛰면서 뒤를 돌아보며 소리쳤다.

"아야코, 곧 돌아올게요."

"꼭 돌아와요, 오사카로! 대길 씨, 기다리겠스무니다."

뱃머리가 항구를 빠져나갈 때까지 아야코는 부둣가에 서서 넋이 나간 사람처럼 하늘만 멍하니 바라보고 있었다.

아야코에게 대길은 다시 온다는 말 한마디 남긴 채 뒤돌아선 냉정한 사람이었다. 하지만 대길은 다시 돌아올 수 있으리라는 확신이 있었기에 그렇게 매달리며 애원했던 생명의 은인을 냉정히 뿌리칠 수 있었다. 아야코 역시 그가 반드시 돌아와 함께 할 수 있으리라 굳게 믿었기에 그의 손을 놓아주었다.

국경을 넘나드는 두 사람의 사랑과 이별, 한 번도 모자라 두 번이나, 참으로 슬픈 운명의 장난이 아닐 수 없었다.

대길은 강제 노역이라는 피눈물 나는 아리랑 고개를 넘어왔지만, 아라리의 여운을 가슴 깊이 담아 두어야만 했다.

"대한 독립 만세! 만세! 만세!"

귀국선이 부산항에 도착하자 많은 인파가 몰려 환영 일색이었다.

함께 온 동료들과 헤어진 대길은 부산에서 기차 편으로 대전을 거쳐 1박 2일의 여정으로 열차 안에서 하룻밤을 꼬박 새우고 다음 날 아침 장성역에 도착했다. 삼 년 만에 고향 땅을 밟은 대길은 얼마나 감개무량했던지 소낙비 같은 눈물을 흘리며 주위를 두리번거렸다.

고향의 흙냄새는 태평양 갯바람에 씻겨나간 오사카의 그것과는 사뭇 달랐다.

역전 네거리에 들어서자, 나락을 잔뜩 실은 소달구지가 덜거덕덜거덕 다가오고 있었다. 누렁이가 입에 거품을 물고 접시만 한 배설물을 연거푸 방사하자 농부는 고삐를 죄며 몇 차례 채찍질했다.

신작로 주변에는 검은 코르타르를 바른 목재로 만든 적산 가옥들이 3년 전 모습 그대로였다. 주인 잃은 빈집들은 왠지 영혼을 잃은 뻣뻣한 시체처럼 처량한 모습이었다.

대길은 좁은 시장통 골목을 빠져나와 네거리의 대폿집 앞에서 친구 동팔이 생각에 주점 안을 들여다보다 주모와 눈이 마주쳤다.

"아이고, 동팔이 어머니 아니신가요! 그동안 안녕 하셨지라."

"아니, 자네는 대길이 아닌가! 얼매나 고상이 많았는가!"

동팔이 어머니는 대길을 끌어안으며 아들을 만난 듯 반가운 눈물인지 슬픈 눈물인지 흐느껴 울기 시작했다.

"어머니, 동팔이는 잘 있는가요?"

"그랬으면 좋겠네, 자네 맹키로 요렇게 돌아오면 원이 없겠네."

"아니 그렇다면 동팔이한테 뭔 잘못된 일이라도…?"

대길은 불길한 예감에 가슴이 콩닥거렸다.

"그놈은 자네보다 늦게 징용으로 끌려갔다네"

"그래서요?"

"해방되어 돌아오다가 풍랑에 배가 뒤집어져서 죽었다고 안 헌가!
뼈라도 찾았으면 좋겠네."

어머니는 아들의 죽음이 믿어지지 않은 듯 남의 일처럼 말했다.

"아이고, 엄니, 뭔 소리요. 시방"

통곡하며 눈물을 쏟아내는 대길을 보고 어머니가 오히려 그의 등
을 토닥거리며 눈물을 닦아주었다.

"자, 오랜만에 고향 탁주나 한잔하게"

동팔이 어머니가 된장 우거짓국에 선지를 둥둥 띄워 한 그릇을 퍼
놓고 돼지고기 숭숭 썰어 장작불로 팍팍 끓인 얼큰한 김치찌개를 탁
자에 올려놓았다. 그리고 응달진 구석에 묻어둔 술독에서 탁주 한
됫박을 퍼서 큰 사발에 따라 주었다.

"카~ 정말 먹고 싶었당게요. 엄니, 동팔이 잔까지 받을께라."

"그래 우리 동팔이라고 생각하고 줌세, 자 받소."

대길은 연거푸 세 사발을 들이켰다. 오랜만에 마셔보는 고향의 맛
이자 해방의 의미가 담긴 술이라서 술술 넘어간 것이다.

"얼릉 넘어가 보소. 자네 어매, 아버지 눈 빠지게 기다리겠네."

"야, 엄니, 그나저나 맘 단단히 자싯쇼."

대길이 대폿집을 나와 평전 고갯마루에 도달했다. 취기가 올라 숨
이 다소 거칠어지자, 잠시 발걸음을 멈추고 첫사랑의 추억이 서려
있는 공원을 물끄러미 쳐다보았다.

귀국선에서 아야코와 헤어질 때 마지막으로 한 약속을 되새기며
다시 터벅터벅 평전 고개를 향해 걸었다.

비탈길에서 잠시 숨을 고르고 있을 때였다. 대길을 마중 나온 부친과 큰누이, 매형이 기차역이 내려다보이는 길모퉁이를 돌아 깔크막으로 뒤뚱뒤뚱 내려오고 있었다.

"대길아, 돌아왔구나! 그동안 얼마나 고생이 많았냐?"

"동상 어서 와, 고상 많았네. 요것이 꼭 꿈만 같네!"

그들은 살아 돌아온 대길을 얼싸안고 반가워서 흐느껴 울다 천천히 집으로 향했다. 길가에 심어진 탱자나무 모퉁이를 돌아 쥐똥나무 울타리를 지나니 멀리 노랗게 물든 은행나무가 보였다. 구불구불한 고샅길은 예나 지금이나 변함없이 동네를 지키고 있었다. 고향 집 대문 밖 길가에 묻혀 있는 큰 항아리에는 인분이 부글부글 익어가며 구수한 고향 냄새를 풍겼다. 그 옆에 쓰러져 가는 돼지우리에서는 100근도 넘는 흑 돼지 한 마리가 주둥이로 흙바닥을 뒤지며 먹을 것을 찾는 듯했다. 집 앞에 도착하니, 싸릿대로 엮어 만든 사립문이 활짝 가슴을 열고 대길을 기다리고 있었다.

"아이고 내 새끼! 살아왔구나!"

어머니는 대길을 껴안고 기쁨의 눈물을 펑펑 쏟았다.

고향 집은 온통 잔칫집 분위기였다.

이른 아침부터 어머니는 아들 온다고 음식을 장만하느라 눈코 뜰 새가 없었다. 튀기고, 볶고, 무치고, 찌고, 삶고. 막내 여동생은 부엌에서 밥을 하느라 불을 때고 있었다. 둘째 남동생은 형이 온다고 통통한 씨암탉 서너 마리를 잡아 큰 가마솥에 마늘이랑 찹쌀 몽땅 넣고 푹푹 삶고 있었다. 마당 한쪽에서는 찰떡을 만드느라 셋째 동생이 누나와 함께 메질하면서 땀을 뻘뻘 흘리고 있었다.

막둥이가 양조장에서 막걸리 두 말을 사서 물지게에 매달고 끙끙대며 평전 고개를 넘어왔다.

온 동네에 홍어 냄새가 진동하자 이윽고 일가친척과 동네 사람들이 살아 돌아온 대길을 환영한다고 계란 한 줄, 고구마 한 바구니, 산자 한 보따리, 쌀 한 됫박 등을 바리바리 싸 들고 모여들었다.

모두가 반가워 한두 마디씩 건네며 서로 이야기꽃을 피웠다.

"아따, 자네가 대길이 아닌가! 참말로 자네는 천운을 타고났구먼."

"그러니께 원자 폭탄도 비켜간 거 아니겠는가!"

"자네 살아 돌아온 것 모다가 자네 부모 음덕인지나 알소 외."

"뭔 소리당가, 모다가 지 복인 것이여, 우리 조카는 즈그 부모 음덕이 없어 죽었당가?"

"워메, 고만 좀 허소, 그러다 쌈 나겠네."

"그래도 헐 말은 해야겠네, 자네 어매가 자네 간 뒤에 이날 이때까지 눈물 바람 안 허는 날이 없었다네."

"암만, 자네 어매, 아버지가 부뚜막에 물 떠 놓고 자네 돌아오라고 날이면 날마다 손바닥이 닳아지도록 빌었는지나 안 가?"

대길은 어르신들께 일일이 인사하고 나서 감사의 뜻을 표시했다.

"그렇고 말고라우, 고것이 말허자면 지성이면 감천이라고 안 허던가요. 지가 살아 돌아온 것은 부모님과 동네 어르신들의 염려 덕택이지라우. 여분이 있겠어요. 감사허고 말고요."

막걸릿잔이 오가고 꽹과리며 장구 소리가 울리자, 환영 분위기가 무르익었다. 대길은 감격의 눈물을 흘리며 아리랑 노래를 부르기 시작했다. 동네 사람들이 합창을 하면서 분위기가 고조되었다.

그날 밤, 모처럼 온 가족이 함께 모여 그간 궁금했던 얘기를 나누는 자리였다. 그런데 분위기가 왠지 냉랭했다. 반가움도 잠시, 기뻐해야 할 여동생 분이가 보이지 않는 것이 이상했다.

"분이는 오빠가 왔는디 어디 가서 낯짝도 안 비춰준다요!"

대길은 자기 대신 일본으로 끌려갈 뻔했던 여동생이 보이지 않자, 궁금한 나머지 서운한 감정을 내비쳤다.

식구들은 서로 얼굴만 쳐다보면서 누군가가 입을 열기를 기다리는 표정이었다.

급기야 그의 어머니가 반가움을 접고 슬픈 눈물을 하염없이 흘렸다. 대길은 뭔가 느낌이 이상했던지 어머니를 부둥켜안고 함께 울었다.

대길이 어머니의 눈물을 닦아드리고 등을 감싸자, 어머니는 억지로 참았던 울분을 토해 내고 말았다.

"천하에 나쁜 놈들, 우리 분이를…."

"아니! 분이한테 뭔 일이 생긴 거요?"

대길이 깜짝 놀라며 흥분을 감추지 못하자, 어머니는 더는 말을 잇지 못하고 대성통곡만 하고 있었다.

"지난해 왜놈들이 니 여동생을 강제로 끌고 갔는디 죽었는지 살았는지 아직도…."

통곡하는 아내를 바라보고 있던 부친이 마지못해 입을 열었다.

"아니, 그럴 수가… 붙잡지, 그러셨어요?"

"내 말이 그 말이다. 느그 고모가 매달려 보았지만, 총칼을 들고 협박하는 그놈들을 어찌 해본다냐…."

"그렇다면 어디서 잡혀간 겁니까?"

부친이 옆에서 고개를 떨구고 있는 대길의 고모인 여동생을 쳐다보자, 그녀가 재빠르게 그날 당했던 일을 생생하게 이야기했다.

"분이는 3년 전부터 나와 함께 평양으로 만주로 다니며 포목 행상을 했었다. 그러던 어느 날 신의주역 대합실에서 새벽 기차를 기다리던 중, 갑자기 순찰 중이던 일본 헌병경찰들이 검문하며 협박한 뒤 분이를 끌고 갔다."

대길은 고모 입만 바라보며 궁금해하는 표정을 지었다.

고모가 기억을 더듬어 검문당했던 상황을 그대로 전해주었다.

"만주에 가서 누구를 만나고 오는 길이야? 포목을 팔아 번 돈을 누구에게 전달했느냐? 그 말이야!"

"경찰 나리, 무슨 말씀인지 모르겠네요. 우리는 왔다 갔다 하면서 고생만 서 빠지게 하고 돈은 몇 푼 벌지도 못했구먼요."

"그래! 믿어도 되나? 요새 보따리 장사를 통해 독립군 자금 조달하는 연놈들이 많단 말이야!"

"이 애는 나를 따라다니기만 했소. 조사하려면 나를 샅샅이 조사해 보시오."

"당신이 보호자구먼, 당신은 좀 더 조사할 게 있으니 주둥이 함부로 놀리지 말고 따라와."

"안 돼요. 고모는 아무 죄가 없어요."

"아가씨, 이름이 뭐야?"

"김분이라고 해요."

"보자 하니 얼굴은 제법 반반하게 생겼구먼, 돈벌이도 안 되는 포목 장사 대신 군복을 만들고 수선도 해서 돈 많이 벌 수 있는 좋은 일자리를 소개해 주겠다."

"안 돼요. 고모랑 같이 갈래요."

"보호자가 고모라 했던가? 고모는 조사한 뒤 그냥 풀어줄 테니 두 말 말고 따라오기나 해."

"그 애 대신 차라리 나를 끌고 가시오. 그 아이를 놓아주랑께요. 하고 내가 애원해 보았지만, 막무가내로 겁에 질린 분이를 끌고 가더니 역 앞에 대기 중인 일본 군복을 입은 군인들에게 인계하더라. 그 후 분이는 군용 트럭에 실려 어디론가 사라졌단다."

고모는 말하는 내내 눈물을 흘리고 있었다.

고모 말이 끝나자, 부친이 분노에 찬 떨리는 목소리로 말했다.

"그렇게 끌려갔다는데 여태 소식이 없구나. 천하에 나쁜 놈들, 그 놈들은 꽃다운 처녀들만 낚아채 갔었다. 어쨌거나 살아만 있다면 얼마나 좋겠냐!"

순간 주변이 숙연해지더니 모두가 눈물을 훌쩍이기 시작했다.

**

조국 광복의 기쁨도 잠시. 대길은 가슴속에서 꿈틀거리는 첫사랑의 그리움과 굳게 다짐했던 아야코와의 약속 때문에 일이 손에 잡히지 않아 날마다 애만 태우고 있었다.

이듬해 그는 하루속히 아야코에게 가고 싶어 백방으로 알아보았지만, 뾰족한 방법이 없었다. 우선 전범 기업의 인력 모집도 끊겨서 가고 싶어도 갈 수 없었다. 고심 끝에 대길은 밀항도 알아보았지만 험난한 일이었다.

그도 그럴 것이 해방 후 전쟁에서 패망한 일제가 식민 통치를 청산하고 한반도에서 철수하고 있었고 일본 내부도 전후 수습에 어수선했다. 국내 역시 해방 후 임시정부가 환국을 못 하고 신탁통치에 대한 찬반 세력이 대립하며 어수선했다. 정부 수립이 늦어지는 상황에서 양국 간 국교 정상화는 요원한 과제였다. 실제 한일 간 영사 관계가 개설되기까지는 해방 후 20년이나 걸렸다.

못다 한 사랑의 아라리를 앓고 있던 대길은 울적한 마음을 달래려 공원 주위를 맴돌며 아야코와 자주 만났던 지난 추억을 곱씹어야만 했다. 그날 밤 그 언약을 생각하면서.

한편 대길의 부모님은 장손이 귀국하자 가문의 대를 이어갈 장손자를 하루빨리 보고 싶어 여기저기 수소문해 며느릿감을 물색하고 있었다. 대길은 맞선을 피하기 위해 이 핑계 저 핑계를 대며 1년을 끌면서 기회를 엿보았지만, 아야코 곁으로 다가갈 수가 없었다. 결국 그는 부모님 등쌀에 떠밀려 그 이듬해 고모가 소개한 순창의 어

느 양반집 딸과 선을 보고 결혼을 하게 되었다.

결혼 후 부모님이 애타게 기다리던 손주를 낳았다. 두 살 터울로 딸 둘을 낳았지만, 기다리던 사내아이는 아니었다.

대길을 낳고 만세 삼창을 했던 부친은 대를 이을 손자가 태어나길 애타게 기다렸건만 실망의 기색이 역력했다.

실망도 잠시, 얼마 안 돼서 6.25전쟁이 터지는 바람에 그나마 몸이라도 풀고 피난길에 오르게 되어 천만다행이었다.

세이레도 안 된 핏덩이와 같은 갓난이를 품에 안고, 온 식구가 이재 산성 밑 서동 고을 깊은 산중으로 떠났다. 그곳은 그의 부친이 태어나서 큰댁에 양자 들 때까지 어린 시절을 보낸 아담한 옛 고을이다. 그곳에는 부친의 형제들과 친척들이 터 닦고 옹기종기 모여 살고 있었다. 인적이 드문 첩첩산중 오지라서 들짐승이 무서웠지만 인민군이나 총탄 포화로부터는 안전한 곳이었다. 하지만 병이라도 생기면 속수무책이었다. 하루 이틀도 아닌 몇 달 동안 첩첩산중에서 피난살이의 고통은 이루 말할 수 없었다.

어느 날 아침 일찍 잠에서 깨어난 대길은 심장 박동이 멈춘 채 창백한 얼굴로 눈을 감고 있는 부인을 발견하고 통곡했다.

"성주신이시여, 이놈의 팔자가 뭔 팔자다요? 뭔 죄가 있가니 한 번도 아닌 몇 번씩이나 이별의 고통을 주신당가요?"

대길은 아야코와 생이별의 고통이 가시기도 전에 다시 부인을 저세상으로 떠나보내야 했던 자신의 기구한 운명을 한탄했다.

운다고 해결될 일이 아니었다. 전쟁 통이라 장례도 제대로 치르지 못하고 당장 엄마를 잃고 슬퍼하는 갓난이와 코흘리개 큰 딸을 품에 안고 총성이 멈추기만을 기다려야 했다.

다시 세상이 평온을 되찾자, 대길의 부모님은 손자도 못 보고 세상을 뜰까 봐, 아들 몰래 전쟁 통에 끈 떨어진 처자나 새색시가 없을까 여기저기 기웃거리며 눈에 불을 켜고 찾았다.

대길은 마침 친구 소개로 나애실이라는 여인을 만나게 되었다.

그녀는 6.25전쟁 때 군에 간 남편을 잃고 홀로된 전쟁미망인이었지만, 동병상련의 아픔이 있는 대길의 마음을 빼앗아 갔다. 그들은 수시로 만나 서로의 처지를 공감하고 위안하며 서로에게 집착하고 탐닉하였다.

가족들의 눈총에도 아랑곳하지 않고 대길은 틈만 나면 애실을 만났다. 어느 날 공원 정자나무 아래 언덕에 앉아 먼산을 내려다보며 그녀와 미래를 설계라도 하듯 정담을 나누고 있었다.

"애실 씨, 애들은 어떻게 하고 혼자 오셨나요?"

"두 놈 다 즈그 고모가 키운다고 데려갔당게요."

"아니, 애를 빼앗겨서 얼마나 마음이 아프고 허전합니까!"

"속이 숯댕이처럼 검게 타는 것 같아요. 에미로서 입이 열 개라도 할 말이 없네요."

"근디 왜 친정으로 오게 되었능가요?"

"아들이 전사했다는 통지를 받고 시아버지는 날이면 날마다 술독에 빠져 살다가 논바닥에 쓰러져 돌아가셨지라. 그 충격으로 시어머니가 신세 타령만 함시롱, 나만 보면 서방 잡아먹었다고 난리가 아니고 옆에서 숨 쉬고 있는 제 꼴을 못 본당게요. 그래도 자식들 땜시 참고 살았는디, 해도 해도 너무합디다. 어느 날은 아들 찾아오라고 내 등을 떠밀어 토방에서 굴러떨어져 죽을 뻔했어라."

"혹시, 시어머니 정신이 완전히 돌아버린 것은 아니제라?"

"나만 보면 눈에 헛것이 보인다고 하며 수시로 아들을 불러대는디 정상은 아니었지라. 결국 시어머니의 혹독한 시집살이에 못 견뎌 애들 데리고 친정으로 피신했구만이라. 그런데 며칠 전 애들 고모가 족보 끈을 이어야 한다고 애들을 강제로 끌고 가버렸당게요."

그녀는 눈물을 글썽이며 억울한 마음을 호소하듯 시어머니에 대한 마지막 남은 감정의 찌꺼기마저 털어버렸다.

"어린 새끼들을 강제로 빼앗겨서 얼마나 속상합니까!"

"쫓아낸 시어머니보다 애들을 빼앗아 간 시누이가 더 밉네요. 제 탓이죠. 악착같이 품었어야 했는디… 친정에 빌붙어 밥그릇 축낼 형편도 못 되고, 이웃 사람들 눈치도 보이고…."

"시누이 집은 먹고 살 만은 하요 어쪄요?"

"밥 먹고 사는 데 지장은 없지만, 자기 속에서 난 자식만 허겄어요. 애들이 불쌍해요."

그녀는 구슬 같은 눈물을 뚝뚝 떨어뜨렸다.

"이젠 걱정일랑 하지 말아요. 제가 있잖아요."

"고마워요. 근디 대길 씨 애들이 불쌍하네요. 당장이라도 간난이한테 제 젖이라도 물려주고 싶은데...."

"고마워요. 애실씨"

"사랑해요. 대길씨"

오랫동안 사랑에 목말랐던 애실은 위로해 주는 대길의 가슴팍에 안기며 사랑을 고백하고 있었다. 대길 역시 부인을 여의고 사랑에 갈증을 느낄만 했고, 특히 간난이 때문에 찬밥, 더운밥 가릴 처지가 아니었다. 그는 이미 사랑의 포로가 되어가고 있었다.

그러는 동안 둘의 만남은 주위의 눈과 소문을 피할 수 없었다.

어느 날 부친이 대길을 불러다 호통을 쳤다.

"대길아, 사람은 관상을 보면 밥그릇이 보인다. 얼굴에 사람 팔자가 다 쓰여 있는 법이다. 그 애는 겉보리 숭년에 밥도 못 얻어먹을 상이다. 고만두어라."

"아버지 뭔 말씀을 고렇게 허시오. 시방"

"요놈이 얻다 대고 말대꾸여!
그 잘난 낯짝에 서방 둘은 잡아먹는다고 쓰여 있다."

"천생연분이 별것이다요. 제 눈에 안경이면 되지라우"

"뭣이 어쩌고 어째! 개 눈에는 똥만 보인다더니… 쯧쯧."

대길이 말대꾸를 꼬박꼬박하자 몹시 화가 치밀어 오른 부친의 얼굴이 벌겋게 달아올랐다.

"아버지, 어린 것들을 누가 돌봐 줄랍디여. 지 새끼 낳아 본 여자 아니라면?"

"평생 낯짝만 쳐다보고 산다냐? 존 말헐 때 당장 정리해라."

"아버지, 우는 아이 떡 하나 더 주는 셈 치고 이참에 얘들까지 데려오면 일거양득이지라우"

애들까지 데려다 키우겠다는 각오라면 보통 사이가 아닌 듯했다.

코흘리개 두 딸도 힘들게 키우면서 남의 자식을 둘이나 데려온다고 하니 부친이 화를 벌컥 냈다.

"이놈이 절로 터진 주둥아리로 못 할 말이 없네그려, 우리도 뼈대 있는 집안이다. 우는 아이 떡 하나 더 준다고 누가 욕이야 허랴마는 사지가 성성한 니가 우리 씨를 뿌려 거둘 생각을 해야지 무슨 소리냐, 이 버르장머리 없는 자식 같으니라고!"

연이은 이별의 아픔을 참고 하루빨리 수습하려 했던 대길은 부모님 반대에 부딪히자, 일본에서 귀국했던 것을 후회했다.

"이럴 줄 알았으면 일본에서 그냥 살아버릴 것인디…,"

"너는 뭔 미련이 아직도 남아 일본 타령이냐! 우리가 그놈들한테 얼마나 당했는지 알기나 허냐?"

"일본이 우리나라보다 훨씬 살기 좋은 나라여라. 그리고 일본 사람도 나쁜 놈만 있는 게 아니라 좋은 사람도 많이 있어라."

"너는 끌려가서 그 고생을 다 허고 왔으면서 아직도 속 창아리를 못 차렸구나!"

"사실은 일본에서 고민하다가 그래도 아버지 어머니는 뵙고 갈라고 왔었는디…지금와서 후회한들 뭔 소양 있겠어요."

대길은 고개를 떨구고 한숨만 내쉬었다.

"한국으로 돌아온 것은 백 번이고 천 번이고 잘 헌 일이다마는 행여라도 씨앗 함부로 뿌려 족보 더럽히는 일 없도록 해라!"

부친은 턱수염을 몇 차례나 쓰다듬으며 단호한 어조로 말했다.

2

 해방 후, 38선을 경계로 미소 양국의 신탁통치와 극심한 이념 대립은 한반도를 갈등의 격랑 속으로 몰아넣었다.

 일제의 압박과 설움에서 해방되자 오랫동안 억눌렸던 사람들은 긴장이 일시에 풀리게 되면서 재산과 생명을 담보로 시류에 편승했다. 그들은 이념과 현실을 경험해 보지도 않고 좌, 우를 넘나들며 조변석개(朝變夕改) 하였다. 그야말로 비인간적인 야합 행위가 판치는 이데올로기의 혼돈 시대였다.

 멀리 노령의 큰 산 아래 갈재 터널이 바라다보이는 농촌 마을에도 해방의 기쁨이 넘실거렸다.

 이 마을에서 태어나 16세에 해방을 맞이한 순애도 그런 혼돈의 시대를 거치며 말 못 할 아픔을 겪어야만 했다. 소학교를 다니며 한글과 일본어를 일찍 깨우친 그녀는 개화기 여성의 티를 물씬 풍기며 활달한 성격으로 야학에 나가 계몽 활동도 하며 친구들과 잘 어울리곤 했었다.

 소쩍새 울 때만을 기다리는 낭랑 18세 꽃다운 나이가 되자, 부잣집 맏며느릿감으로 전혀 손색이 없을 정도로 얼굴이 활짝 피어 물이 오른 순애의 꽃봉오리에 사랑의 새가 날아들었다.

 야학에서 함께 공부를 가르치던 이웃 마을 사는 민중 오빠였다. 민중은 고등보통학교를 나와 농촌 계몽 활동을 하는 개화된 청년이었다. 둘은 야학 수업이 끝나는 밤이면 달빛 아래서 정담을 나누는 사이가 되었다.

"순애, 오늘 밤은 유달리 둥근달이 백암산 넘어 입암산성 위에서 환하게 웃으며 우리를 내려다보고 있군. 저 달 속에 순애의 고운 마음이 새겨져 있는 것 같아."

"오빠, 저 별도 빙그레 웃고 있지라. 근디 저 별이 달에게 뭐라고 속삭이는 것 같은디, 뭔 말을 속닥속닥 해싸는지 참말로 궁금헌디요?"

"그야, 당연히 '사랑해요. 달님'이라고 고백했을 거야! 근디, 저 달에 심어진 능금나무에 뭐가 저렇게 몽땅 매달려 있당가?"

"아따, 낯간지럽더라도 헐 말은 해야것네요. 제가 민중 씨에게 드릴 사랑의 열매가 주렁주렁 열렸지라."

그날 밤, 두 사람은 달빛의 축복을 받으며 결혼을 약속했다.

"순애, 가까운 시일 내로 양가 부모님 모시고 상견례 하면 좋겠는디 읍내에 맛있다고 소문난 식당 어디 없을까? "

"공원 밑에 동화루란 중국집이 있는데 소문이 자자 헙디다."

"아하, 비단 장사 왕서방네 식당 말이지, 거기가 좋겠네."

순애가 사는 마을 사람 중에도 극심한 이념 대립의 희생양이 된 사람이 많았다. 국군에 입대하거나 반란군에게 쥐도 새도 모르게 끌려갔기 때문이다. 동네 친구 중에는 이미 결혼해서 아이를 낳고 살다가 홀로된 친구들도 있었고, 시집간 지 얼마 안 되어 남편을 잃고 행상을 하는 새댁도 있었다.

주변 분위기가 민중과 순애는 물론 그들 부모 마음을 불안하고 초조하게 만들었다.

순애는 또래 친구들이 서둘러 결혼하여 애를 낳아 기르고 있었던 터라 결혼을 서두르는 참이었고 민중의 부모 역시 아들의 불확실한 미래에 불안해하며 순애와의 혼인을 서둘렀다.

겨우내 얼었던 산골짜기 얼음이 풀리기 시작하고 산수유 가지의 꽃망울이 터질 무렵, 둘은 백 년 가약을 맺었다.

점점 빨갛게 물들어가는 나라를 수호하기 위해 남한에 국방경비대가 발족하면서 장성 인근 광산군 극락면에 1개 연대 규모의 극락강 부대가 창설되었다.

끊임없이 이어진 좌우익 대립의 소용돌이 속에서 국군과 반란군의 대립과 충돌, 신탁통치에 대한 찬반 대립은 남한 사회의 혼란을 가일층 부추겼다. 남한만의 자유총선거가 실시되고 정부 수립이 되었던 1948년 가을 민중은 극락강 부대에 입대했다.

민중이 떠나자 신혼의 단꿈을 꾸던 순애는 시집살이 독수공방 신세가 되었다. 하루가 여삼추 같았지만 벌써 일 년이 훌쩍 넘었다. 그녀가 민중의 무탈을 기원하며 눈물로 지새던 밤은 길기만 했다.

남편을 떠나보내고 속이 새까맣게 타들어간 순애는 불면증에 시달리고 있었다. 이를 안타깝게 여기던 시부모의 배려로 친정 생활을 하게 되었다.

친정으로 간 순애는 인근 축령산에 있는 절에 다니며 민중이 무사하게 돌아오기를 간절히 빌며 불공을 드렸다. 그러던 어느 날 민중이 무사하다는 기별을 받은 후에서야 순애는 잠자리가 편안해졌고 오직 그가 제대할 날만 손꼽아 기다리고 있었다.

역사의 심술은 순애와 민중에게 가혹한 시련을 안겼다.

1950년 6월 25일 38선을 넘어서 밀고 내려온 인민군의 탱크 소리가 천지를 흔들었다. 인민군이 거침없이 남진 하여 불과 3일 만에 서울을 함락하자 피난민 행렬이 장사진을 이루었다.

전차를 몰고 파죽지세로 밀고 내려온 인민군은 그해 7월 대전을 점령한 데 이어 곧바로 전북 남원, 순창으로 진격해 왔다. 그곳을 휩쓴 뒤 인민군은 노령산맥을 가로지르며 장성으로 내려오고 있었다. 그 무렵 광주 사단의 국군 부대는 이미 대부분 병력과 화력을 수도권 사수를 위해 의정부로 투입했던 터였다.

민중이 소속된 극락강 부대는 장성으로 출동하여 입암산성 아래 진지를 구축하고 북괴군에게 대항해야만 했다. 그곳의 지형지물에 익숙한 민중은 맨 앞에서 향도 임무를 수행하며 적의 동태를 살피고 있었다.

갑자기 어디선가 박격포탄이 날아와 천지를 진동했다. 적군은 백암산을 넘으며 수십 발의 곡사포를 먼저 터트리고 진격했다.

"으아 악!"

후방 방어 진지를 구축하고 잠복해 있는 아군 진지 부근에 떨어진 박격포탄 파편에 부상한 병사가 지르는 비명이었다. 민중은 재빨리 바위 밑 굴속으로 기어들어가 몸을 숨기고 숨을 죽이고 있었다. 인민군은 박격포탄을 터트리고 따발총을 연발로 쏘아대며 신속하게 진격했다. 소수 병력과 소총만으로 속수무책이었던 아군은 전차를 앞세워 밀고 오는 인민군의 화력에 저항 한번 제대로 못 했다. 아군이 적을 피해 후퇴를 거듭하는 사이 인민군의 총성은 민중의 고향 마을을 공포의 도가니로 몰아넣었다.

입암산성 인근 외딴 산골에 고립된 민중은 살아남기 위해 몸부림을 쳤다. 행여 누가 볼세라 어둠을 틈타 남창계곡을 따라 은밀히 내려가 곰재를 넘고 솔재까지 가서 숨어 있었다.

다음날, 해가 설핏하도록 서산에 기울고 땅거미가 밀려오고 있을 때였다. 공포와 굶주림에 지친 민중은 순애가 사는 마을로 접근했다. 칠흑 같은 밤의 적막을 뚫고 어느덧 순애 집 뒤꼍 담장 밑으로 숨어들었다. 돌담 뒤 장독대에는 어른 몸집보다 큰 장독이 4개나 있고 올망졸망한 항아리가 줄지어 있었다.

"어머나! 땡그랑"

순애가 장독대에서 된장을 퍼 오다가 깜짝 놀라며 들고 있던 놋그릇을 떨어뜨리고 말았다.

"순애"

장독대 뒤에서 몸을 낮추고 있던 민중이 고개를 내밀어 나지막한 소리로 순애를 불렀다.

"아~~ 아니, 민중 오빠!"

순애는 마치 귀신에게 홀리기라도 한 듯 까무러쳤다. 날이면 날마다 민중이 무사히 돌아오기만 학수고대하던 그녀였기에 주체할 수 없는 심장의 떨림에 더는 말을 잇지 못했다.

"쉿, 누가 보면 큰일 나!"

손가락으로 입 다물라는 시늉을 한 민중은 누군가에게 쫓기는 표정이었다.

둘은 반가움을 확인할 여유도 없이 사시나무 떨듯이 공포에 떨어야만 했다.

여기저기서 좌익 세력이 인민군을 등에 업고 날뛰기 시작했고, 반동분자 색출과 약탈이 심했기 때문이다.

순애는 주변에서 누가 볼까 무서워 부엌에 걸려있던 키를 민중의 머리에 씌운 채 얼른 쇠죽 쑤는 골방으로 들어 갔다.

다행히 남자들은 방공호로 피난 가고 없었고 어린 막내 동생은 자고 있어서 감쪽같이 밥부터 챙겨주었다.

"시상에나, 총탄 포화 속에서 안 죽고 살아난 것만 해도 천만다행이네요. 근디 빨갱이들 눈을 용케 피했던 갑이요"

"고향 땅이라 이곳 지리는 내가 빠삭허제"

"배고플 텐디, 어서 식사하셔요. 감자도 쪄 놓았응께 많이 잡사요"

둘은 좁은 골방에서 이불을 둘러쓴 채 날이 새는 줄도 모르고 못다 한 이야기를 나누었다. 전쟁은 신혼부부의 하룻밤마저도 온전히 허락하지 않았다.

반가움보다는 두려움에 순애는 민중의 가슴에 얼굴을 파묻고 흐느껴 울었다. 순애를 껴안고 달래는 민중도 가슴이 갈가리 찢어지는 통증을 참고 있었다.

"순애, 전쟁이 끝나면 우리 아이도 낳고 알콩달콩 잘살아 보자."

"얼마나 기다리면 될까요?"

"전쟁은 기약이 없어, 지금 당장 언제 돌아온다는 약속을 못 해주어 미안해."

"언제까지라도 기다릴게요. 부디 살아만 돌아오세요."

"만일 내가 돌아오지 않거든 좋은 사람 만나서 잘 살아야 해."

"오빠, 무슨 마음 약한 말을…."

"만일을 생각해서 그래."

순애는 민중의 가슴에 얼굴을 묻고 흐느껴 울었다.

그날 밤은 순애에게는 영원히 잊을 수 없는 꿈같은 현실이었다. 막상 세상의 눈을 피해 은신한 골방은 온통 어둠뿐, 오묘한 감정의 소용돌이에 휩싸여 어쩌면 황홀한 공포의 순간을 흘려보냈다.

현실은 냉엄하고 가혹했다. 공포의 분위기는 두 사람의 입에서 자연스레 흘러나올 신음마저 빼앗아 버렸다.

"꼬끼오~"

새벽닭이 울었다. 그녀의 하룻밤 꿈은 닭 울음소리에 산산조각이 되고 말았다. 낮과 밤을 만들어 놓은 조물주가 원망스러울 뿐이었다. 동녘 하늘이 스멀스멀 열리자, 잠 못 이루고 수심에 싸인 순애를 벌떡 일어나게 했다.

순애는 곤히 잠든 민중을 흔들어 깨운 뒤 뜨거운 포옹을 했다.

"마음 같아선 붙잡아 두고 내 치마 속에라도 숨겨주고 싶지만, 빨갱이들 때문에 그럴 수도 없고….."

"순애, 우리 모두를 위해 이곳을 빨리 벗어나야 해."

그녀는 그를 영원히 숨겨놓고 환상의 꿈에 젖어보고도 싶었으나 인민군과 빨갱이들의 감시와 수색이 심해 눈물을 머금고 보내 주어야만 했다.

순애가 진한 눈물을 뚝뚝 떨어뜨리며 삶은 감자와 옥수수를 주섬주섬 챙겨 보자기에 싸더니 눈물 젖은 보따리를 민중에게 건넸다.

"지금 어디로 가야 헌다요?"

"극락강 부대로 돌아가야만 해."

"오빠, 인민군 앞잡이들이 쫙 깔렸응께 조심하셔야 해요."

울먹이는 순애를 안타깝게 바라보며 민중이 말했다.

"순애, 인자 고만 울고 맘 단단히 먹어."

지난밤 합일이 두 사람에겐 마지막일지도 모른다는 불길한 예감을 애써 외면한 순애의 두 뺨에는 어느새 눈물이 소리 없이 흐르고 있었다.

민중도 아픈 마음을 다독이며 누가 볼까 무서워 발바닥이 불이 날 정도로 빠른 걸음으로 왔던 길로 되돌아갔다.

떠나버린 민중의 뒷모습이 아스라이 사라질 때까지 순애는 넋 나간 사람처럼 멍하니 바라보면서 마음속으로 무사 귀대를 기원했다.

민중은 주위 눈을 피해 대밭을 빠져나가면서 소리 없이 흐느끼는 순애를 못 잊어 여러 차례나 뒤를 돌아보았다.

**

전쟁이 휩쓸고 간 뒤 온 동네가 슬픔에 잠기고 눈물로 얼룩이 졌다.

마을 사람 중에는 군에 입대하여 전사하거나 인민군 포로가 된 사람도 있었고, 피치 못할 이념의 소용돌이에 휘말려 빨갱이 앞잡이가 되어 날뛰다가 자진 월북을 했거나, 빨치산으로 싸우다 행방불명이 되어 생사가 모호했던 사람도 수두룩했다.

국군과 유엔군의 반격에 인민군이 후퇴하자, 빨갱이 앞잡이 노릇을 했거나 인공에 부역했던 사람들이 한때 내무서였던 경찰서에 모조리 잡혀 들어갔다.

그리고 전쟁 중 행방불명이 되었거나 인공에 부역한 자들의 주변 사람들에 대한 감시와 조사도 진행되었다.

순애도 행방이 묘연했던 민중 때문에 친구들과 함께 서에 불려갔다. 취조실로 들어서자 먼저 조사를 받았던 사람들이 반죽음을 당한 꼴로 벽에 기대어 뻗어 있었다. 순애도 며칠간 조사를 받으며 고문까지 당해야만 했다.

"으아~악"

이를 악물고 참고 견디는 순애의 입술 사이로 비명이 터져 나왔다.

"김순애, 니 서방 놈 어디다 숨겨 놓았어! 다 알고 있응께 존 말할 때 후딱 불어 보랑께. 혹시 치마 속에 숨겨 놓은 것 아녀?"

"전쟁터에 나가서 싸우다 혼자 떨어져, 부대로 가는 길에 찾아와서 하룻밤 재워주고 보낸 것이 뭔 죄다요?"

"부대에 안 돌아왔다는디, 얻다 숨겨 놓았어!"

"아니어라, 분명히 부대로 돌아간다고 갔는디요!"

"빨갱이 놈들한테 잡혀서 앞잽이 노릇 허는 것 아녀?"

"살아 있는지 죽었는지도 모른디 내가 고것을 어찌고 안다요?"

"빨리 불면 보내 줄 텡게 후딱 불어!"

순애는 더는 아는 것도 불 것도 없었다. 이럴 줄 알았더라면 차라

리 붙잡아 놓고 골방이나 마루 밑에라도 숨겨 두었으면 하는 후회마
저 들었다.

취조 형사는 순애에게 갈증과 수치심을 유발하며 조사를 해보았
지만, 소용이 없자 순애의 머리채를 잡아 흔들고 뺨을 갈기더니 급
기야 몽둥이로 무릎을 내리쳤다. 순애의 입에서 터져 나온 비명은
옆방에서 울려 퍼진 신음과 어울려 곡소리처럼 들렸다.

"아이고, 아이고, 생사람 잡고 난리요. 아이고 사람 죽겠소. 아이
고~~~~"

"주둥아리 닥쳐! 벽장이나 땅굴 속에 숨겨 놓아 봤자 몇 조금 못
갈 테니 차라리 콩밥이라도 편히 먹게 하는 게 나을 텐디, 그래도 안
불래?"

순애는 고문당할 때 느꼈던 비참하고 아픈 기억을 가슴속에 고이
묻어두어야만 했다.

그날 밤, 쇠죽 쑤는 골방의 밀회는 없었던 일로 잊어버릴 수도, 아무
일도 없었다고 강변도 할 수 없었다. 순애는 차마 말 못 할 아픈 기억
을 가슴속에 품고 민중이 살아 돌아오기만 애타게 기다렸다.

밀고 밀렸던 전쟁이 끝난 뒤에도 그의 소식은 오리무중이었다. 그
러자 순애의 민중에 대한 희망은 절망으로 바뀌었다. 아무도 없는
어둑어둑한 밤이면 누군가의 발소리만 들어도 가슴이 콩알만 해졌
던 순애였다.

날이 갈수록 쌓여만 가는 불안감이 그녀의 가슴을 짓눌렀다. 민중
의 생사와 이념의 행보가 확인되지 않았기 때문이었다.

순애는 눈물로 신세타령을 해야만 했다.

"잊고 싶어도 잊히지 않고, 지우고 싶어도 지울 수 없지 않은가!

괴롭구나, 내 인생. 그이를 하룻밤 재워 주었다고 고문까지 당했으니 동네 사람들이 나를 어떻게 생각할까? 참말로 답답하구먼."

순애는 민중의 행방 때문에 행여 불똥이 튈까 봐 상대하기 꺼리는 마을 사람들의 눈치까지 살펴야 했다.

순애가 민중을 눈물의 강으로 띄워 보낸 지도 어언 3년이란 세월이 흘렀다.

기다려야 할까? 포기해야 할까? 이제는 어떤 희망도 연민도 버려야 할 때가 되었다. 그녀는 고심 끝에 민중에 대한 추억의 그림자마저 가슴속 깊이 묻어두고 새 출발을 하기로 결심했다.

**

전쟁이 할퀴고 간 깊은 상처에 아직도 진물이 흐르고 여기저기 잿더미에 무심한 연기만 피어오르고 있을 즈음이었다. 영원히 함께할 인연을 찾고 있던 대길은 고모 소개로 맞선을 보게 되었다.

대길이 고모를 따라서 기차역 앞에 있는 역전 다방에 앉아 있으니 얼마 후 볼기짝에 젖살이 덜 빠진 듯 앳되게 보이는 여인이 어머니 그림자를 밟으며 다소곳이 들어왔다.

대길은 싫지는 않은 표정이었다. 그는 재빨리 일어나서 그녀를 맞이했다.

"어서 오세요. 처음 뵙겠습니다. 김대길입니다."

"안녕하세요. 저는 김순애라고 해요."

어르신들 간에 집안 소개가 오가는 사이 순애와 대길의 눈빛이 마주쳤다. 예사롭지 않은 눈빛은 서로의 아픈 마음을 치유라도 하듯 부드럽게 서로에게 다가갔다. 잠시 후 어른들이 자리를 피해 주자 대길은 무슨 말을 할지 고민하다가 용기를 내어 입을 열었다.

"순애 씨 볼에는 복이 철철 흘러넘치네요. 참 인상도 좋고, 동안이군요."

"어릴 적 별명이 복래(福來)였어요. 대길 씨도 인상이 참 좋으시네요."

서로 칭찬하며 관심을 표명하는 두 사람이었다.

"아실랑가 모르지만, 저는 피난살이 하면서 상처하고 애미 잃은 어린 두 딸을 키우고 있습니다."

그 사실을 이미 알고 이 자리에 나왔던 순애였지만, 순간 긴장하는 기색이 역력했다.

"전쟁이 남기고 간 상처 때문에 피눈물을 흘리지 않은 사람이 어디 있다요?"

"허긴 그래요. 순애 씨도 무슨 아픈 사연이 있나요?"

"저도 말 못 할 아픔이 있어라."

"그놈의 전쟁이 죄 없는 사람 여럿 울리는군요. 그런데 어떤 아픈 상처가 있단 말이요."

"저의 신랑도 군에 가서 전쟁 통에 행방불명되었당게요."

딸린 애가 없었던 순애의 태도는 당당하고도 솔직했다. 하지만 대길의 표정은 무덤덤했다. 한때 사랑에 빠졌던 전쟁미망인이던 애실의 기막힌 사연을 잘 알고 있었기 때문이었다.

"그런 사람이 한둘이겠어요. 어쩌겠소. 그것도 운명인디, 인자 지난 일들일랑 죄다 잊어불고 새 출발해야 할 것 아니요?"

"과거는 과거일 뿐, 저도 이젠 그 아픔으로부터 벗어나고 싶구만요. 언제까지 요렇게 살 수는 없지라."

두 사람은 비극의 역사가 안겨준 삶의 상처를 서로 쓰다듬어 주며 대화를 주고받았다.

대길이 순애를 집까지 바래다주면서 철길을 따라 큰 다리를 건너 산모퉁이를 돌아 십여 리 길을 걸어가는 동안, 두 사람은 이런저런 이야기를 주고받으며 함께할 미래를 상상하는 듯했다.

어느새 순애에게 친근감을 느꼈던 대길은 수궁가 한 대목을 구성지게 읊었다. 별주부가 토끼를 꾀어 수궁으로 데리고 가는 대목이었다. 토끼처럼 귀여운 어린 처자를 꾀어 집안의 내무부 장관 겸 훈육대장으로 끌어보려는 욕심에서였다.

수궁 천 리 머다 마소. 수궁 천 리 머다 마소. 맹자도 불원천리 양혜왕도 가보았고, 위수 어부 강태공도 문 왕따라 귀히 되고 ~~~ 원컨대 퇴 선생도 나를 따라 수궁에 가면 늠름헌 저 풍 신의 훈련대장을 헐 것이니 염려 말고 따라가세.

순애 집 대문에 들어서니 낯익은 얼굴이 그들을 기다리고 있었다. 평소 산판에서 일하면서 친분이 있었던 분이었다.

바로 그 어르신이 순애 아버지였다.

"어르신, 그간 안녕하셨는가요?"

"아니, 자네는 대길이 아닌가?"

덥석 절을 하자 장인 될 분이 반갑게 맞이했다.

"어서 오게, 자네라면 한시름 놓겠네"

"과분한 말씀이십니다요."

대길은 장인 될 분이 덜렁 씨암탉을 잡아주는 바람에 일단 마음을 놓았다. 순애의 집안도 부자는 아니지만, 촌에서 누렁이를 부리며 논 섬지기, 밭 몇 마지기를 일구면서 부업으로 뒷산 뽕밭에서 뽕을 따 누에를 치고 있어서 먹고 살 만은 했다.

대길은 장인 될 분과의 인연도 있고 순애가 요모 조모로 맘에는 들었지만, 아직도 눈에 어른거리는 애실이 입을 마음의 상처 때문에 고민이 태산 같았다.

신혼의 단물을 제대로 음미도 못 한 채 군에 입대한 민중과 생이 별했던 순애도 마찬가지였다. 사랑의 상처에 아직 진물이 마르지 않았고, 대길에게 코흘리개 딸이 둘이나 딸린 것이 마음에 걸렸다.

하지만 민중에 대한 미련이나 첫사랑 아라리는 보따리에 싸서 가슴 깊이 묻어두기로 했던 다짐은 결코 바꿀 수는 없었다.

결국 대길과 순애는 양가 부모님의 뜻에 따라 격동기 역사의 굴레에서 일단 해방되었다.

두 사람은 6.25 전쟁이 안겨준 동병상련의 아픔을 함께하며 백년가약을 맺고 사랑의 굴레를 쓰게 되었다.

하지만 남들처럼 변변한 혼례를 치른 것도 아니고 어정쩡하게 들어와 새 둥지를 튼 순애의 인생길은 시작부터 가시밭길처럼 순탄치 못했다.

그녀는 종갓집 맏며느리로 들어와 시부모, 남편, 시동생들까지 모시며 힘든 시집살이를 시작해야만 했다.

결혼 초 대길은 아내에게 심한 마음고생을 안겨주었다. 결혼 전 부모님께서 반대했던 애실에 대한 미련 때문에 한동안 마음을 잡지 못하였고, 가슴속에 묻어둔 현해탄 건너 못다 한 사랑의 아라리를 앓으며 아내인 순애에게 정성을 다하지 못했다.

　순애는 수많은 밤을 눈물로 지새워야만 했고, 심지어는 어느 날 갑자기 밤 봇짐을 싸기도 했다.
　"아니야, 참아야 해. 시집살이 고달파도 벙어리 3년, 귀머거리 3년, 장님 3년을 거쳐야 졸업한다고 엄마가 신신당부했어."
　결국 순애는 어머니가 했던 말을 되뇌며 싸 안은 보퉁이를 다시 풀어 놓고 말았다.

3

대길이 순애를 만나 노부모 모시고 자식들 낳아 3대에 걸쳐 살아왔던 곳은 평전(坪田) 마을이다.

동네 이름 그대로 평화로운 터전이었지만, 마을에 샘도 없고, 전기도 들어오지 않았던 외진 곳이다. 제봉산의 정기를 받은 평전은 하늘과 가까운 마을로 읍내에서는 달동네에 해당하는 곳이다. 지대가 높아 동서남북 사방에서 올라오는 길이 만나지만, 오솔길처럼 좁고 온통 비탈진 고갯길뿐이다. 눈 오는 날은 오르내리는 길마다 주변 동네 아이들의 눈썰매장으로 변한다.

순애는 대길을 만나 평생 비탈진 평전 고갯길을 오르내렸다. 출렁거리는 물통을 머리에 이거나 등에 지고 물을 길어 나르고, 무거운 짐을 여 나르고 져 나를 때마다 아리랑 가락에 한을 실어 날려 보내곤 했다. 오로지 삶에 대한 열정으로 고통을 참고 견디며 멀리 산 너머로 떠오르는 태양을 바라보며 그 고개를 넘나들었다.

대길과 부부로 인연을 맺은 후 몇 달 안 되어 어느새 순애의 배 속에 새 생명이 자리를 잡기 시작했다.

대길은 순애와 살면서도 울타리 넘어 기웃거리는 애실을 냉정하게 떨쳐내지 못했다. 전쟁미망인인 애실 역시 대길을 쉽게 포기하려 하지 않았다.

한편 순애도 첫사랑의 상처가 아물기도 전에 대길과 인연을 맺었지만, 그와 평생을 함께할까 망설이다 어느덧 배가 남산만 해졌다.

휴전 이듬해 한가위 보름달이 휘영청 밝게 비추고 있던 밤, 갓난 아이의 고고한 울음소리가 밤의 고요를 깨뜨렸다.

"심 봤다! 인자, 아버지 어머니 두 다리 쭉 펴고 주무시겠네!"

장손자가 태어나자, 온 식구들이 탄성을 지르며 좋아했다.

막 태어난 아이의 두 다리 사이에 숨어있는 작은 고추를 확인한 순애도 안도의 숨을 내쉬었다. 순애는 일단 평전 아리랑 고개를 가뿐히 넘은 셈이었다. 그 아이의 이름은 집안에 복두꺼비가 들어왔다 하여 '복동'이라 불렀다.

그 때는 남아선호 사상이 지배했던 시대였기에 당연히 그럴 만도 했다. 더구나 대길은 일제강점기와 6.25전쟁을 몸소 겪으며 수많은 젊은이가 이슬처럼 사라지는 것을 보아왔기에 아들 욕심이 남달랐다. 그래서 대길은 내심 똑똑한 놈 하나 더 생겼으면 하고 기회를 놓치지 않으려고 애를 쓰고 있었다. 그 이면에는 이상야릇한 태몽이 유혹했었다.

어느 날 대길은 별나게도 심하게 헛구역질하는 순애를 보고 비로소 뭔가 성공했다는 듯이 득의양양하여 그동안 꾹 참고 있었던 태몽 이야기를 털어놓았다.

"두어 달 전쯤인가? 이상한 용꿈을 꾸었네. 황룡강 물길을 따라 산모퉁이 지날 때 백구 두 마리가 내 뒤를 졸래졸래 따라왔어. 하도 귀여워 백구들을 따라가다 보니 축령산 자락에 있는 아치실까지 나도 모르게 빨려 들어가고 말았어. 그러다 갑자기 개들이 놀란 토끼처럼 눈을 크게 뜨고 자지러질 듯이 짖어대는 거야. 두리번거려도 내 눈에는 아무것도 보이지 않았어. 그 순간 갑자기 등은 푸르스름하고 배가 누런 황금빛의 용이 꿈틀거리다가 백구 두 마리를 등에 태우고 하늘로 날아가더라고. 나도 백구를 따라가려고 몸부림쳤지만 허사였지. 두 눈을 비비고 눈을 크게 떠보니 꿈이더란 말이시. 얼마나 허망하던지…"

"개꿈인지 용꿈인지 아리송하지만 꿈은 꿈이고, 생시는 생시 아니겠소?"

"용의 승천… 뭔가 조짐이 이상해, 왕후장상의 씨가 따로 있당가!"

"꿈도 야무지네요. 씨나 밭이 시원찮은데 뭘 바라요?"

"내 씨가 뭐가 어째서 그런 심한 말을…"

"당신 꿈이 용꿈이면 좋겠소만, 홍길동이 태어났던 곳이라 왠지 꺼림칙하구먼이라."

대길의 태몽에 나타난 그곳이 홍길동 생가가 있었던 터였다. 조선왕조실록에도 네 군데나 기록이 있고 이곳 사람들에게 홍길동이 태어난 곳이라고 구전되어 왔던, 황룡강 건너 축령산 자락에 아늑하게 자리 잡은 아치실이란 마을이었다.

휴전 후 3년이 지난 동짓달 어느 날이었다. 온종일 세찬 눈보라가 마루까지 들이치고 있었다.

유난히도 배가 둥실했던 순애는 추운 겨울날 배를 움켜잡고 진통을 호소하기 시작했다. 대길은 부랴부랴 종이 비료 포대를 뜯어 방바닥에 깔고 출산 준비에 분주했다. 산파였던 할머니가 문고리에 끈을 매달아 순애의 손에 묶어주었다. 진통은 몇 시간이나 지속되었고, 어느덧 새들도 잠든 야심한 밤이었다. 예배당 종소리가 울리고 통행금지 사이렌 소리가 요란했다. 그 소리에 배 속의 아이가 요동을 치기 시작했다. 얼마 후 고고한 아기 울음소리가 찢어진 봉창 틈으로 새어 나왔다.

"응애! 응애~~~."

장시간 산고에 시달려 탈진해 버린 순애는 의식마저 희미해졌다.

대길은 아기 울음소리에 안도의 숨을 내쉬고는 따뜻하게 데운 물과 대야를 들고 방으로 들어가 피 묻은 종이를 수습하고 태반을 옹기에 담아 헛간 옆 뽕나무 밑에 묻었다. 눈보라가 휘몰아치긴 했지만, 땅은 아직 얼지는 않았다. 그리고 미리 준비해 둔 금줄을 사립문에 매달았다. 새끼줄에는 검붉은 고추들이 주렁주렁 달려 누가 봐도 아들을 낳은 집이라고 인지할 수 있었다. 대길은 금줄에 달린 고추를 한참 동안 유심히 바라보다가 사립문을 닫은 뒤, 마당을 지나 부엌 쪽으로 가고 있었다.

그 순간 갑자기 사립문 앞에서 인기척이 들렸다. 그는 재빨리 그쪽으로 달려갔다. 그런데 문을 열고 나가 보았지만, 누가 문 옆 울타리 밑에 고리짝 하나를 놓아두고 감쪽같이 사라졌다. 눈 위에 새겨진 발자국으로 보아 불과 몇 분 전에 누군가가 이 고리짝을 놓고 간게 틀림없었다.

뚜껑을 열자마자 국방색 담요에 둘둘 말려 눈을 감은 채 살갗 주름이 아직 펴지지도 않은 갓난아이가 있었다. 이마엔 아직도 핏기가 마르지 않은 상태였다.

그런데 웬 쪽지 하나.

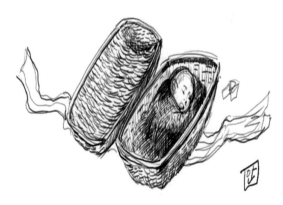

"아기 어매는 이 아이 낳고 세상을 떠났소. 숨을 거두면서 마지막으로 '평전의 대길 씨, 대길 씨한테…'라는 한마디를 남겼소. 자초지종은 모르지만, 부디 잘 길러 주시오."

대길은 두근거리는 심장을 다독거리며 핏덩이 아이를 안고 부엌으로 가 어머니를 불러냈다. 이를 본 어머니가 깜짝 놀라며 노발대발했다.

"아니, 이 잡것아! 니가 미쳤냐? 금방 방에 있던 아이가 뭔 일이다냐?"

"어머니, 용서하세요. 제가 일을 저질러 버렸어요."

"아니, 애를 버리기라도 헌단 말이냐?"

"그게 아니고요, 거시기 멋이냐, 긍께 시방 요것이 업둥이랑게요"

"에끼, 오살할 놈! 니 놈이 그년하고 놀아날 때부터 알아봤어야. 긍께 이 에미가 뭐라고 허디. 남자는 뿌리를 함부로 놀리면 안 된다고 허디 안 허디! 이놈아, 이 육시를 할 놈아!"

어머니의 언성이 높아지자, 대길은 누가 알까 두려워 재빨리 어머니의 입을 틀어막고는 귓속말로 자초지종을 이야기했다.

"… 아기 어매가 저 아이 낳다가 세상을 등져버렸다고 안 허요. 어쩌겠어요. 미우나 고우나 제가 뿌린 씨앗인디, 제가 거둬야 하지 않겠어요. 이제 맘잡고 살라요. 엄니, 아이를 위해서 이번 일은 무덤까지 갖고 갑시다."

대길은 떨리는 목소리로 어머니를 설득했다.

"썩을 놈, 너나 조심해! 어쩌겠냐, 이미 엎질러진 물인데, 산 생명 갖고 장난치믄 죄로 간다. 죄로 가."

업둥이를 조심스레 건네받은 어머니가 자포자기의 한숨을 쉬다가 안방으로 들어가 갓 태어난 아이 옆에 업둥이를 나란히 뉘어 놓았다. 대길의 아들 욕심에서 비롯된 헛된 욕망 그리고 애실의 집착이 빚어낸 애증의 결과물이 바로 배다른 쌍둥이였다.

대길은 온몸을 부르르 떨면서 어머니를 따라 방으로 들어갔다. 방에는 순애가 탈진하여 의식을 잃고 눈을 감고 있었다. 다행히 숨은 쉬고 있었다.

다음 날 아침, 의식을 되찾은 순애는 여전히 기진맥진한 상태였다.

"아니, 배가 유달리 뙤똥하긴 했지만, 배냇짓 할 때는 분명 다리가 둘이었는디, 거 참 요상허네…"

깜짝 놀란 순애가 뭔가 이상하다는 듯이 혼잣말로 구시렁댔다.

배 속의 아이가 하나인지 둘인지 모를 리 없었던 그녀의 의혹에 찬 눈초리는 대길을 향했다. 기가 막힐 노릇이었지만 심증만 있고 확증이 없었으니 어쩌란 말인가? 더구나 두 아이가 너무나 닮았으니 말이다.

대길은 아내의 이마에 송알송알 맺힌 땀방울을 닦아주었다.

"여보, 고상 많았어, 역시 왕후장상의 씨가 따로 없는 것 같구먼. 당신이 목심 걸고 낳은 저 새끼들 좀 보소."

"당신 꿈이 용꿈인지 개꿈인지 두고 봅시다."

순애는 귀신에게 홀린 듯 넋이 나간 표정으로 대길을 향해 한마디 던지며 두 아이를 멍하니 바라보고 있었다.

한참 후 정신을 바짝 차린 그녀는 두 아이를 골똘히 쳐다보며 뭐가 다른지를 낱낱이 비교했다. 두 아이의 손가락 발가락을 유심히 살펴본 뒤 엄지발가락은 물론 사타구니의 까만 점까지도 서로 닮은 것을 발견하고는 신기한 듯 한마디 했다.

"씨도둑은 못 한다더니만 영락없는 당신이요."

"어찌 씨만 닮았겠는가, 밭이 좋아서 열매가 별나게 튼실한 것 같네."

순애는 뭔가 미심쩍은 표정으로 일단 쌍둥이를 가슴에 품었다.

쌍둥이의 출생에 얽힌 비밀은 씨뿌리고 수확했던 사람만이 아는 비밀이었다. 대길과 산파였던 그의 모친만 입 다물면 그만이었다.

어느덧 세이레가 훌쩍 지났다. 순애가 겨우 몸을 추스르고 바깥출입을 하던 어느 날 모처럼 공원 산책을 하고 돌아오는 길이었다.

공원 나들이 나온 이웃 마을 아낙네들이 뒤따라오며 쌍둥이 어매를 보고는 입방아를 찧기 시작했다.

"저그 쌍둥이 어매 맞제. 몸 풀고 첫 나들이 아닌가벼. 아들 복도 겁나게 많은 갑이라."

"귀신이 곡할 노릇 아닌가, 배도 얼마 안 불렀는디 둘이나 낳는 것 본께 …."

"누가 알겠는가, 요새 큰 다리 밑에 가믄 피도 안 마른 갓난이 울음소리가 들린다는디?"

"그라믄 혹시 바깥양반이 딴짓 해버린 것 아니여?"

순애는 걸음걸이 보폭을 줄이며 아낙네들의 쑥덕거리는 소리를 듣고도 못 들은 체했다. 하지만 갑자기 화가 치밀어 후들거리는 다리를 겨우 끌고 집으로 왔다.

그날 밤 그녀는 남편에게 그간의 참았던 울분을 토해냈다.

"지난 몇 년 동안 나는 당신의 무엇이었소? 왜 말이 없냔 말이오. 겉으로는 나를 사랑하는 척하며 마음은 늘 콩밭에 있었던 것 아니었소?"

"여보, 미안하오, 내가 죽을 죄를 지은 것 같네."

"내 눈을 피해서 즐겼으면 됐지, 왜 흔적은 남겼소. 그것도 모자라 나한테 떠안기기까지, 줄줄이 아들만 낳아 준 내가 만만 허요?"

대길은 순애가 모든 것을 눈치챈 마당에 다 털어놓고 용서를 빌 뿐이었다.

"여보, 당신 말대로 마음을 콩밭에 두었던 것 미안하고 사과함세. 이젠 절대로 한눈팔지 않겠네. 다시 그런 일이 있으면 내 손에 장을 지지겠네."

언제부턴가 대길에게 잘못된 애정관이 자라고 있었다. 그는 늘 사랑에 굶주린 사람처럼 욕망도 불태워 보기도 했지만, 마음속은 왠지 허전할 뿐이었다. 그가 첫사랑 여인과 헤어진 뒤부터 뭐라고 단정지을 수 없는 연민과 비정상에 대한 충동이 꿈틀거리기 시작했다. 더구나 첫 번째 부인과의 사별 후 이별의 아픔과 불안, 사랑에 대한 갈증은 이를 더욱 심화시켰었다.

"더 이상 방황 허들 말고 지금이라도 그 여자한테 가시오. 가."

순애는 단호했다.

"여보, 이젠 모든 것을 잊기로 했네. 그리고 그 처자는 이미 세상을 떠났어. 어쩌겠는가, 내가 뿌린 씨앗인디 내가 거둬야지. 부디 용서해 주오."

아기 엄마가 죽었다는 소리에 귀가 번뜩 뜨였던 순애의 얼굴엔 다시 생기가 돌기 시작했다.

"당신 잘못이지 저 어린 핏덩이가 뭔 죄가 있겠소."

아이를 낳은 엄마로서 모성애가 발동했던 것일까?

순애는 아들 부자가 된 대길의 굳은 결의에 희망이 엿보이자, 못이긴 척 그의 진심 어린 사죄를 받아들였다.

그 후 순애는 두 아이의 엄마로서 당당히 부푼 젖가슴이 마를 때까지 샘솟는 사랑을 아낌없이 나누어 주었다. 대길의 태몽이 홍길동과 연관이 있을 것 같은 예감에도 아랑곳하지 않고 아이들을 하늘이 내린 선물이라고 생각하기로 마음먹었다.

당당히 쌍둥이 엄마가 된 그녀는 둘 중 누가 자기 몸에서 나온 자식인지 알지 못했고 알려고 하지도 않았다. 쌍둥이의 이름은 태몽에 나타난 홍길동 생가와 황금빛 용을 따서 길동과 금동으로 지었다. 통념에 따라 몸집이 작은 아이가 먼저 세상에 나왔을 것이기 때문에 몸집이 작은 길동이가 형의 자리를 차지했고 몸집이 큰 금동이가 동생이 되었다.

**

순애가 집안의 대를 이을 백구(白狗) 같은 아들들을 낳자, 대길은 갈대처럼 흔들렸던 마음을 잡았다.

몇 달 전만 해도 가끔 눈에 띄었던 애실의 발걸음도 영원히 끊겼다. 징용의 아픔과 첫사랑 아라리도 점점 잊히고 있었다.

대길은 초가삼간에서 부모님 모시고 전처소생인 두 딸과 큰아들 복동 그리고 쌍둥이 형제를 기르며 열심히 살아왔다. 살기 위해 현실에 순응해야만 했다. 젊은 시절의 자유분방한 사고는 온데간데없고 전통과 원칙만을 고수하며 삶의 지름길을 마다하고 자학적인 삶에 익숙해지고 있었다.

그는 산판(山坂)에 나가 나무를 베는 일과 제재소에서 나무를 켜는 일을 하면서 바쁜 나날을 보냈다.

집안 농사와 가사는 순애가 도맡아서 했다. 순애는 장정들 못지않게 삽질이며 지게질도 잘했고, 보리타작할 때나 도리깨질이나 탈곡할 때의 손발 놀림은 능수능란했다.

아들 손자 욕심이 많았던 부모님을 여읜 뒤 대길은 종손으로서, 순애는 종갓집 종부로서 역할을 충실히 했다.

자식들이 커나가는 모습을 보며 허리 아파할 새도 없이 부지런히 일했던 결과, 어느새 곳간에는 곡식이 쌓이고, 저금통장 개수도 늘고, 순애의 속옷 안주머니에도 비상금이 점점 두둑해졌다. 그래서인지 그녀의 마음은 봄날 오후 같이 따뜻했다.

전쟁의 생채기가 남아있던 시절, 평전 고갯길은 힘든 길이지만, 사통팔달 지름길이라서, 거지나 전쟁고아, 한센병 환자들이 차두를 둘러메고 바가지를 들고 구걸하며 수시로 넘나들었다. 순애는 불쌍한 사람들을 보면 형편 되는대로 곡식이든 음식이든 꼭 나누어 주었다. 집안 잔치 때에는 그들을 위해 마당 한편에 쳐놓은 햇빛을 가린 차일 아래 큰 상을 하나 차려 주기도 했다. 심지어는 지나는 행상이 냉수 한 그릇만 부탁해도 먹을 것까지 챙겨주고 따뜻하게 대해 주었다.

그러는 동안 순애 주변에는 늘 사람들이 모여들었고 동네 사람들과는 잘 어울리며 가슴에 담아둔 한을 흥으로 바꾸어 나갔다.

어느 날, 동네 잔칫집 마당 한가운데 장구를 둘러맨 순애의 장단에 맞춰 동네 사람들은 덩실덩실 춤을 추면서 태평가란 민요를 신명나게 불렀다.

"짜증을 내어서 무엇허나, 성화는 내어서 무엇허나, 인생 일장춘몽인디 아니나 노지는 못허리라." 라고 하면서.

그들은 흥이 한층 달아오르면 진도아리랑 가락에 맞춰 평전 아리랑을 부르며 고달픈 인생을 달래며 춤판을 벌이곤 했다.

아리 아리랑 스리 스리랑 아라리가 났네

아리랑 응응응 아라리가 났네

평전 고개는 웬 고갠가 물동이 이고 지고 눈물이로다

아리 아리랑 스리 스리랑 아라리가 났네

아리랑 응응응 아라리가 났네

인생이 살면 얼마나 사나 저 달이 떴다 지도록 노다나 가세

아리 아리랑 스리 스리랑 아라리가 났네 ~~~

평전 아리랑이 울려 퍼지면 동네 사람들의 꿋꿋한 삶의 향기가 풍겼다. 마치 쑥부쟁이, 민들레, 개망초, 패랭이꽃, 들국화, 억새 같은 야생초에서 피어난 꽃의 향기처럼 깊은 맛이 우러나왔다.

마을 사람들에게는 평전 고개가 무척 힘든 고개였다. 그들은 비록 인생살이는 고달팠지만, 너나 할 것 없이 따뜻한 사랑의 열정을 가슴에 품은 채, 노랫가락이 평전 고개를 넘어가면 저마다 아리랑 스리랑 아라리가 났다.

**

대길은 고향의 흙냄새에 취해 외로운 농부의 삶만을 고집해 왔다. 고지식하게도 삶의 중심에 우뚝 선 자신만을 믿고 고난의 세월을 견디며 슬픈 고독에 젖어 있었다.

밤하늘에 별이 빛나는 어느 여름밤, 대길은 쓸쓸한 발소리를 벗

삼아 동네 뒤 공원 한편에 우뚝 선 정자나무를 찾았다. 언덕 저편에서 애절한 애수의 소야곡이 통기타 줄을 타고 흐르고 있었다.

그날따라 그는 바다 건너 멀리 동쪽 하늘에서 초롱초롱 빛나는 별을 바라보며 슬픈 눈빛을 주고받았었던 추억을 잊지 못했다.

갑자기 그는 두 눈을 지그시 감더니 반달 노래를 부르기 시작했다.

푸른 하늘 은하수 하얀 쪽배에 ~~~~~~~~~~~~~~~~~

은하수를 건너서 구름 나라로, 구름 나라 지나선 어디로 가나

멀리서 반짝반짝 비치이는 건, 샛별이 등대란다 길을 찾아라

애절한 노랫가락이 밤의 적막을 갈랐다.

대길은 일제강점기 징용으로 끌려가 달이 뜨는 밤이면 달에 비친 부모님과 아야코를 그리워하며 이 노래를 부르곤 했었다.

그는 이곳에 올 때마다 애기 단풍나무 아래 별빛 스며드는 코스모스 둥지에서 아야코와 함께 풀벌레 소리를 들으며 별을 세었던 밤을 그리워했다.

대길에게는 이 공원은 첫사랑의 추억이 송알송알 맺혀 있는 인연의 언덕이기도 했다.

대길은 조상의 제사는 정성을 다하여 모셨고, 선산은 철저하게 관리했다. 그는 해마다 추석이 다가오면 아들들을 데리고 선산에 다니며 몇 날 며칠 동안 벌초를 했다. 선산의 묘들이 워낙 크고 많아서 온종일 땀을 흘려야 벌초가 끝이 나곤 했다.

어느 날 벌초하다가, 나무 그늘에 앉아 쉬면서 대길이 이마에 맺힌 땀방울을 수건으로 훔쳐내며 아들들을 옆에 앉혀 놓고 윗대 조상 자랑을 늘어놓았다.

"배산임수에 좌청룡 우백호가 확실하지 않으냐? 저그 앞산을 보라, 일직선으로 쭉 뻗은 것이 필시 장군봉이 아니고, 뭣이겠느냐? 그 좌측에 봉우리가 뾰족한 것이 문필봉이니 필시 문장가가 나올 것이다."

"근데 우리 집안은 왜 이렇게 못 살고, 별을 딴 사람이 한 사람도 없다요? 그러고 문장가는 제쳐놓고라도 책 한 권 쓴 사람은 있나요?"

길동의 질문에 아버지는 기다렸다는 듯이 조상 자랑을 했다.

"니가 몰라서 그런다. 선친 중 조선시대 종2품 가선대부(嘉善大夫) 품계를 받고 '한성부 좌윤(左尹, 서울특별시 부시장) 겸 '오위도총부 부총관(五衛都摠府副摠管)'을 지낸 분도 있다. 좀 더 넓게 보면 우리 집안에 장군도 나왔고, 도지사를 헌 분도 있고, 글깨나 쓴 사람도 더러 있었다."

"그런데 왜 우리가 이렇게 쪼들리게 되었죠?"

금동이 고개를 갸우뚱하며 다시 묻자, 아버지는 곤혹스러운 표정을 일부러 감추며 해명하느라 진땀을 흘리고 있었다.

"느그 할아버지한테 들은 야긴디, 후손 중에서 암행어사 잘못 다뤄 이 모양 이 꼴이 되어버렸다고 하더라. 그렇지만 썩어도 준치라고 니

증조할아버지 때까지만 해도 철둑 넘어 그 넓은 땅덩어리 굴려 가며 읍내 대궐 같은 집에서 잘 살았단다."

아버지가 원망스런 표정으로 물 한 모금 마시고 말을 이어 나갔다.

"큰댁에 양자로 들어갔던 느그 할아버지가 한때 좋다가 말았지. 하루는 느그들 증조부가 일제 강점기에 독립군 자금 대준다고 땅문서 내주고 숨어 지내다가 어느 날 고주망태가 되어 친구 빚보증 섰다가 대궐 같은 집을 날려 먹었고, 해방 후 얼마 안 되는 소작논마저도 돈 많은 친일파가 불하받은 바람에 화병으로 돌아가셨다.

그래서 느그 할아버지 때부터 이 고생을 다 허면서 살아오고 있지.

내가 일하는 한천 공장의 사장님 어머니인 월평 댁 할매도 한때 어려웠을 때 니 증조할매 덕을 몽땅 봤다고 못 잊어 했었는디……."

길동은 아버지의 기를 살려주려고 일부러 장단을 맞추었다.

"제가 봐도 양지바르고 포근한 자리인 것 같네요. 앞 고랑으로 타고 오는 기운이 여기에 고여 있는 것 같아요."

"그러지, 아먼! 그래서 이 마을을 봉성실(鳳盛實)이라고 부른다. 바로 봉황이 알을 낳고 품는 곳이지, 쪼까 더 기다려 보자."

그는 비바람에 씻겨 희미해져 가는 비문을 보면서 훌륭했던 선조를 앞세워 내세울 것 없는 자신을 높은 벼슬을 했던 조상의 후손으로 기억되기를 바라는 듯했다. 아울러 훗날 성공한 자식들의 아버지로 남기 위해 자식들에게 희망을 심어 주어 그들 중에 정치인이든, 경제인이든, 문인이든 한 인물 나오기를 기대했다.

"산이 있으면 골이 있고 골이 깊으면 가파른 산이 나타나는 것이 자연의 섭리다. 인생사 새옹지마(塞翁之馬)라고 하더라.

우리 조상도 세상을 호령하며 떵떵거리고 살았지만, 부귀영화는 영원하지 않더구나. 해가 지면 어둠이 오고, 긴 밤 지새우고 나면 동이 트고 다시 해가 뜨는 법이다!"

아버지는 높은 벼슬을 했던 조상의 묘지 앞에서 자신의 초라한 모습에 아랑곳하지 않고 기대 섞인 변명을 하면서 자식들에게 자긍심을 불어넣어 주려고 애를 썼다.

**

대길은 틈틈이 마을 뒷산인 제봉산에 오르내렸다. 제봉산은 푸른 핏줄을 드러내며 기를 발산하는 성난 남근 같은 산이다. 산에 갈 때마다, 발에 땀이 나면 미끄러운 검정 고무신을 신고 새끼줄로 꼭꼭 동여매고 오르내렸다. 그는 매번 그냥 내려오지 않고 무거운 돌덩이나 퇴비용 풀을 짊어지고 내려왔다.

집 마당 한켠에 쌓인 돌더미는 쌍둥이의 놀이터였다.

그 돌들은 제봉산에 굴러다니는 볼 품 없는 돌맹이 그야말로 타산지석이었지만, 집에 가져다 놓으면 가끔 필요한 사람들에게는 요긴하게 쓰였다.

어느 날 대길이 땀을 뻘뻘 흘리면서 마을 사람들과 집터 다지며 목청 높여 달구질 소리를 하고 있었다. 길동과 금동은 학교 갔다 오는 길에 아버지의 모습을 흥미롭게 지켜보다가 아버지의 달구질 소리에 맞춰 "얼럴럴 상사도야"를 목터지라고 외치기도 했다.

얼럴럴 상사도야, 다궈보세 다궈나보세

얼럴럴 상사도야, 여기도 놓고 저기도 놓아

얼럴럴 상사도야, 쾅쾅 다궈 잡아 놓고

얼럴럴 상사도야, 남산 봉아리 다궈 보세

얼럴럴 상사도야, 모난 돌은 정을 주고

얼럴럴 상사도야, 홀쭉한 배는 채워나 보세

얼럴럴 상사도야, 이 집 지어서 무엇을 허나

얼럴럴 상사도아, 양친 부모 모셔 놓고

얼럴럴 상사도야, 부귀영화를 누려나 보세

얼럴럴 상사도야, 가노라 간다. 나는 가네

얼럴럴 상사도야, 청사초롱에 불 밝혀 들고

얼럴럴 상사도야, 사랑 찾아서 나는 간다~~~.

대길은 자신의 땀방울이 묻어있는 돌들이 남의 집 기둥을 받치는 주춧돌이 되거나 장마 때 허물어져 내린 언덕을 떠받치는 축대가 되어 있을 때 큰 보람을 느꼈다.

산에서 무거운 돌덩어리를 힘들게 지게로 져 나르는 것은 누가 봐도 무모한 헛고생처럼 보였으나 그의 땀 흘린 노력이야말로 타산지석(他山之石)으로 삼을만했다.

오늘도 대길은 지게를 지고 산으로 향했다.

깔딱 고개를 넘어서자, 이마에 땀방울이 송알송알 맺혔다. 그는 여느 때처럼 지게를 벗어 놓고 쉴 바탕에 앉아 허리춤에 찬 수건으로 땀방울을 닦은 뒤 구름이 머무는 먼 산을 바라보며 살랑살랑 불어오는 바람에 근심 걱정을 날려 보내고 있다.

어느새 그의 시선은 아래 내려다보이는 양지바른 산기슭을 향했다. 한참을 두리번거리다 어느 이름 모를 무덤에서 그의 시선이 멈췄다. 봉분도 있는 둥 마는 둥, 나무 사이로 겨우 보일 듯 말 듯 했던 무덤, 무성한 풀에 덮인 무덤을 바라보며 한이 서린 소리를 하기 시작했다.

앞산도 첩첩허고 뒷산도 첩첩헌디 혼은 어데로 행하신가?

황천이 어디라고 그리 쉽게 가랏던가?

무정하고 야속한 사람아 어데를 가고서 못 오는가?

구슬픈 소리가 제봉산 계곡을 촉촉하게 적셔 놓았다. 그가 목메어 부르는 판소리와 육자배기 가락에는 뭔가 사연이 깃들어 있는 듯했다.

운명으로 돌리고 잊으려 했던 추억 속의 누군가를 잊지 못할까?

대길은 격동의 세월을 헤쳐나오며 얽히고설킨 인연의 실타래를 풀어가면서 때로는 운명이라 여기면서도 인연의 향기를 못 잊어 애를 태우고 있었다.

그는 격동기를 거치며 불가피하게 네 명의 여인과 인연을 맺었다.

일제강점기로 거슬러 올라가 평생 가슴에 묻어두고 아라리를 앓았던 현해탄 건너 첫사랑 여인과 못다 이룬 사랑이 있고, 해방되어 귀국 후 부모님 등쌀에 떠밀려 결혼한 뒤 6.25 전쟁통에 피난살이

하면서 어린 두 딸을 두고 세상을 떠나버린 첫 번째 부인과 사별의
아픔도 있다.

　이런 연이은 이별의 고통을 딛고 일어서서 친구 소개로 한때 사귀
다가 부모님 반대로 혼인은 못 한 채 미련만 남겨놓고 영원히 떠나
버린 몰래 한 사랑이 있었는가 하면, 고모의 소개로 선을 봐 재혼하
여 지금까지 동고동락하는 평생 인연도 있다.

공원에서 바라본 평전 마을과 제봉산

제 2 장 쌍둥이의 꿈꾸는 아리랑

1

어린 시절, 쌍둥이는 온실 속의 화초가 아닌 앞마당 꽃밭에서 가꾸는 야생화 같았다.

길동과 금동은 누가 봐도 의심의 여지가 없는 쌍둥이였다. 그래서 그들을 자주 보지 않은 사람들은 길동인지 금동인지 구분을 못 하고 이름을 바꿔 부르는 경우가 많았다.

그러나 외모와는 달리 성격 차이는 뚜렷했다. 길동은 홍길동의 지성을 닮아 이지적이고 탐구적인 반면 금동은 홍길동의 끼와 꿈을 닮아 활동적이었다.

그들은 늘 붙어 다니면서 이심전심으로 통했지만, 경쟁의식이 강해 서로 자주 다투기도 했다.

쌍둥이는 누나들과는 나이 차이가 커 함께 부대끼며 살았던 기간이 길지 않아 기억 저편 아래 추억이 낯설기만 했다. 형 복동은 키와 몸집이 크고 태권도를 배워 어릴 적 길동과 금동의 보호막 역할을 했다. 두 살 터울인 복동은 동생들과 한 이불 속에서 동고동락하여 우애가 깊지만, 한참 커가는 아이들이라 몸으로 부딪치는 경우가 많았다. 올망졸망한 형제들은 장기를 두거나 승부 놀이할 때는 한 치도 물러서지 않았다.

길동과 금동은 복동 형과 함께 울력에 나가 편백과 리기다소나무를 심기도 했고, 농한기에는 산에 가서 솔가리, 갈대, 고사목 뿌리 등 땔감을 해오고, 농사철에는 부모님 농사일도 도왔다.

쌍둥이의 꿈이 피어날 무렵은 전쟁의 생채기가 아직 가시지 않은 때여서 가난으로 배고팠던 겨울밤은 오라지게 길었다. 평전의 겨울은 배고픔보다도 더 참기 어려우리만치 추웠다. 지대가 높아서 북풍한설 몰아치면 마루까지 눈이 들이치고 외풍이 심해 토방에 말뚝을 박아 볏짚으로 엮은 두데를 처마 밑까지 쳐 놓고 겨우살이를 해야만 했다. 두데를 치고 나면 방과 마루는 굴속처럼 포근하게 찬 바람을 막아주었다. 하지만 밤이 되면 어디로 새 들어왔는지 황소바람이 뒤틀린 문틈에 발라 놓은 문풍지 사이로 파고드는 소리가 요란하기만 했다.

삭풍 불 때 울타리의 댓잎 스치는 소리가 스산한 밤에는 솔수펑이에서 슬피 우는 부엉이 울음소리를 들으며 식구들은 화롯가에 둘러앉아 고구마 구워 먹으며 정담을 나누곤 했다. 잠자리에 들면 쌍둥이 형제는 서로 부둥켜안고 체온으로 솜이불을 데워 잠을 청했다.

쌍둥이 아버지는 그들이 커가는 모습을 즐기면서, 일일이 간섭하기보다는 간간이 대장부의 길을 일러주며 자식들에게 스스로 문제를 인식하고 심적 갈등을 겪게 하여, 각자 심력을 기르게 했다. 그러나 집안의 훈육 대장인 어머니는 다소 자극적인 말로 화를 내기도 했다.

"다른 집 자식들은 부모 말도 잘 듣고 싸움도 않고 공부도 잘 헌디 느그들은 누구 닮아서 만나면 으르렁거리며 서로 못 잡아먹어서 난리냐! 공부나 아니나 짜잔허게 허면서…."

하지만 농사일이 바쁜 쌍둥이 부모는 늘 마음은 있어도 그들을 간섭할 시간이 많지 않아 어찌보면 무관심한 것처럼 보였다. 그 바람에 쌍둥이는 평전을 앞마당처럼 천방지축 날뛰며 자유롭고 건강하게 자랄 수 있었다.

그들은 아이들과 술래잡기하면서 인분이 나뒹구는 밭과 들판을 누비고 다녔고, 마부 사타구니에 머리 박고 말타기 놀이하면서는 바짓가랑이가 터진 줄도 모르고 헛방귀만 뀌면서 힘자랑도 했다.

아지랑이가 하늘하늘 피어오르는 봄날 오후였다. 양지바른 공원 언덕에 사내아이들이 일렬횡대로 줄지어 있었다.

사내아이들이 자존심 대결을 벌였다. 번데기 같던 고추가 점점 몸집을 키우자, 아이들은 서로 으스대며 주위를 살폈다.

번데기 키재기가 아닌 매운 고추 왕을 뽑는 경연 대회였다. 어쩌면 시합이라기보다 춘풍에 수술이 보일락 말락 하게 지그시 눈을 뜬 홍매화의 꽃망울 같은 화포들의 향연이었다.

발사대에 일렬로 늘어선 아이들이 엉덩이를 앞으로 내밀어 두 손으로 방아쇠를 당기듯 표피를 잡아당기며 일제히 쏘아댔다. 그 모습은 마치 신기전(神機箭)의 화통을 떠나서 하얀 연기를 뿜으며 날아가는 화살처럼 보였다.

길동과 금동은 조금이라도 더 멀리 보내려고 물을 잔뜩 먹고 엄지발가락과 배에 힘을 주며 몸부림쳤다. 길동은 오금을 조였다 풀며 발사했지만 역부족이었다. 이날은 금동이가 홈런 포를 쏘아 올려 작은 고추의 매운맛을 보여주었다.

쌍둥이에게 감성의 보금자리가 되었던 곳은 친구 장수네 집 헛간이었다. 그곳은 어둠 속에 흐르는 공포와 어우러진 원시적

순수함이 있었다. 그 순수함 때문에 그들의 심성도 티 없이 맑고 순수하기만 했다.

헛간 바닥은 푹석푹석한 짚 다발과 덕석이 전부이고 창이 없는 음침한 곳이다. 어느 날 천장에 매달린 망태에서 갑자기 암탉이 알을 낳고 울고 나가자, 금동이가 달걀을 몰래 주머니에 넣고 만화책을 빌리러 간다며 슬쩍 자리를 뜬 적도 있었다.

호기심 많은 개구쟁이들이 꿈을 키웠던 보금자리인 헛간에는 늘 생명체가 고무락거리고 있었다. 언젠가는 헛간 담벼락 돌 틈 사이에서 구렁이가 허물을 벗어놓고 어디론가 사라지기도 했고 덕석을 펴자, 눈을 뜨지 못한 빨간 생쥐 새끼 몇 마리가 꼬물거렸다. 이것을 본 짓궂은 아이들이 귀엽다고 만지작거리며 가지고 놀다 죽어버리자, 장사 지내고 무덤을 만들기도 했다.

가끔 그들은 어두운 공간에서 연극도 하고, 노래도 하고, 시조도 읊고, 만화 그림을 그려 전시도 했다. 작가가 되어 이야기도 지어내고, 배우가 되어 연극도 하고, 때로는 연출가도 되고, 시인이 되기도 했다.

그들의 꿈이 여물었던 또 하나 둥지는 정락재 넘어가는 바위 고개 모퉁이에 있는 성구네 토담집으로 낮에는 아이들의 꿈 다락방이었다.

집 담벼락엔 땅벌들이 구멍을 뚫고 살고, 처마 밑에는 대추만큼 통통한 말벌들이 집을 짓고 가끔 출몰하곤 했던 곳이다. 마치 유령의 집 같기도 했고 마법의 토성 같기도 했다. 하지만 겨울에는 따뜻하고 여름에는 시원하여 아이들이 모여 만화를 돌려 보고 실내 놀이하기 안성맞춤이었다. 아이들은 모였다 하면 구슬치기, 딱지치기, 강철 치기, 동전 치기 놀이를 했다. 특히 설 명절 때는 세뱃돈으로 짤짤이(쌈치기)라는 동전 놀이를 하며 동전이나 그림 딱지, 양철 계급장 등을 주고받았다.

그들만의 둥지는 어린 시절 쌍둥이의 꿈과 추억을 만드는 희망 제작소였다.

**

쌍둥이는 초등학교 5학년 때부터 중학교 시절까지 복동 형과 함께 비가 오나 눈이 오나 새벽 4시 탁상시계의 울음소리에 떠지지 않는 눈꺼풀을 비벼대며 벌떡 일어나야 했었다.

새들도 잠든 새벽의 고요를 뚫고 그들은 줄타기하는 곡예사처럼 가파른 고갯길을 쏜살같이 뛰어다녔다.

어떤 날은 무서움을 쫓기 위해 큰 소리로 군가를 두 곡쯤 부르면서 평전 고개를 넘어가면 희미한 가로등 불빛이 어둠을 삼켜주었다.

"사나이로 태어나서 할 일도 많다만 너와 나 나라 지키는 영광에 살았다. ~~~.

전우의 시체를 넘고 넘어 앞으로 앞으로 낙동강아 잘 있거라 우리는 전진한다. ~~~."

지척을 구분키 어려울 정도로 눈보라 치는 겨울날이었다.

형제들은 쏟아지는 눈발 사이로 희미하게 보이는 가로등 불빛을 이정표 삼아 조심스레 고갯길을 넘고 있었다.

멀리 큰 다리쯤에서 기차역을 향해 오는 열차는 기적을 뿜으며 그들의 발걸음을 재촉했다.

열차가 철교를 건널 때 들리는 덜컹거리는 소리는 역을 향해 뛰는 그들의 심장 박동과 박자가 맞았다. 가쁜 숨을 몰아쉬며 기차역에 도착하면 서울발 준급행 열차가 플랫폼에 조간신문 꾸러미를 내려놓고 떠났다. 여느 때처럼 그들은 신문 꾸러미를 찾아 새벽

공기를 가르며 신작로와 골목길을 누비면서 소복이 쌓인 눈 위에 첫 발자국들을 남겼다.

학창 시절 길동과 금동은 새벽부터 늦은 밤까지 땀으로 얼룩진 채 보낸 날이 허다했다. 그들의 청춘에서 가장 계획적이고 알찬 하루는 매일 이른 새벽 오르내리던 평전 고개에서 시작되었다.

쌍둥이는 건강한 체력 못지않게 머리도 영리하였다.

길동이가 교내 경시대회에서 1등을 하였다.

이날은 엄마가 먼저 말을 꺼냈다.

"니가 용케도 1등을 해부렀담서야, 참, 장허다."

길동은 모처럼 자랑 좀 하려고 목에 힘주고 엄마 오기만 잔뜩 벼르고 있는데 김이 새 버렸다.

"어디서 들었어요?"

"아버지가 그런디, 아버지 다니는 공장의 사장님네 딸이 너 때문에 1등을 놓쳐버렸다고 사모님이 애통해하더란다. 이번에 운이 좋았던 갑이다. 통 공부도 안 허고 놀면서 어떻게 니가 1등을 했다냐?"

길동은 엄마에게 열심히 공부하는 모습 보다는 날마다 뛰어놀기 바쁜 모습만 보여주었던 것 같았다.

"몇 문제가 아리송해서 연필 굴려서 찍어 버렸더니 요행이 찍은 것이 다 맞는 바람에 1등을 해불었어라."

자랑 좀 하려고 벼르던 그가 김이 빠져버린 표정이었다.

"그러면 그렇지 니가 숙제나 제대로 해 가기나 허냐?"

"선생님께 안 맞을 만큼만 해놓고 놀지라."

"그래, 엄마가 바빠서 간섭하지 않는다고 보나 마나 눈 가리고 아웅 했을 테제, 어렵사리 학교 보내 놓은 게로 대충 선생님 눈이나 속이고 허면 쓴다냐!"

"그랬다가는 선생님한테 혼나지라."

학교에 가면 선생님은 숙제 검사를 엄격히 했다. 숙제를 안 하거나 얼렁뚱땅했다가는 선생님은 가만두지 않고 손바닥이나 종아리가 피멍이 들도록 회초리로 때리거나 의자를 들고 서 있게 하는 체벌을 주었다.

어머니는 쌍둥이가 상을 받아오면 자랑삼아 안방 벽에 밥풀로 붙여 놓았다. 그것이 상을 받는 유일한 낙이었다. 안방에는 눈에 잘 띄는 벽에 사진 액자와 상장이나 임명장을 붙이는 공간이 있었다.

여름에는 집안 곳곳에 유난히 파리도 많았다. 파리채가 불이 나도록 잡고 또 잡아도 어디서 몰려오는지 귀찮게 했었다. 방안 벽에 붙여둔 상장 위에도 하루가 다르게 파리똥이 새까맣게 쌓여가고 있었다. 상장에 파리똥이 쌓여 개근상인지 우등상인 구분하기 어려워질 때쯤이면 어느덧 한 학년이 지나갔고, 그 위에 새 상장이 덧붙여지곤 했다. 상장이 덧붙여지고 그 위에 파리똥이 새까맣게 쌓일 때마다 쌍둥이 부모의 가슴속에는 수심만 잔뜩 쌓여가고 있었다.

"저 놈들이 공부는 제법 잘 허는디 배곯지 않고, 밥이라도 제때 먹게 해주어야 헐 것 아닌가!"

"쌍둥이만 생각 허면 가슴이 아프요. 부잣집 자식들은 철철이 옷도 잘 입고 좋은 가방도 들고 다니는디, 책보자기 보면 맴이 짠허지라. 올겨울에는 눈이 많이 온다는디 개실 사다가 벙어리 장갑이라도 절어 주어야 쓰겠소."

그들이 초등학교 6학년에 올라가자마자 학년 전체 배치 고사가 실시되었다. 이번에는 금동이가 전교 1등을 하였다.

담임 선생님은 금동을 칭찬해 주고 부쩍 관심을 두었다.

학년 초 어느 날, 담임 선생님이 가정방문을 했다.

금동은 선생님을 모시고 엄마 아버지가 일하는 밭으로 갔다. 부모님은 김이 모락모락 나는 냄새 고약한 두엄을 밭고랑에 뿌리고 감자를 심고 그 위에 흙을 덮고 있었다.

선생님은 부모님과 선 채로 몇 마디 인사를 나누고는 금동의 학업 성적을 언급하면서 중학교 진학 문제를 상담하였다.

"아버님, 금동이가 학기 초 배치 고사에서 전교 1등을 했어요. 머리가 비상해서 공부를 잘하니 잘만 가르치면 광주 일류 중학교에 보낼 수 있을 것 같습니다. 과외 공부 좀 시켜서 광주로 보내 봅시다."

금동은 아버지가 난처한 표정으로 선생님과 대화하는 모습을 바라보았다.

"선생님 말씀은 잘 알겠는디요, 보시다시피 농사 조금 지어서 포도시 밥은 먹고 사요 만은 아그들 수련장도 못 사주는 형편인디 어찌고 광주까지 보내겠는가요."

"금동 아버님, 형편이 어려우신지 잘 알겠는데요, 금동이를 그냥 놀리기는 너무 아까워서요, 제가 알아서 가르쳐 볼 테니 전혀 부담 갖지 마시고 금동이를 저의 집으로 보내주세요."

그의 아버지는 선생님의 당부에 어쩔 수 없이 수긍했다.

"네, 선생님이 그렇게 해주신다면 감지덕지죠"

다음 날 선생님은 금동을 교무실로 호출하였다.

금동은 혹시 잘못한 게 있나 싶어 가슴이 콩닥콩닥 뛰었지만, 의외로 선생님은 다정하게 맞이해 주었다.

"금동아! 어서 와, 거기 앉아 봐."

담임 선생님은 40대 중반으로 '마도로스 박'이란 별명이 붙을 정도로 카리스마는 있지만, 사실은 온정이 넘치는 분이었다.

"금동아, 넌 공부를 조금만 더하면 좋은 중학교에 갈 수 있다. 내일부터 방과 후에 우리 집에 와서 반 친구들과 함께 공부해라."

금동은 선생님의 제안에 미처 생각할 겨를도 없이 대답했다.

"예, 선생님, 열심히 하겠습니다."

"수련장과 문제집은 내가 몽땅 줄 테니 책보자기 챙겨 선생님 집으로 오너라."

선생님 집에는 이미 여러 친구가 오래전부터 과외 공부를 해오는 중이었다. 금동이가 선생님 집에서 공부한 지도 몇 달이 지났다.

과외 공부하는 아이들은 읍내에서 가정 형편이 꽤 넉넉한 집 아이들이었다. 잘 사는 집 아이 엄마들은 자식 교육에 관심이 많아, 저녁마다 간식으로 토마토, 복숭아, 포도, 수박 등 과일을 챙겨 왔다.

어느 날 아이들이 선생님에게 과외비를 내는 것을 본 금동은 자신의 처지가 왠지 슬펐고 공짜 과외에 대한 부담을 느끼기 시작했다. 더구나 밤마다 친구 엄마들이 돌아가며 가져다준 간식을 먹으며 주위 눈치가 보여 속이 편치 않았다. 금동은 어린 마음에도 미안함이 가득했다. 한 달이 가고 두 달이 가자, 심적 부담은 더했고 먹는 것이 소화가 안 되는 듯했다.

"이럴 때 엄마가 감자라도 쪄서 가져오면 좋겠는데…."

금동은 차마 엄마에게 말하지 못했다.

농촌에서 흔해 빠진 감자를 쪄서 가지고 온다 한들 아이들이 맛있게 먹을지 자신이 없었기 때문이었다.

금동은 고민에 고민을 거듭하다가 차라리 그곳에서 벗어나기로 하고 복동 형과 길동이에게 사정 얘기를 하여 선생님 집에 둔 책

보따리를 빼내기로 모의를 했다.

철없는 어린 형제들은 의기투합하였다.

여름방학이 시작되자마자 사전 모의한 대로 책 보따리 빼기 작전을 실행에 옮겼다.

"금동아, 너 오늘은 쫌 일찍 가서 미리 책이랑 가방, 학용품을 챙겨놓아라. 우리는 걱정하지 말고, 알았지."

복동이 사전 작전 지시를 내렸다.

금동은 그날은 다른 때 보다 일찍 공부방에 갔다. 친구들이 오기 전에 선생님 집에 둔 교과서, 전과, 수련장들과 문제집, 공책 등을 보자기에 싸고 가방에 담아 만반의 준비를 마쳤다. 그리고 태연하게 밤늦게까지 선생님 집 뒤뜰 평상에서 공부했다.

평상 옆으로 키를 훌쩍 넘는 담이 있고, 담 너머에는 작은 개울이 흐르고 있다. 그 개울은 가물어서 그런지 물이 고여 썩어가면서 모기떼가 우글거리는 시궁창이나 다름없었다.

금동이 약속한 시각은 밤 11시 정각이었다. 미리 온 복동과 길동은 담 너머 시궁창에서 모기를 뜯겨가며 숨죽이고 있었다.

과외 공부가 거의 끝나갈 무렵 금동은 시계를 쳐다보며 11시를 알리는 종이 울리기만을 초조하게 기다리며 담장 밖을 향해 귀를 쫑긋 세우고 있었다. 그런데 갑자기 고양이 울음소리가 들리더니 방귀 소리인지 풍선 터지는 소리인지 어렴풋이 들려왔다. 그는 마음의 준비를 하고 있었다.

공부를 마치자 금동은 눈치를 슬슬 보며 친구들이 나가기만을 기다렸다. 마지막 친구가 나가자 마자 얼른 책 보따리와 가방을 챙긴 뒤 발레리나처럼 깨금발을 딛고 어렵사리 그것들을 담 위로 걸쳤다. 기다렸다는 듯이 네 개의 손이 소리 없이 받아 갔다.

선생님 집을 유유히 빠져나온 금동은 형과 사전에 약속한 평전 고갯길에서 형제들을 만나 성공을 자축하며 서로 얼싸안았다.

복동은 담장 밖에서 기다리면서 가슴 조였던 긴장된 순간을 금동에게 말했다.

"모기가 달라붙어 장딴지가 가려워 미치겠는데 긁지도 못하고 쥐 죽은 듯이 있었다. 그런디, 갑자기 깜깜헌 데서 하얀 두 개의 불빛이 번쩍해서 가슴이 철렁 내려앉아 불었어야. 한참 있다가 자세히 보니 도둑고양이가 나를 보고는 '야옹야옹'하고 울더라."

길동이도 한마디 거들었다.

"나도 한 걸음씩 조심해서 담벼락에 다가서는디 발밑에 물컹한 것이 밟히는 순간 '뿌우웅' 하고 방귀 뀌는 소리가 나서 보니 두꺼비를 밟았던 모양이더라. 온몸에 식은땀이 주르륵 흐르더니 힘이 쭉 빠져버렸어야! 모르긴 몰라도 간이 절반은 녹아버린 것 같더라."

금동은 복동 형의 이마에 송알송알 맺혀있는 구슬 같은 땀방울을 손으로 닦아주면서 고마움을 표시했다.

"형! 눈알이 토깽이처럼 커진 것 본 게 많이 놀란 것 같네"

복동은 힘든 작전에 성공했다는 듯이 으스대며 말했다.

"작년 가을, 달밤에 감나무 밭에서 감 따 먹다 들켜 쫓기던 일 생각허면 아무것도 아니다."

"허기사 요까짓 것쯤이야 누워서 떡 먹기 제, 잉"

금동이 맞장구치자, 복동은 신이 났는지 한 걸음 더 나아갔다.

"맞아! 우리는 홍길동 후예 아니냐! 도둑 영화 볼라고 읍내 극장에 빠이롱(몰래 담을 타고 건물 유리창을 넘어 들어감) 타면서 어두컴컴한 시궁창을 건너다 미끄러졌던 일 생각나냐? 느그들이 풍덩 빠지는 바람에 영화도 못 보고 언갓골까지 가서 씻느라고 벌벌 떨었던 일 생각허면 이번 일은 새 발의 피다."

"말을 헐라면 똑바로 허소. 홍길동 두령이 화내겄네. 진짜 홍길동은 극장에서 표를 훔쳐다가 우리 같은 가난한 얘들에게 나눠주지 절대로 도둑 영화는 안 볼 것이네."

길동이 끼어들어 날카롭게 지적했다.

"허긴 그래, 홍길동 두령이 고향에 한 번 다녀가면 좋겠는디…."

"활빈당에 입당할려고?"

복동은 길동의 질문에는 자신이 없는지 엉뚱한 대답을 했다.

"야, 빵 한 조각씩이라도 나눠 줄는지 아냐?"

비록 전술은 성공적이었지만, 그들은 결과적으로 무모하기 짝이 없는 철부지 행동을 하고 말았다.

금동은 제자를 길러내고자 헌신적으로 열과 성을 다했던 스승의 희망을 꺾어 버리고, 배은망덕(背恩忘德)한 행동을 했다.

어린 시절 돈키호테식 무용담이나 전쟁 만화, 의적 홍길동 만화에 익숙했던 그들로서는 순간의 희열에 만족해야 했다.

다음 날부터 금동은 선생님 집에 가지 않았고 갈 수도 없었다. 공부로부터 해방되어 먹는 것은 소화가 잘되었지만, 여름방학 동안 그냥 집에서 놀고만 있을 수 없는 형편이었다.

금동이 과외 공부를 하는 동안 복동과 길동은 방학 기간 중 학비를 벌기 위해 얼음과자 장사를 하고 있었다. 금동이도 그들을 따라 아이스 께끼(케이크) 통에 얼음과자를 잔뜩 채워 어깨에 뗐다. 왜소한 체구에 무거운 통을 메고, 한여름 땀이 비 오듯 쏟아지는 불볕더위에도 아랑곳하지 않고, 오로지 돈을 벌기 위해 도로 먼지와 자동차에서 뿜어져 나오는 새까만 매연을 둘러쓰며 끈적거리는 신작로를 누볐다.

"아이-스 께끼 어-어름 과자"하고 외치고 다니면서.

신작로의 아스팔트는 땡볕에 녹아 기름 냄새가 진동했고, 검은 눈물을 흘리는 것 같았다. 끈적거리는 길바닥은 가끔 철떡거리는 검정 고무신을 통째로 뺏어 가곤 했었다.

그해 여름은 유난히도 더웠고, 논바닥이 거북이 등처럼 쩍쩍 벌어질 정도로 가뭄이 심했다. 농부들은 제봉산 꼭대기에서 기우제를 지냈고, 마을 공동 우물인 두레박 샘은 밑바닥이 드러나 보일 정도로 식수마저 마르고 있었다. 형제들은 얼음과자가 잘 팔린 덕분에 2학기 월사금을 벌 수 있었고 용돈도 챙겼다.

그들은 신문 배달에 얼음과자 장사까지 하며 돈이 모이는 재미에 푹 빠져버렸다. 공부는 뒷전이었고, 선생님의 호의를 저버리고 책보따리를 몰래 빼낸 잘못도 새까맣게 잊고 있었다.

오직 허리춤에 대롱대롱 매달고 다니는 돈주머니에 동전이 쌓여 시계추처럼 왔다 갔다 하는 재미와 함께 발걸음도 가볍게 이리 뛰고 저리 뛰었다.

그들은 부모님께는 금동이가 매일매일 선생님 집에 들러 과외 공부를 마치고 얼음과자 장사한다고 거짓말을 했다.

방학이 끝난 뒤 2학기가 시작되면서 선생님 집에 공부하러 갈 수 없게 되자, 모든 것이 탄로 나고 말았다.

"엄마, 사실은 여름방학 동안 선생님 집 안 가고 께끼 장사 해서 월사금 벌어 놓았어라"

금동이 사실대로 털어놓자, 어머니는 말로만 나무랐다.

"복 쪼가리도 뒈지게 없는 놈 같으니라고, 니놈이 굴러온 복을 차버렸구나. 되려는 나무는 떡잎부터 알아본다고 했는디, 니놈은 폴새 떡 쪄 먹고 시루 엎었다. 어쩌겠냐, 돈이 웬수제.”

어머니의 꾸중은 금동이 애초 각오했던 것보다 느슨했다.

어머니는 아이들의 처지가 부모의 무능 탓이라 생각하는 듯했다.

“모든 것이 애비 잘못 만난 탓 아니겠냐.”

아버지도 자신을 탓하며 아들들에게는 꾸중도 하지 않았다.

부모로서 뒷받침 못 해주어 마음은 아팠지만, 만약 금동이가 광주로 진학하게 되면 집안 형편상 도저히 감당할 수 없다고 걱정하고 고민하면서, 이를 전화위복으로 생각했는지도 모른다.

금동은 학교에 가서 선생님 뵐 면목이 없었지만, 용기를 내어 선생님께 솔직하게 말하고 용서를 빌었다.

“선생님, 아버지가 읍내 중학교에 진학하라고 하시고, 가정 형편도 어렵고 해서 그랬습니다. 제가 잘 못했습니다. 용서해 주세요.”

“금동아, 선생님은 네 마음을 이해한다. 네 실력이면 충분히 좋은 학교 갈 수 있다. 아쉽긴 하지만 과외 공부는 안 하더라도 집에서 혼자 열심히 해라. 읍내 중학교라도 우수한 성적으로 들어가면 되잖아.”

금동은 화를 내야 할 담임 선생님이 자신을 도와주지 못해 아쉬워하며 격려를 해주는 모습에 감동의 눈물을 떨구었다.

2

1972년은 새마을 운동이 전국으로 확산해 갔다. 평전에도 새마을 운동이 활발히 펼쳐졌다.

"아따, 인자는 여그도 소달구지가 직접 들어오고 편하게 농사지을 만 허네."

"참말로 그동안 나락이고 두엄이고 머리에 이고 등에 지고 다님시롱 땀 뻘뻘 흘린 것 생각허면 억울해 죽겠당게라."

마을 길이 넓혀져 소달구지가 나락을 싣고 들어오던 날 쌍둥이 부모님이 지난날을 회상하며 좋아했다.

그 덕분에 담장과 지붕 개량 사업도 순조롭게 진행되어 동네가 완전히 변했다.

쌍둥이는 중학교 졸업 후 진학을 못 하고 집에서 농사일을 도우며 동네 새마을 운동을 하느라 구슬땀을 흘리기도 했다. 그들은 무엇보다도 동네 사람들의 평생소원인 수돗물 보급을 마을 사람들과 함께 해결했던 것을 늘 자랑스러워했다.

"워메, 인자 평전에서도 살 만허겠다. 물동이 이고 징그러운 깔크막 오르내리면서 무르팍이 다 닳아 버렸는디…"

집마다 수돗물이 들어오자, 물동이에 이골이 난 쌍둥이 어머니는 좋아서 어쩔 줄 몰라 했다.

멀리 제봉산 골짜기에 물탱크를 만들고 PVC 파이프를 파묻어 각 집까지 물을 끌어오기는 쉬운 일이 아니었다.

그 무렵 쌍둥이는 사춘기를 거치며 성장통을 앓기 시작했다.

길동과 금동이 막걸리 새참에 길들어 가고 노동으로 근육이 여물어 가는 동안 그들에게도 뒤늦게 사춘기가 찾아왔다. 어느새 코밑의 보송보송한 솜털이 제법 거무스름하게 변해갔고 턱에도 털이 잡초처럼 하나둘 돋아나기 시작할 무렵이었다.

그들은 틈나는 대로 공원 정자나무 그늘을 즐겨 찾았다. 외로울 땐 언덕에 앉아 하모니카를 불기도 하고 야심한 밤에는 청춘 남녀의 속삭임을 엿듣기도 하면서 호기심을 채우곤 했다.

그때는 치마 입은 여학생의 가늘고 긴 다리만 쳐다봐도 눈알이 동그래지며 심장이 쿵쾅거리고 숨이 턱턱 막히기도 했다. 자연스럽게 그들의 관심 대상은 어릴 적부터 따라다니며 친하게 지냈던 성기 형으로 바뀌었다.

성기는 이름값을 했다. 훤칠한 키에 호리호리한 몸매, 왠지 지식이 꽉 찬 듯하여 마치 서방에서 온 한량 같았다. 그는 꽉 달라붙은 나팔바지를 즐겨 입었는데 바짓가랑이 중심부가 별나게 톡 튀어나와 맨눈으로 보기 민망할 정도였다. 그는 허리가 잘록한 남방에 손이 베일 정도로 빳빳이 풀을 먹인 깃을 세우고, 엘비스 프레슬리처럼 있는 폼, 없는 폼 다 잡고 다녔다. 게다가 노래도 잘 부르고 기타까지 잘 치니 아가씨들이 눈길을 줄 만도 했다.

어느 날 쌍둥이 형제는 우연히 못 볼 것을 보게 되었다. 어쩌면 보고 싶은 것을 몰래 훔쳐본 것이다. 그들은 성기 형에게 빌려 온 만화책을 들고 그 집에 도착했다. 뒤안으로 돌아가 형이 기거하는 골방 앞에 이르렀다. 웬 빨간 꽃신이 보였다. 그들은 숨소리마저 죽이고 장독 뒤로 숨었다. 기타 반주에 맞춰 부르는 노랫소리가 호기심을 더욱 자극했다.

"사랑해 당신을 정말로 사랑해, 당신이 내 곁을 떠나간 뒤에….."

혼성 듀엣으로 부르는 노래는 음정, 화음, 뭐 하나 나무랄 게 없었다. 제법 궁합이 잘 맞는다고나 할까? 처음에는 기타의 음정과 손가락 위치를 교정해 주는 등 수업 분위기가 진지한 듯했다. 지루하다 못해 금동이가 하품을 하고 있을 때였다.

소곤소곤 이야기를 주고받는가 싶더니 잠시 침묵이 흐르다가 갑자기 뒤틀린 문틈 사이로 새어 나왔던 불빛이 희미해졌다. 숨을 죽이고 봉창 밑으로 다가갔다.

"오빠, 나 몰라!"

남녀 간의 내면에 소용돌이치는 욕망을 풀어가는 2차 방정식의 해법이 서서히 풀려가기 시작했다. 잠시 후 부엌으로 통하는 문이 열리더니 인어공주 같은 여인의 나체가 어둠 속에서 진주처럼 영롱한 광채를 띠었다. 그녀는 가슴만을 가린 채 조심스레 주위를 두리번거렸다. 얼핏 보기에는 이웃 마을 사는 장다리 누나 같았다.

그녀가 다시 방으로 들어가자, 성기의 손은 그녀의 백옥 같은 살결을 어루만졌다. 그녀가 악물고 있는 이빨 사이로 새어 나온 소리는 격정이 넘쳤다. 그들은 한 덩어리가 되어 깊고 긴 상상의 나래를 펴고 하얀 뭉게구름 사이로 파고드는 빛의 세례를 흠뻑 받고 있었다.

깨가 쏟아지는 밤, 막 짠 참기름에서 풍기는 꼬순내에 취해버린 그들은 비틀거리며 집으로 돌아왔다.

그때부터 금동은 사춘기의 홍역을 앓으며 비뚤어지기 시작했다. 혼자서 성기 형 집을 드나들기도 하면서 만화나 보고 책은 손에서 점점 더 멀어져만 갔다. 벌이 꽃을 찾아 헤매듯 그는 분주하게 정자나무가 있는 아카시아 꽃향기 그윽한 공원 언덕을 오르내렸다.

달빛이 유난히 푸른 어느 날, 아카시아 꽃비가 공원 벤치를 하얗게 덮을 때 금동은 연꽃같이 예쁜 아랫마을 연화를 만났다.

공원 언덕의 코스모스가 가슴을 열어 활짝 미소 짓고 풋내 나는 사과가 빨갛게 익어갈 즈음 둘의 사랑도 홍시처럼 익어가고 있었다.

달빛이 푸르던 밤이면 금동은 동자승이 되어 연화를 찾아 꿈의 여행을 떠나곤 했다.

달빛에 젖은 애기단풍의 그림자마저 붉게 물든 꽃비 내리는 밤, 바람 타고 온 작은 손이 봉창을 두드렸다. 그는 불꽃 같은 작은 손을 가슴에 품고 꽃비 맞으며 꽃 침대에 누워 연못에 일렁이는 달을 보며 연화를 그리워했다. 때마침 수련의 품에 안긴 사리가 춤을 추고 터질락 말락 부푼 연꽃 봉오리가 물안개 헤치고 피어나며 염화시중의 미소를 지었다. 빨간 앵두 같은 입술, 까까머리는 오감의 몸부림을 치다가 꽃잎 피어나는 소리에 벌떡 일어나 꽃향기에 취해 비틀거렸다. 살짝 다가가 꽃 입술에 입맞춤하고 몽환의 꽃불 잔치를 하다가 보살같이 포근한 연화의 품에 안겨 스르르 잠이 들곤 했다.

날이 가고 해가 가면서 어느덧 목이 타는 갈증과 불같은 열망은 서로를 대담하게 만들었다. 이젠 숨겨둔 눈빛이나 숨겨둔 속마음도 없이 몸으로 서로를 확인하기에 이르렀다. 눈과 눈, 코와 코, 입과 입, 가슴과 가슴이 부딪히더니 급기야 성기 형의 흉내까지. 그들은 비밀의 창문을 깨부수고 사랑의 금자탑을 쌓아가며 요사스러운 풋사랑의 신비에 취해가고 있었다.

어느 날 그들은 정자나무 아래 잔디밭에 앉아 정담을 나누었다.

"연화야, 우리 사랑은 무슨 색깔일까?"

"글쎄, 무지개 색깔 같기도 하구. 특히 난 보라색을 좋아해."

"넌 우아하고 화려하고 변화 무쌍한 색을 좋아하는군."

"난 일곱 가지 색이 다 좋아, 금동아 넌 무슨 색깔로 보여?"

"주황색처럼 따뜻하고 행복한 색으로, 난 유독 주황색만 좋아해."

중학교 졸업 후 연화와 풋사랑에 빠졌던 금동은 진학을 포기한 채 집에서 셰퍼드 개 한 마리를 기르며 훈련도 시키고 농사일도 도왔다. 그는 연화를 만나면서 철없던 자신을 다시 돌아보았다. 학교 다니는 연화가 부러웠던 그는 그녀를 만나기 위해서라도 날마다 도서관에 가야만 했다. 연화 덕분에 다시 독한 마음을 먹고 독학으로 대학 입학 자격 검정고시 공부를 시작했다.

한편 길동은 금동이 보다는 좀 더 늦게 사춘기 홍역을 가볍게 치렀다. 그는 꿈속에서 그날 밤 그 현장을 찾아갔다. 무대는 그때보다 더 화려했다. 원앙금침 위에서 백옥 같은 알몸을 드러내고 누워 있는 여인의 모습은 마치 천사 같았다. 사춘기 사랑에 목마르고 이성에 대한 호기심이 극에 달했던 그에게는 그 여인의 누드야말로 불가사의에 가까운 아름다움의 극치였다.

순간, 길동은 가슴이 울렁거려 말소리마저 성대를 통과하면서 어눌해지고, 욕정의 화로가 불덩이처럼 뜨거워지자, 이성을 잃고 말았다. 혹시 성기 형이 나타날지도 모른다는 두려움과 공포가 엄습해왔지만, 오늘 밤만은 기필코 성기 형의 자리를 차지하겠노라고 다짐하고 그녀에게 가까이 다가갔다.

그런데 그 여인은 그날 밤 보았던 그 누나는 아니었다. 하지만 그녀가 누군지는 알 수 없었다. 그가 늘 상상해 오던 늘씬한 몸매, 볼륨 있는 가슴, 잘록한 허리, 탄력 있는 궁둥이, 무처럼 긴 다리를 가진 여신인 것만은 분명했다.

길동이 잠시 넋을 잃고 온몸을 바르르 떨며 어찌할 바를 모르자,

여신은 길동을 편안하게 이끌어 주었다.

어둡고, 깊고, 긴 터널의 문을 열고 빛을 밝혀 주었던 황홀한 환상의 밤은 어느새 가고 없었다. 아쉬움을 뒤로하고 눈을 번쩍 떠보니 절반은 몽상이 아닌 현실이었다.

명백히 남아 있는 증거는 축축하다 못해 끈적거리기까지 했다.

목석같은 길동이었지만, 꿈속에서나마 뜨거운 사랑 고백을 하고 지울 수 없는 첫 경험을 했다.

길동은 사춘기를 보내며 꿈속에서나마 첫사랑 아라리를 앓았다. 성적 공상(空想)이 떠오를 때면 여지없이 찾아오는 이름 모를 여신, 그녀는 그의 첫사랑이었다. 그날 밤 몽정은 그에게 현실과는 다른 멋과 맛을 느끼게 하는 성장의 추억이었다.

사춘기라는 인생 고개를 사뿐히 넘은 길동은 벼농사가 끝난 뒤 나뭇잎이 하나둘 떨어질 무렵, 뭔가 허전함을 느꼈다. 그동안 농사 일할 때는 일 잘한다고 칭찬을 아끼지 않던 주변 사람들이, 농한기에 그가 빈둥거리며 뛰어놀 때는 누구도 그에게 공부하라는 사람 하나 없는 것이 그를 슬프게 했다.

"내가 농사꾼 체질이란 말인가?"

길동은 곰곰이 자신의 미래를 상상하며 다짐을 새롭게 했다.

"일 년 내내 농사 지어봐야 겨우 목구멍 풀칠하기 바쁘니 뭔가 탈출구를 찾지 않으면 안 돼. 아버지처럼 평생을 흙에서 살다 갈 수는 없지. 엄마가 늘 부러워하던 서울로 가려면 고등학교는 반드시 나와야만 해. 다시 공부하자."

그는 그때 비로소 책상 밑에 처박혀 먼지가 잔뜩 쌓인 책가방을 꺼내 먼지를 털어 냈다.

그때부터 밤낮없이 도서관에 다니며 벼락공부한 길동은 다행히 광주 사립 명문고에 우수한 성적으로 합격했다. 장학금 혜택을 받는 바람에 무난하게 입학할 수 있었다.

하지만 그에게도 말 못 할 시련이 있었다. 어느 날은 차비가 떨어졌어도 차마 말도 못하고 학교 가다 말고 공원 벤치에 털석 주저 앉아 다시 집으로 가야 할까 고민했다.

늦은 밤까지 바느질, 뜨개질하다가 새벽에 일찍 일어나 따듯한 밥 해주고 도시락 두 개씩 싸주던 엄마, 시외버스 차비가 없을 때는 이른 아침부터 이 집 저집 돈 빌리러 다니는 엄마의 모습이 눈에 어른 거렸기 때문이었다.

그는 정자나무 아래 그늘진 잔디밭에 앉아 책을 보다 눈물 젖은 도시락을 비우며 남몰래 울다가 지쳐서 잠이 들었다.

3

꿈 많던 사춘기! 쌍둥이는 시련과 원망도 거침없이 맞닥뜨렸다.

어느 날 모두가 잠든 깊은 밤, 방안에 연기가 가득 찬 줄도 모르고 형제들은 누가 떼메 가도 모르게 꿈속에서 헤매고 있었다. 자갈길 통학버스에 시달린 길동이가 방바닥에 엎드려 공부하다가 곤하게 잠이 들었다. 얼마나 피곤했는지 잠꼬대하여 방구석 등잔에 걸어 놓은 호야가 밀쳐지면서 벽에 불이 붙은 모양이었다.

갑자기 방안이 대낮처럼 환해졌다. 옆에서 자던 복동이가 깜짝 놀라 일어났다.

"워메, 요 새끼들 봐라. 죽으려고 환장했냐?"

복동은 엎어져 잠든 금동과 길동을 발로 걷어차며 깨웠다.

방구석 한쪽 벽에 불이 타고 있었다. 복동이가 얼른 이불을 불 위에 덮고 불길을 잡았다. 잠시 안도의 숨을 내쉬고 있는 사이 이불 속의 솜이 슬금슬금 타들어 가고 있었다. 물을 부어 불을 끄긴 했지만, 방안엔 연기가 가득하고 솜이 탄 냄새가 진동했다.

그들은 불이 난 흔적을 지우느라 날이 새는 줄도 몰랐다. 불에 탄 솜을 뜯어내 두엄 속에 깊이 파묻고, 비료 포대 종이를 잘라 벽에 붙이고, 불에 탄 방바닥 장판은 방구석 모서리의 겹치는 장판을 잘라 감쪽같이 때우느라 진땀을 흘렸다.

다행히 안방이 부엌을 경계로 떨어져 있어서 감쪽같이 수습했다. 모내기 철이라 쌍둥이 부모는 식구들이 잠든 이른 새벽에 나가 온종일 일하고 밤에는 피곤해서 일찍 곯아떨어졌다. 그 바람에 일주일이 무사히 지나갔다.

그러던 어느 날, 길동이 방에서 공부하고 있었다. 이불 홑청을 뜯으러 방에 들어온 어머니가 불에 탄 흔적을 보고 깜짝 놀랐다. 그녀는 얼마나 기가 막혔던지 한참 아무 말도 없이 한숨만 크게 내쉬고는 누가 알까 무서워 쉬쉬하며 안도하는 모습이었다.

"우리 식구 고스란히 불에 타서 죽지 않은 게 다행이다. 하늘이 도왔던 게비다. 니 아부지 알면 큰 난리 날 텐디, 이 일을 어째야 쓴다냐! 공부나 아니나 짜잔허게 허면서 뭔 지랄허고 늦게까지 졸고 자빠져서 방구석만 꼬시려 먹었냐! 느그 아버지한테는 숨겨야 쓴다. 토깽이 같은 자식들, 수궁에 갔다 온 셈 치자."

길동은 평소 늦게까지 불을 켜 놓고 공부하다가 아버지로부터 여러 차례 주의를 받은 적이 있었다.

"책 펴놓고 자울자울 졸다가 호야 등 엎질러 불면 우리 식구 다 꼬시려 죽인 게, 좋은 말 헐 때 그만 허고 후딱 자라 잉."

얼마 뒤 어떻게 알았는지 아버지가 불에 탄 장판을 새것으로 교체했다.

"워메, 이놈들 봐라! 기가 막히네, 내가 그렇게 주의를 주었는디… 모처럼 조상 덕 좀 본 것 같네. 불 구뎅이 속에서 안 죽고 살아남은 것이 천운이구만!"

헌 장판을 뜯어내면서 불에 탄 흔적을 발견한 그가 깜짝 놀라며 소리쳤다. 놀란 표정 속에서 안도의 한숨이 새어 나왔다.

그 후 아버지는 두엄을 내면서 불탄 솜뭉치가 나온 것도 모르는 척하면서 아들이 늦게까지 공부하는 날이면 불을 켜 놓은 채 자는지,

꾸벅꾸벅 졸고 있는지를 꼭 확인했다. 길동이 깜박 졸고 있기라도 하면 그는 조용히 이불을 덮어주고 호야 불을 껐다.

　호야 등은 길동이 모르고 있는 아버지의 마음을 잘 알고 있었다. 밤마다 조심스레 길동에게 이불을 덮어주면서 심지를 내려 불을 껐던 그의 숨겨진 부정(父情)을.

＊＊

　어느 날 쌍둥이는 아버지를 도와 토방 앞에 쳐진 두데를 철거하던 중이었다.

　길동이와 금동이가 대학 진학 예비고사 준비를 한다고 하자 아버지가 작업하던 곡괭이로 토방을 내리찍으며 화를 냈다.

　"우리 형편에 대학은 꿈도 꾸지 마라. 집안 망하는 꼴 볼라고 그러냐! 좋은 말 헐 때 먹고 살 궁리나 해!"

　"앞으로는 대학 안 나오면 사람 취급도 안 한다고 헙디다."

　"맞아, 내가 집에서 놀면서 절실히 느꼈어. 앞으로는 고등학교 졸업장으론 어디 가서 명함도 못 내밀 거야!"

그동안 고민 많았던 길동이가 조심스레 아버지를 설득하자 금동이가 맞장구를 쳤다.

"미친놈들, 염병할 소리 허네, 대학이 밥 먹여 준다냐? 지 노력허기 나름이여, 취직 공부나 해라. 이놈들아."

길동은 하도 기가 막혀 할 말을 잃고 말았다. 그 순간 길동은 온몸에 힘이 빠져 축 늘어진 채 주저앉고 말았다.

그는 시내 버스비 아끼려고 무거운 가방을 들고 시외버스 정류장에서 학교까지 스무 정거장 이상을 걸어 다녔다. 그러면서도 열심히 공부해서 수업료도 일부 감면받았던 길동은 그동안 쌓아왔던 공든 탑이 한순간에 와그르르 무너져 내리는 듯한 허탈한 표정을 지었다.

"알았어요. 내 인생 내가 알아서 할 테니 앞으로 일체 간섭하지 마세요."

금동이가 두 눈을 부릅뜨고 악을 썼다.

첫사랑에 한눈팔다가 한동안 책을 멀리했던 그가 뒤늦게 속을 차려 고등학교 자격 검정고시를 패스하고 진학의 꿈에 부풀어 있을 때였다. 밤낮으로 도서관을 다니며 열심히 공부했던 금동은 아버지의 반응에 대한 실망과 충격이 더 컸다.

이를 계기로 무능한 아버지를 원망하는 쌍둥이 마음의 갈기가 펄럭이기 시작했다.

"이 일을 어찌하면 좋다냐? 동생들도 나래비를 섰는디, 동생들은 어찌고 느그들 대학까지 보낸다냐! 참말로 내가 뭔 죄가 요로코롬 많은가 모르겠어야, 느그 아버지가 오죽 답답했으면 그럴 라디…."

부자지간의 기막힌 언쟁을 바라보던 어머니가 남편의 거친 행동을 저지하며 가로막아 서서 답답한 심정을 토로했다.

그 무렵, 농경지 정리하면서 높게 솟은 다랑논을 깎아내리는 바람에 면적이 늘어난 것이 화근이었다. 늘어난 토짓값을 치르면서 집안 살림이 항상 쪼들릴 수밖에 없었다.

한동안은 거친 논바닥을 고르고 자갈을 퍼내느라 온 가족이 고생만 하고 수확량은 오히려 전보다 줄어들었다. 게다가 새마을 운동하면서 동네 길 넓힌다고 밭도 기부하고 지붕 개량한다고 목돈이 들어가니 쌍둥이 부모의 속은 검게 타고 있었다.

금동은 믿었던 엄마마저 반대하자 얼마나 실망이 컸는지 가방을 내팽개쳤다. 마당에는 책과 노트들이 바람에 나풀거리고 몽당연필 하나가 토방에서 떼굴떼굴 굴렀다.

"아그들아, 입이 열 개라도 헐 말이 없다. 이 에미가 미안하다. 아이고 내 팔자야!"

어머니가 아들들을 가슴에 품고 신세타령을 하며 다독거리긴 했지만, 뾰족한 대안이 없었다.

그녀도 지나치게 수구적이고 변화를 싫어하는 남편을 원망하면서 화를 끓이고 있었다.

그러나 아버지는 아내의 성화에도 아랑곳하지 않고 자기 행동에 대해 변명 같은 설득을 아들들에게 길게 늘어놓았다.

"느그들은 농부의 아들이다. 그렇다고 절대 부끄러워하지 마라. 송충이는 솔잎을 먹어야 산다. 공부만이 인생의 전부는 아니다. 못 배운 사람들도 돈 잘 벌고, 잘 살더라. 저 노력하기 나름이고, 저 되기 나름이야."

그는 너무 지나치다 싶었는지 자기 말에 대한 퇴로를 열어두고 부연 설명을 했다.

"아랫마을 사는 진원 댁네 동생 봐라. 어렵게 살면서 독학으로 고등고시에 합격해서 검사가 되었단다. 진원 댁도 동생 하나 잘 두어 인자는 신세 쭉 늘어져 버렸다. 어떤 때는 관용차들이 들락날락하고 군청이나 경찰서가 든든하게 뒤를 봐주니 이제는 떵떵거리고 살더라."

장성 홍길동 생가(집 떠나는 길동)

4

"우리 일단 서울로 가서 돌파구를 찾아보자. 두드리면 열린다고 하지 않더냐?"

아버지에게 실망한 금동은 갑자기 길동을 꼬셔서, 아무도 모르게 밤 봇짐을 쌌다. 그 길로 쌍둥이는 뭔가 돌파구를 찾는 심정으로 무작정 서울행 야간 완행열차에 몸을 실었다.

그들은 열차 안에서 막막한 현실을 고민하며 뜬눈으로 날을 새웠다. 고민 끝에 생각해 낸 것은 고작 고시 공부를 포기하고 수원 인근의 사찰로 들어간 동네 형을 찾아가서 부탁해 보자는 것이었다.

동이 트고 아침 해가 둥실 떠오르자, 열차는 수원역에 정차했다. 보따리 하나씩 허리춤에 차고 물어물어 오리 길을 걸었다. 마침내 그들의 발걸음이 멈춘 곳은 동네 형이 도를 닦고 있는 수원 인근 화성 용주사였다.

그들은 동네 형의 안내로 총무 스님 앞에 무릎을 꿇고 머리를 조아리며 집 나온 사정을 밝혔다. 형의 도움을 받아 일단 삭발하고 불목하니를 자원하여 사찰 내 청소나 각종 잡일을 했다.

그 후 쌍둥이는 가족과 일체 연락을 단절해 버렸다.

쌍둥이 부모는 집을 나간 쌍둥이 걱정에 날이면 날마다 기적이 울리면 대문을 바라보는 것이 일상화되어 버렸다. 논밭에서 일하다가도 허리를 펼 때마다 기차역을 바라보며 한숨을 내뱉었고, 야밤에도 기적 소리가 울리면 잠자리에서 벌떡 일어나기도 했다.

그 후 몇 달이 지났을 무렵, 동네 형이 불러서 주지 스님 명의의 노잣돈이 든 봉투를 건네며 주지 스님 말씀을 그대로 전달했다.

"길동, 금동아, 느그들이 부모님 허락 없이 집을 나온 사실을 주지 스님이 어떻게 아셨는지, '부처님 앞에 떳떳하지 못하면 아무리 수도를 한들 불자가 될 수 없으니 빨리 고향으로 보내서 먼저 부모님의 허락을 받도록 하라'는 지시다. 어서 떠날 준비를 하거라."

그들은 어쩔 수 없이 불자의 길을 접고 속세로 나왔다.

"금동아, 세상일이 뜻대로 되지 않는구나. 속세를 떠나 마음을 비우려고 했었는데, 어쩌겠냐, 이젠 집으로 돌아가자."

"야 인마, 사내자식이 한번 다짐했으면 지구가 두 쪽이 나더라도 끝장을 봐야 할 것 아니냐! 아버지 봐라. 평생 흙냄새 맡으며 땀에 젖어 살았으면서도 우리가 배부르게 먹기나 했냐, 하고 싶은 공부를 제대로 할 수 있었냐! 우리 일단 서울로 가서 돌파구를 찾아보자. 두드리면 열린다고 하지 않더냐? 죽이 되든지 밥이 되든지 일단 한번 끓여나 봐야 헐 것 아니냐!"

금동은 비장한 각오로 길동을 설득했다.

장성역 앞 홍길동 열차 미술관

"소도 비빌 언덕이 있어야 한다고 하더라. 똥배짱만으로 살아남을 것 같냐? 어림없는 소리다. 당장 가자, 집으로."

"설마 산 입에 거미줄 치겠냐? 너 먼저 집으로 가라. 난 서울로 갈란다."

길동의 설득에도 금동의 입장은 단호했다. 그는 아버지를 이해하려 하지 않았다. 오히려 증오했다. 그리고 어떻게든 혼자의 힘으로 꿈을 이루어 보겠노라고 다짐했다. 그리고 성공하기 전에는 고향과 부모를 등지고 살기로 독한 마음을 먹고 서울행을 택했다.

수원역에서 쌍둥이 형제는 이별의 악수를 나눈 뒤 금동은 상행선, 길동은 하행선 열차에 몸을 실었다.

금동과 헤어져 집으로 향한 길동은 마치 죄인처럼 실망으로 가득 찬 보따리를 어깨에 메고 집에 돌아와 부모님 앞에 무릎을 꿇었다.

아버지는 길동을 반갑게 맞이해 주면서 평소와는 달리 조심스럽게 설득했다.

"길동아, 못 올라갈 나무는 애초에 쳐다보지도 마라. 느그들 생각처럼 세상이 호락호락 넘어가지 않는다. 송충이는 솔잎을 먹어야 산다고 했잖아. 금동이란 놈도 틀림없이 후회하게 된다."

"막상 집을 떠나니 마땅히 비빌 언덕이 없더라고요."

"길동아, 미안하구나. 아버지가 너희들이 기댈 언덕이 못 돼주어서, 남처럼 재산이 많이 있냐, 권력이 있냐, 괜한 자존심밖에 없으니까, 말이야. 하지만 내 말은 니가 꿈도 희망도 없이 살라는 말은 아니다. 너도 집안일 도우면서 틈틈이 공무원 시험이나 준비해 봐라. 직장 댕기면서 대학 공부도 할 수 있다고 하더라."

길동은 그제야 아버지 말을 새겨듣고 결심을 새롭게 했다.

그는 새벽부터 방송대학 강의를 듣고 공무원 시험 준비를 하면서 낮에는 집안 농사일을 도왔다. 일이 없을 때는 밤낮없이 열심히 공부해서 국가공무원 시험에 합격했다.

집 뒤꼍 은행나무에서 샛노란 은행잎이 세찬 바람에 우수수 떨어져 이리저리 나부끼던 날, 오랫동안 기다리던 발령 통지서가 날아들었다.

길동은 옷 보따리 하나 달랑 둘러메고 송충이가 나방이 되어 솔밭을 떠나듯, 나방처럼 훨훨 날아갔다.

한편, 서울로 간 금동은 성공해서 돌아가겠다는 일념으로 자신이 스스로 선택한 불행과의 경쟁, 또 다른 고행의 길을 걷기로 작심했다.

어느 날 갑자기 남대문 우체국 소인이 찍혀있는 주소 불명의 금동이의 편지가 부모님 집으로 배달되었다.

잘 지내고 있으니 걱정하지 말라며 꼭 성공해서 돌아갈 때까지 자식 하나 없는 셈 치고 기다리지 말라는 당부이자 사실상 최후의 통첩이었다.

"금동아, 이놈아, 제대로 뒷받침도 못 해주고 붙잡지도 못한 죄 많은 이 아비를 용서해다오. 그리고 얼릉 돌아오거라. 애비 가슴에 대못 박지 말고 말이야….

"집 나가면 개고생인데 뭔 지랄하고 있는지 모르겄네. 아이고, 내 팔자야. 차라리 내가 죽어 불면 속이라도 편할 것인디….

그의 편지를 받아 든 쌍둥이 부모는 후회의 눈물을 삼키며 한숨을 내뱉었다.

그 편지는 두고두고 부모의 마음을 아프게 했다.

그 무렵, 유신독재의 그림자가 폭넓게 드리워지고 사회적 저항이 확산하여 가고 있었다. 더구나 홍길동 태몽을 꾸고 얻은 자식이라서 그런지 불의를 보고 참지 못하는 금동의 불같은 성격 때문에 부모로서 항상 노심초사했다.

금동은 서울역에서 가까운 남산의 김구 선생 동상 주위를 맴돌며 선생님께 문안 인사를 드리며 용기를 충전하곤 했다. 낮에는 일하고 밤에는 청계천 고가도로 밑에서나 서울역 대합실에서 자기도 했다. 한동안 서울역에서 남대문, 동대문 시장까지 리어카 뒤밀이를 하면서 근근이 끼니를 이었다. 그러다가 남대문 시장 짜장면 가게에서 철가방 배달도 하고, 기술을 배워 보려고 시계포도 다녀보고, 음식점, 유흥업소 등을 전전긍긍하며 돌아다녔다.

어느 날, 그는 광명 철산동 산동네에 사는 고향 친구 성구를 찾아 갔다.

오랜만에 만난 둘은 밤새워 술잔을 기울이며 궁금했던 이야기를 나누었다.

"금동아, 우리 어렸을 때 만화깨나 봤었잖아. 그중에 집 떠나는 홍 길동이란 만화 생각나냐?"

"그래, 그때는 홍길동은 나의 로망이었다,"

"그래서 니가 야간열차에 몸을 싣고 서울로 왔구나."

"그때 고생하면서 흘린 눈물 다 모으면 황룡강이 홍수 날 것이다."

"알만 하다. 나도 서울 올라와 처음엔 벌어 먹고살려고 고생 뒈지게 했다."

"성구야, 니 얼굴에 고생 많이 했다고 쓰여있구나!"

금동이가 짠한 표정을 지으며 고개를 주억거리고 있었다.

"금동아, 한동안 안 보면 죽고 못 살 정도였던 연화가 보고 싶지 않냐?"

"꿈속에서 가끔 본다. 자리 잡으면 연락하기로 손가락 걸고 맹세했어."

"꿈도 야무지다. 지남철 봐라. 양극이 가깝게 있어야 딱 달라붙지, 서로 다른 극과 극이 멀리 떨어져 있으면 절대 안 붙는다."

"그나저나 자리를 잡아야 연락도 하고 만나기도 헐 것 아니냐, 어디 괜찮은 일자리 없냐?"

며칠 후 성구 소개로 금동은 구로동에 있는 조그만 금형 공장에서 일하게 되었다. 성구는 몇 년 전 상경해 철산동 판자촌에서 자리를 잡고 구로공단에서 쇳가루 마셔가며 일했던 터라 이젠 제법 서울 생활에 적응해 가고 있었다.

그의 생활은 그가 흘린 땀방울에 비하면 너무 낮은 봉급으로 폭등하는 물가 때문에 늘 쪼들릴 수밖에 없었다.

그런 성구에게 의지하는 자신의 처지가 마치 빈대처럼 느껴졌던 금동은 뭔가 탈출구를 찾아야만 했다.

그는 하루라도 빨리 군에 입대해야겠다고 결심했다. 징집영장이 나올 때까지 기다릴 수는 없었다. 금동은 눈물로 범벅이 된 서울의 꿈을 일단 접고 전투경찰 시험에 응시하여 자원입대했다.

**

쌍둥이 아버지는 집 나간 자식 걱정에 늘 마음은 아파도 겉으로는 일체 내색하는 적이 없었다.

"대길 양반, 집이 아들들은 높은 데 있다면서라."

"야, 모다 서울 가서 자리 잡았어라, 큰 놈은 경찰청에 쌍둥이 중 한 놈은 중앙청에, 한 놈은 큰 회사에 다니고 있지라."

그는 우체국을 체신청, 경찰서는 경찰청, 공보처나 문체부는 중앙청으로 격상해서 말하는 습관이 생겼다.

하기야 길동이가 문화공보부 소속일 때 한동안 옛 조선총독부 건물에 근무했기에 빈말은 아니었다. 그러나 아들이 국무총리실에 근무할 때는 청와대에 근무한다고 하지는 않았다.

그리고 자식들이 고향에 가면 노인정에 들러 어르신들께 인사를 시키며 자랑하곤 했다.

하지만 그의 마음 한구석에는 늘 말 못할 그림자가 드리워져 있었다.

어느 날 길동이가 고향에 들렀을 때 아버지가 그에게 제대로 뒷받침을 못 해준 미안함 때문인지 변명 같은 격려와 설득을 했다.

"길동아, 힘내라. 내가 일정시대 때 강제 노역을 하면서 못 견디게 힘들었을 때 자포자기했더라면 너도나도 없었을 테니까. 꼭 명심해야 쓴다.

인생살이는 산수 공식이 아니야! 이를테면, 핵교 많이 댕겼다고 모다 훌륭한 사람 되는 것도 아니더라. 그 말이야."

평전 고개는 쌍둥이 부모에게는 애환이 서린 고개였지만, 쌍둥이에게는 희망이 떠오르는 고개이기도 했다. 쌍둥이는 부모 세대와 달리 꿈과 끼를 발산하며 새로운 변화에 도전하는 꿈꾸는 아리랑 세대였다.

제 3 장 아리랑 아라리

1

"물레방아 돌고도는 내 고향 정든 땅, 푸른 잔디 베개 삼아 풀 내음을 맡노라면 이 세상 모두가 내 것인 것을, 왜 남들은 고향을 버릴까 고향을 버릴까? 나는야 흙에 살리라. 흙에 살리라."

70년대 유행했던 '흙에 살리라'라는 유행가 가사처럼 대길의 고향 사랑하는 마음은 항상 변함없었다.

고향은 언제 안겨도 포근한 엄마의 품이라고들 한다. 아무리 그렇다고 하더라도 대길의 고향 애착은 해도 해도 너무했다. 그는 집을 못 잊어 원거리 여행도 꺼렸다. 또한, 다른 곳으로 이사하는 것은 생각도 못 하게 했고, 자식들이 시골집을 정리하고 서울로 오라는 당부를 한사코 거절했다.

순애는 그런 남편을 원망하면서 동네 사람 중 고향을 떠나 서울로 올라가서 터 잡고 성공한 사람들을 늘 부러워하곤 했다.

"공원 옆에 사는 신흥 댁네 사위 보시오. 그동안 남의 집 머슴도 살고, 장터에 나가 고무신도 때우고, 학교 앞에 쪼그리고 앉아 뽑기 장사도 했던 젊은 사람 안 있소. 그 이가 어느 날 달랑 마늘 두 쪽 차고 서울로 가더니만 지금은 부자가 되었다고 안 헙디여!"

농촌에서는 '잘 살아보세, 잘 살아보세, 우리도 한번 잘 살아보세'라고 노래 부르며 땀 흘려 일하고 새마을 운동도 했지만, 출세나 계층상승에는 한계가 있었다.

이 무렵 '말은 태어나면 제주도로 보내고 사람은 태어나면 서울로 보내라'는 말이 유행했다. 그래서 젊은이들은 신데렐라의 꿈을 꾸며 도약을 위한 의지와 야망을 품고 서울로 향했었다.

"쌍둥이 아버지, 어장 밑에 사는 엿장시네 안 있소?"

"논 팔고 집 팔아서 서울 가자고 헐라고 그러제, 자네나 가소."

"날품 팔아 끼니를 때우며 쓰레기 더미 파헤치면서 고물을 수집했던 엿장수가 서울 가더니, 돈 벌어서 양복 쭉 빼입고 와서 막걸릿잔 돌리며 기마이 내고 다닙디다. 글고 서울에는 일자리가 지천으로 깔렸다며 걱정 붙들어 매고 올라오라고 헙디다."

"인자사 가봤자 사또 뜬 뒤 나팔 부는 격이라고 허데."

"뭔 소리요. 인자 시작인디 빨리 갈 수록 좋다고 헙디다."

"서울에서는 숨이나 제대로 쉬고 사는지 몰라, 난 집 거저 주고 살라고 해도 답답해서 못 살겄더라."

순애의 푸념은 대길에게는 소귀에 경 읽기나 마찬가지였다.

무엇이 대길에게 그토록 고향을 못 잊게 했을까?

농사일과 가축들 못 잊어 그랬을까? 아니면 혼자만 아는 무슨 꿀단지를 집에 숨겨 두었을까? 행여나 집 나간 금동이나 첫사랑 여인 혹은 일정시대 강제로 끌려간 '분이' 여동생이나 사별했던 부인의 영혼이 찾아올지도 모른다는 막연한 기다림 때문이었을까?

고집스러울 정도로 고향에 대한 애착을 보였던 그의 삶은 고독했다.

대길은 인연의 언덕을 오르내리며 사랑의 꽃밭을 일구고, 평전 고갯길을 오르내리며 농사지어 자식들 키우느라 육체적 정신적 고생이 이만저만이 아니었다.

그는 아픔과 슬픔을 혼자서 어둠 속에 사르고 깊은 밤 남몰래 고독한 눈물로 이불 홑청에 꽃을 새겨 놓곤 했다.

결국 한 많은 비탈길에 이골이 난 순애의 투정 같은 끈질긴 설득은 대길의 완강한 반대를 반쯤 물리칠 수 있었다.

"서울로는 못 갔어도 인자 쪼까 낫소. 제일로 깔크막 덜 올라 댕

긴게 살겄소."

평전을 뜨고자 했던 순애의 갈망은 다소나마 풀렸다.

이사 간 집은 평전에서 겨우 백 미터쯤 떨어진 서낭동이라 불렀던 아랫마을로 평지가 아닌 언덕배기에 있었다. 그 집은 마당 옆에 작두 펌프 샘이 있어 물 길으러 다닐 필요는 없었지만, 여전히 집 대문까지는 십여 미터쯤 비탈길을 남겨 두었다. 그리고 기차역에 질러가려면 반드시 평전 고개를 넘어야만 했다.

비탈길 언덕배기에 둥지를 틀고 정원과 텃밭을 가꾸면서 정을 붙이고 사는 사이 어느덧 대길은 칠순을 넘겼고 순애는 회갑이 훌쩍 넘어버렸다. 한과 흥이 서린 평전 고개를 넘나든 지 어느덧 수십 년의 세월이 흘러 머리엔 흰 서리가 내렸고 이마엔 주름살이 쌓여가고 있었다. 이제는 평전에 살면서 아라리를 앓았던 지난 세월의 추억이나 그림자를 감쪽같이 잊은 듯했다.

그들은 서로 사랑했기에 미워하기도 했다. 하지만 사랑 때문에 가슴 아파하면서 아등바등 살아왔던 지난날을 거울삼아 열심히 살았다.

"복동 아버지, 꽃밭하고 남새밭에 물 좀 주어야 쓰겄소."

"어이, 쌍둥이 어매, 수도꼭지에 호스 좀 끼어 틀어 주소."

세월이 흘러 정원의 꽃과 나무들도 각자 자리를 잡고 형형색색 자태를 뽐내고 있었다. 이사할 때 심은 은목서가 마당에 그늘을 드리울 정도로 자라 그윽한 향기를 풍기고 있고, 단정하게 전지해 놓은 향나무는 몸통의 근육을 자랑하는 듯했다. 철쭉, 영산홍, 동백나무, 단풍나무, 목단, 작약, 장미 등 각종 화초는 철 따라 예쁜 미소를 지어주고, 텃밭의 각종 채소는 사계절 푸릇푸릇하여 노부부의 마음을 늘 풍성하게 해 주었다.

이제는 가슴에 담아 둔 한도 흥으로 승화시켜 가고 있었다.

어느 날 길동이가 광주에 출장 갔다가 서울로 돌아오는 길에 집에 들러 하룻밤을 잤다. 대문에 들어서자마자 멍멍이가 반갑게 꼬리를 흔들며 마중했다. 화단의 나무들이 깔끔하게 몸단장하고 그를 기다리는 모습이었다. 이윽고 현관문이 삐거덕 열리더니 어머니가 급히 아버지의 흰 고무신을 질질 끌며 아장아장 걸어와 길동의 손을 잡고 반가이 맞이했다.

"아가, 어서 오니라!"

어머니는 길동이가 어른이 된 뒤에도 늘 아가라고 불렀다.

"오니라고 고생 많이 했지야, 배고프겠다. 언릉 방에 들어가자."

어머니에게 신발을 뺏긴 아버지는 현관문에 고개만 내밀고 흐뭇한 표정을 지었다.

"바쁘다고 허더니 용케 시간이 났던 게비다. 근디 얼굴이 좀 야위었다. 힘든 일 있냐?"

"금메 말이요. 어째 낯바닥이 까칠헌 것이 숭년에 겉보리 죽도 제대로 못 먹는 사람 같소. 안!"

몸무게가 늘었어도 야위어 보이는 게 부모 마음이었다.

길동이 아버지 손을 잡고 현관을 지나 안방에 들어섰다. 어머니는 어느새 안방 건너 부엌으로 가서 지지고 볶으며 요리를 했다. 이윽고 정성이 듬뿍 담긴 밥상이 들어왔다. 꽉꽉 눌러 고봉으로 담은 흰 쌀밥에서 모정이 철철 넘치고 있었다.

"시장헐 텐디 어서 먹어라."

"무릎도 안 좋으신데 뭔 음식을 이렇게 많이 하셨소? 갓김치 한 가지면 밥 한 그릇 다 먹는디!"

"그렇지 않아도 묵은 갓지가 있어서 돼지고기 숭숭 썰어 넣고 볶아 놓았다. 더 있응게 싸목싸목 꼭꼭 씹어 많이 먹어라. 잉"

집 뒤뜰 언덕의 돌 틈에서 자란 갓은 유난히도 톡 쏘면서 독특한 맛과 향이 있었다.

"어따메 매운 거! 고것이 요렇게나 맵다요? 눈알이 톡 튀어나올라 고 해부요. 참말로."

길동은 오랜만에 눈물을 찔끔거리며 돼지고기와 함께 볶은 갓김 치를 맛있게 먹었다.

아버지는 어느새 광에 들어가 오래전에 담가두었던 약술을 한 주 전자 담아왔다.

"느그들 생각코 오래전에 어메가 담가 놓은 술인디, 광에다 두고 잊어먹고 묵혀 버렸어야."

"오가피 열매허고 헛개나무 열매를 짬뽕해서 담가둔 것이라 몸에 겁나게 좋을 것이다. 맛은 어쩔랑가 몰라도….”라고 어머니가 거들 었다.

"느그들 약을 해 줄라고 텃밭에서 열매 땀시롱 니 어메랑 같이 한 나절은 몸살 해버렸어야. 몸에 영판 좋다고 안 하냐!"

"아이고, 이렇게 귀한 술을 여태껏 안 드시고 애껴 두셨소! 엄마 아부지가 많이 드시고 건강하셔야지라." 하면서 길동이가 아버지와 어머니에게 술을 따라 드렸다.

아버지는 기다렸다는 듯이 술잔을 단숨에 비웠다.

"얼마나 열매를 많이 넣어 부렀간디 요렇게 진하다냐! 술 좋아허 는 사람은 달다고 당장 퇴짜 놓겄다. 맛보다는 약이 된다고 허니께 마셔 두어라."

"아따, 요만 허면 먹을 만 허요. 요것이 시방, 약 이제 술이다요? 약이 된다고 해서 이것저것 몽땅 넣고, 오랫동안 우려 놓아서 참 진

허고 좋소? 안."

길동은 부모님께서 정이 넘치게 따라 주신 술을 약으로 여기면서 연거푸 몇 잔을 들이켰다. 어느새 그의 얼굴이 벌겋게 달아오르기 시작했다.

어머니도 몇 잔을 마시고 모처럼 아들과 함께한 식사여서 기분이 좋아졌는지 평소 즐겨 부르는 〈만정제 사랑가〉 한 대목을 진양조장단으로 부르며 흥을 돋웠다.

"사랑, 사랑, 내 사랑이야. 어허둥둥, 내 사랑이지. ~~~ 유곡 청학이 난초를 물고 채운 간에 넘노난 듯, 내 사랑, 내 알뜰, 내 간간이지야. 오호 둥둥, 네가 내 사랑이지야."

어머니의 사랑가에 화답하듯 아버지가 판소리 〈흥보가〉 중 박 흥보가 돈 궤짝을 들고 좋아하는 대목의 사설을 늘어놓자, 어머니는 얼씨구를 연발하며 흥을 돋웠다.

"얼씨구나 절씨구, 얼씨구나 절씨구, 돈 봐라, 돈 봐라, 잘난 사람도 못난 돈, 못난 사람도 잘난 돈~~~, 이놈의 돈아, 아나 돈아 어디 갔다 이제 오느냐? 얼씨구나 돈 봐라."

아버지의 소리에 맞춰 어머니가 어깨춤을 추듯 발림과 함께 "얼씨구"라고 추임새를 하자 길동이도 덩달아 "좋다."하고 추임새를 했다.

그날 저녁 식사는 잔칫집 분위기였다.

세월이 노부부의 흥을 시샘이라도 했던 것일까?

어느 날 노인당에 다녀온 대길이 갑자기 뇌졸중으로 쓰러졌다.

운이 좋았던지 순애가 일찍 발견하는 바람에 재빨리 광주에 있는 큰 병원으로 옮겼던 것이 불행 중 다행이었다.

자식들이 병원에 도착했을 때 그는 말도 못 하고 손발을 가눌 수조차 없는 상태였다.

입원 후 한 달쯤 지났다. 대길은 어느 정도 의사소통이 가능해지자 주위의 만류에도 불구하고 집을 못 잊어 퇴원했다.

평생 노동에 단련된 건강한 체질과 강한 삶의 의지 덕분에 그의 회복은 빨랐다. 평생 약국이나 병원을 경원시했던 그가 이번에는 여기저기 소문난 한의원이나 병원은 꼬박꼬박 찾아다니며 치료를 게을리하지 않았고 수십 년 동안 피워오던 담배도 끊었다.

지성이면 감천이라고 했던가!

다행히 순애의 정성스러운 보살핌 덕분에 대길은 점점 회복되어 지팡이 짚고 거동이 가능하게 됐다.

지팡이와 신발

2

    대길과 아야코는 첫사랑을 몹시 그리워했다. 과연 그들은 못다 한 사랑을 어떻게 마무리할 것인가?

    역사의 소용돌이 속에서 운명이 바뀌었을지도 모르는 어쩔 수 없는 선택을 했던 대길은 아픈 사연을 수십 년간 가슴속 깊이 묻어둔 채 또 다른 아리랑 고개를 넘어왔다. 비록 몸은 떠나왔지만, 마음은 아야코 곁에 두고 온 그는 부둣가 고동 소리와 첫사랑이 그리울 때마다 육자배기 소리로 그리움을 달래곤 했다. 그런 세월이 어언 반세기가 흘렀고 그의 머리에는 서리가 내린 듯 백발이 성성해졌다.

    대길의 한이 서린 소리는 목을 꺾을 때마다 더욱 애절하게 산골짜기를 따라 메아리쳤다.

  세월아 녹수야 가지를 마오
  서녘 노을이 춤을 추니 동녘 샛별이 두렵구나!
  시들은 청춘 서러운 백발 아득한 그리움 헤매는 꿈길
  싸늘한 별밤 별똥 같은 눈물 흘러 흘러
  녹수 가슴 촉촉이 적시네
  청산 품은 녹수여 세월 거슬러
  서리꽃 핀 청산 계곡에 휘 감돌아 주구려

    마침내, 아야코의 가슴속에 웅크리고 있던 첫사랑 아라리가 현해탄을 건너 공명을 일으켰다. 다시없을 끈질긴 인연의 실타래는 헤어진 지 반세기가 지났음에도 두 사람의 마음 한구석을 칭칭 동여맨

채 그리움을 키워주었다. 바로 그 첫사랑 아라리가 아야코에게 현해
탄을 건널 용기를 불어넣었다.

　서울발 새마을호 열차에서 곱상하게 늙은 단정한 외모의 할머니
가 내렸다. 그녀는 역 대합실을 나와 주변을 둘러보며 50여 년 전의
추억에 젖어 들었다. 어느새 그녀는 생기발랄했던 사춘기 소녀 시절
로 되돌아가 시간 여행을 하기 시작했다.
　아야코는 두근거리는 마음을 진정시키며 추억 속의 그 길을 천천
히 걸어갔다.
　장성역은 과거 목조 건물이었는데 현대식 2층 슬래브 구조로 바
뀐 것 외에는 큰 변화 없이 그 자리에 있었다. 시장통 입구 길모퉁이
에 있던 문방구점과 맞은편 이 층 제과점과 다방도 그대로였다. 역
전 시장통 뒤편엔 개골창이 옛 모습 그대로 흐르고 시궁창 귀퉁이의
능수버들은 치렁치렁 늘어진 수염을 빗질해 놓은 듯 단정하게 자리
를 지키고 있었다.
　그녀는 추억의 조각들을 퍼즐 맞추듯 하나하나 완성해 나갔다.

시장통에서 자판을 벌여놓고 수십 년간 번데기와 고동, 빈대떡을 파는 할머니들, 과일 팔던 구멍가게, 네거리 대폿집과 목로주점, 주변의 거무죽죽했던 적산 가옥들의 모습은 대동소이했다. 다만 지붕이 양철에서 기와로 바뀐 것 정도가 두드러진 변화였다.

시장통을 끼고 도니 경찰서도 그 자리에 있고 공출용 곡식 저장 창고도 옛 모습 그대로 남아 있었다.

아야코는 꿈이 영글어 가던 사춘기 시절의 추억이 아롱진 옛집을 찾아갔다. 탱자나무 울타리는 시멘트 블록 담장으로 바뀌어 버렸고 목재 대문은 세월의 무게를 견디지 못해 썩은 부분을 수리한 흔적이 뚜렷했다. 행랑채와 그 옆에 있던 마구간도 흔적 없이 사라지고 안채만 덜렁 남아 왠지 쓸쓸해 보였다.

"내가 가네다 상을 만나던 날, 이 마구간에서 여물을 먹던 야마모토가 시샘하며 성난 방망이를 길게 늘여 빼는 바람에 대화가 더 자연스러웠던 거야. 어쩌면 야마모토가 우리 인연의 가교였는지도 몰라."

아야코는 대길과의 옛 추억을 더듬어 가던 중 지난날 자신들의 모습을 되돌아보며 혼잣말로 중얼거렸다.

"그때 우리는 지배자의 오만인 줄도 모르고 잘난 체하며 멋모르고 살았어. 지나고 보니 우리가 참 몹쓸 짓을 한 거야. 패전 후 아버지 어머니는 일본으로 돌아올 때 얼마나 치욕스러웠을까?

그나마 난 모든 걸 초월하여 순수한 마음으로 가네다 상을 좋아했고, 그를 찾으러 일찍 일본으로 돌아갔던 게 천만다행이었던 거야."

그녀는 아련한 기억을 더듬어 밭으로 변해버린 행랑채와 별채 그리고 마구간이 있었던 자리를 물끄러미 바라보았다. 한참 후 천천히 마당 쪽으로 발길을 옮겼다.

안채 앞에 다다르자, 아야코의 눈에는 어느새 눈물이 글썽거렸다.

그녀가 잠시 마음을 진정시킨 뒤 고개를 두리번거리며 누군가를 찾는 듯했다.

"말 좀 묻겠습니다. 혹시 소자 상이란 분이 계시무니까?"

그 집에는 과거 그곳에서 일했던 대길의 외삼촌이 살아오다가 오래전 돌아가셨고 지금은 다른 분이 살고 있었다.

"그분은 오래전에 돌아가셨는데 무슨 일로 오셨는가요?"

아야코는 주머니에서 한글로 쓰인 쪽지를 꺼내 보여주며 도움을 요청했다.

"사실은 여기 주소대로 평전이란 마을에 사는 김대길 씨를 찾아왔스무니다. 저기 보이는 공원 뒤에 있는 마을 같은데…"

그곳에서는 멀리 공원 언덕이 보이고 그녀가 오르내렸던 계단과 비탈길도 보였다.

"아 신사당이 있었던 저 공원 옆에 있는 마을 말이죠."

"하이, 신사가 있었스무니다."

"예, 거그는 평전이란 마을이예요. 저를 따라오세요."

"감사하무니다."

그의 안내로 비탈길을 따라 평전에 도착한 아야코는 옛날 기억이 어렴풋이 떠올랐는지 대길이 살았던 집 앞에 다다르자 두리번거리기 시작했다. 옛날보다 많이 개조되긴 했지만, 골조는 그대로였다.

대길은 20년 전 그 아랫마을로 이사했고, 지금 그 집에는 생질인 은수가 살고 있다. 마치 마당에서 경운기를 손질하고 있던 은수가 안내자의 소개로 그녀를 맞이했다.

"어서 오세요. 현해탄 건너 먼 데서 오셨군요."

"하이, 여기가 가네다 상 집 아니무니까?"

"그 양반은 아랫마을로 이사하셨는데 잘 아시는 분인가요?"

"예, 오래전 일본에서 인연이노 있스무니다."

"아이고, 제가 모셔다드릴게요."

"아리가또 고자이 마쓰(감사합니다.)."

아야코는 은수의 안내로 언덕길을 따라 살금살금 내려가 대길의 집에 도착했다. 대문을 열자, 은수 아들이 앞질러 뛰어 가더니 기별했는지 순애는 집안을 치우느라 분주했다.

"외숙모, 외삼춘 계신가요?"

그들이 마당에 들어서며 대길을 찾는 소리에 순애가 현관문을 열고 나왔다.

"조카 왔는가, 근디 자네가 웬일인가?"

"일본서 손님이 외삼춘을 찾아오셨구만이라우."

"하필이면 오늘따라 그 양반이 병원에 가서 안 계신디 어쩐당가, 근디, 저 양반은 뉘신데 이 먼 곳까지 찾아왔당가?"

"일정 때 외삼춘과 인연이 있었던 분 같아요."

"뭔 인연?"

고개를 갸우뚱하던 순애가 당황스러운 눈빛을 거두며 대문 쪽으로 다가가 일정 때 배운 말로 그분을 반갑게 맞이했다.

"이랏샤이 마세(어서 오세요.)"

"하지메 마시떼(처음 뵙겠습니다.) 와타시노 나마에와 아야코 데스(저의 이름은 아야코입니다.)"

순애가 고개만 끄덕이고 말이 없자 그녀가 한국말로 더듬더듬 말했다.

저는 가네다 (金田)상이 일본에 있을 때 사귀었던 아야코라고 하무니다."

그녀는 의외로 당당했다.

"아, 그이가 평생 못 잊어 하던 옥상이구먼요."

"…"

아야코는 순간 뜨악한 표정으로 움찔했다.

순애가 한 말 중 옥상(부인, 안주인)이란 표현에 대길이 어디까지 고백했을지 몰라서 섣불리 대답할 수 없었던 모양이다.

그녀는 그동안 꿈에 그리던 대길을 찾아 두리번거렸지만, 대길이 보이지 않자 혹시 뭐가 잘못되지나 않았나 하는 걱정과 실망의 기색이 역력했다.

순애가 그녀를 방으로 모시고 들어가 차를 대접하자, 아야코는 벽에 걸린 액자의 사진을 한참 동안 바라보더니 눈시울을 붉혔다.

"가네다 상이 어디 편찮으신 데가 있스무니까?"

"예, 얼마 전에 중풍으로 쓰러졌다가 상당히 좋아졌어요. 지금도 치료는 하고 있지만…"

"아, 천만다행이무니다"

"그이가 아야코 상 덕분에 살아 돌아왔다고 하더군요. 보내 주셔서 감사합니다."

"사실은 가네다 상이 부모님만 뵙고 곧 돌아온다고 해서 믿었스무니다. 그런데 그 사람이 오지 않아 보고 싶어 눈물도 많이 흘렸스무니다."

"그렇다면 헤어진 뒤 결혼은 하셨나요?"

"첫정이 뭔지… 기다리고 기다렸는데 부모님 등쌀에 밀려 그만…"

"애들은 있나요?"

"아들만 둘. 지금은 장가가서 잘 살고 있스무니다."

"어머나, 그때가 언젠디, 그 먼 곳에서 여기까지 오신 것 보면 무슨 피치 못할 사연이라도…."

"남편과 황혼이혼을 한 뒤 지난 세월을 정리하고 싶었스무니다. 요즈음 가네다 상이 자꾸 꿈에 보여 죽기 전에 꼭 한번 만나보고 싶고, 하고 싶은 말도 있스무니다."

"오랜만에 만나시면 할 말이 많으시겠죠."

"그동안 일본에서 고생만 하고 떠난 그 사람이 너무 불쌍하고 미안했스무니다. 그래서 모든 일본 사람을 대신해 사과하고 용서를 구하려고 마음먹고 찾아왔스무니다."

순애의 표정에는 놀라움과 감동이 교차했다.

얼마나 사랑했으면 그런 말을 할까? 아니면 상식이 통하는 일본 사람들의 공통된 생각일까?

"여기까지 오시느라 수고 많으셨어요. 기다렸다가 대길 씨도 만나보고 하룻밤 쉬었다 못다 한 얘기 나누세요."

"오늘 저녁 열차로 올라가야 하는데 얼굴만이라도 보았으면 해요. 좀 더 기다리겠스무니다."

아야코가 순애와 이런저런 이야기를 하면서 한나절을 기다렸지만, 대길은 나타나지 않았다. 평소 같으면 이미 그가 도착하고도 남을 시간이다.

그 시각 대길은 동네 초입에서 발길을 되돌려 시장통으로 향하고 있었다. 집으로 오던 길에 누군가 그에게 소식을 전해주었던지 혹은 그가 사전에 뭔가를 알고 있었던지, 아니면 다른 약속 때문인지 모를 일이었다.

때마침 멀리서 뙈~~하고 기적이 울렸다. 화물열차가 검은 연기를 뿜으며 역을 향해 천천히 달렸다.

기적소리가 들리자 갑자기 아야코가 초조해진 모습으로 시계를 자꾸 쳐다보더니 열차 시간 때문인지 무거운 하체를 일으켜 세웠다.

"이제 이만… 죽기 전에 꼭 만나보고 싶었는데… 그이가 살아 있는 것을 확인한 것만으로도 마음이 놓이고 기분이 좋스무니다."

"그 먼 데서 여기까지 오셨는디 으째야 좋다요. 평상시 같으면 흠뻑 도착허고도 남을 시간인디, 뭔 일인지 모르겠네요. 가시거든 꼭 연락하세요."

"네, 감사하무니다, 사요나라(안녕히 계세요)."

아야코는 평전 고개를 넘어 추억이 서린 신사당 언덕을 지나다 잠시 발걸음을 멈추었다. 그 자리에 새로 들어선 충혼탑을 바라보며 지난날 영욕의 역사를 떠올리다 가네다와 남몰래 알콩달콩 즐겼던 첫사랑 추억을 더듬었다.

"저기에 신사가 있었지, 정자나무가 많이 컸구나! 그때는 단풍나무 밑에 내 키보다 큰 코스모스가 우거져 있었는데… 아기단풍의 귀여운 손짓은 그때나 지금이나 변함이 없군.

아, 저기가 우리 사랑의 발자국이 새겨진 딸각 다리(계단)구나! 가위바위보 해서 이기면 아카시아 잎사귀 하나씩 떼어냈었어. 내가 주먹을 내면 가네다는 응당 가위를 냈고 내가 가위를 내면 그는 보를 냈지. 이겨서 가네다 상 등에 여러 번 업혀 내려가곤 했는데…."

공원 계단

한참 동안 시간 여행을 마친 그녀는 멀리 내려다보이는 기차역을 심난한 표정으로 바라보았다. 잠시 후 쉽사리 떨어지지 않는 무거운 발걸음을 떼며 계단을 천천히 내려갔다. 비록 만나지 못하고 여운을 남긴 채 떠나가는 그녀의 뒷모습은 마치 붉게 타올랐던 단풍이 질 때 느끼는 쓸쓸하지만, 장엄한 가을 풍경 같았다.

아쉽게도 아야코와 대길의 반세기만의 해후는 빗나가고 말았다.
왜 대길은 집에 오다가 발길을 시장통으로 돌렸을까?
사랑하기 때문에 더 좋은 모습을 보여주어야만 했을까?
다시 돌아온다는 약속을 지키지 못한 부담 때문이었을까?

시장통으로 발길을 돌린 대길은 역전에서 식당을 운영하는 친구 오동을 찾아갔다. 대길과 함께 징용으로 끌려갔다가 고생하고 돌아왔던 친구라서 서로의 사정을 훤히 아는 사이였다.

막걸리 한 잔씩 따라 놓고 기차역을 바라보며 아야코 이야기를 나누는 중이었다.

"아야코도 보통 여자가 아니구나! 그때가 언젠디 잊지 않고 찾아오다니, 대길아, 니가 뭔 죄라도 진 게 있냐?"

"내가 약속을 못 지킨 죄가 있지. 난들 왜 안 보고 싶겠냐! 그런데 이젠 용기가 나지 않는다."

"와우! 세월 앞에 장사 없다고 했는데 아직도 미모는 여전하구나. 이젠 중후한 멋이 풍기는군."

"정말 마음이 예쁜 여자였는데… 약속을 못 지킨 나를 원망했을 거야. 너도 알다시피 나는 귀국 후 아야코를 못 잊어 몹시 괴로워했었다."

"나도 잘 알지, 니 인생도 엿가락 꼬이듯 꼬였던 것 같구나!"

대길은 누가 볼까 두려워 중절모를 눌러쓰고 창밖을 힐끗힐끗 쳐다보았다. 변해버린 아야코의 얼굴을 자세히 뜯어볼 겨를도 없이 행여 그녀와 눈이라도 마주칠까 봐 고개를 돌렸다.

그는 처음에는 자기 눈을 의심하기도 했지만, 다시 세월의 더께를 벗겨내고 자세히 보더니 촉촉해진 두 눈을 지그시 감았다.

눈앞에 걸어가는 아야코의 모습을 보는 순간, 요도우라 항구 선착장에서 헤어질 때 보았던 그 모습이 떠올랐던 것이다.

그는 당장 달려가 붙잡고도 싶었지만, 만난 뒤 또다시 헤어져야 하는 두려움 때문에 눈먼 듯 말없이 떠나보내며 아프지만 침묵하고 말았다.

아야코는 미련 때문인지 몇 차례 뒤를 돌아 멀리 인연의 언덕을 물끄러미 바라보았다. 오늘따라 구름 한 점 없이 맑은 하늘이 추억의 코스모스 둥지와 맞닿아 있었다.

"그래, 난 수십 년간 그리워했던 추억의 그림자를 밟고 다녔어. 그이가 살아 있다는 것만으로도 다행이야. 내 가슴에 새겨진 그의 그림자도 남아 있을 테니까.

아, 아프지만 울지 않으련다. 어쩌면 난 행복 한 거야. 이런 가깝고도 먼 사랑을 오랜 세월 가슴에 품을 수 있었으니, 말이야."

그녀가 짧지만 긴 시간 여행을 정리하고 다시 발길을 돌려 역 대합실을 향해 터벅터벅 걸어갔다.

아야코는 대길을 마음에서 떠나보내지 못하고 이별의 슬픔을 희망의 정수박이에 부어 찾아왔건만, 대길은 또다시 침묵했다.

하지만 아야코는 다시 만날 것을 확신하면서 대길의 침묵을 휩싸고 돌고 있었다.

두 사람의 끈질긴 인연의 생명력과 거기서 우러나오는 진한 향기는 만해 한용운의 시 '님의 침묵'을 떠오르게 했다.

3

대길과 순애가 각자 인생의 타임캡슐을 서서히 열기 시작했다.

앞만 보고 달려왔던 노부부가 지나간 세월을 되돌아보면서 잘못 채워진 단추를 바로잡고 변명도 하고 싶어 했다. 또한 가슴에 품고 있는 보따리를 풀어놓고 정리할 필요가 있다고 생각하고 있었다.

늦은 봄 어느 날 오후, 느지막하게 집에 도착한 길동이가 주위를 두리번거렸다. 어머니가 텃밭에서 지는 해를 등지고 허리를 구부린 채 밭일하고 있는 것을 보고 황급히 텃밭으로 갔다.

"엄마! 길동이 왔어요."

"어서 오너라, 볼일은 다 봤냐? 생각보다 일찍 왔구나!

어머니는 아들이 이렇게 일찍 도착할 줄 모르고 밭일하다가 당황스러운 표정이었다.

무릎도 안 좋은 어머니가 쭈그리고 앉아 모기가 우글거리는 밭에

서 풀을 매는 모습을 본 길동은 얼른 그 옆으로 다가가 쪼그리고 앉아 잡초를 뽑기 시작했다.

"아, 뜨거워! 보통 독한 게 아니구먼."

"모기 뜯기고, 옷 버린 게 고만 허고, 어서 들어가야! 징하게 모기도 많다. 잠깐만 앉아 있어도 환장을 하고 달라든다."

"뭔 풀이 이렇게나 많다요?"

"풀을 뽑고 뒤돌아서면 또 풀이다."

모기 뜯길까 걱정하는 어머니 옆에서 길동은 도란도란 이야기하면서 밭고랑 한 줄을 금세 다 맸다.

"소싯적에는 엄마와 도란도란 이야기하며 밭도 매고 고구마, 감자도 심고 배추밭에서 잎을 빨아먹는 배추벌레도 잡았었는데, 이게 얼마 만인지 모르겠소."

"서당 개 삼 년이면 풍을 읊는다더니 옛날 실력 나오네."

"배고프고 힘들었던 그때가 좋았던 것 같아요."

"…"

잠시 호미질을 멈추던 어머니가 아들의 얼굴을 빤히 쳐다보다 옛날 일이 떠올랐는지 아버지에 관한 이야기를 꺼냈다.

"너는 크면서 무장 니 아버지를 닮아간다."

"당연하죠. 아버지 아들인데요?"

"느그 아버지도 너만 헐 때는 어디다 내어놓아도 안 빠질 정도였지!"

길동은 어머니가 뜬금없이 아버지의 외모를 칭찬하자 의아해 하면서 아버지의 젊은 시절 모습을 떠올려 보았다.

실제로 젊은 시절 아버지의 인물이 훤칠했던 모양이군. 쌍꺼풀진 눈에 진한 눈썹, 우뚝한 코, 잘생긴 귀까지.

어머니의 호미질 소리가 점점 거칠어진다.

"아무렴, 일본에 징용으로 끌려가서까지 여자를 사귈 정도였으니. 필시 둘 사이에 무슨 일이 있었응께, 한국까지 왔다 갔을 테제"

"누가 왔다 간 적 있어요?"

"잘난 니 애비가 일본에서 사귀었다는 옥상인가 뭔가 허는 여자 말이야."

다소 격앙된 어조였다.

길동은 어머니가 왜 저렇게 반응할까, 곰곰이 생각하며 헛손질만 하고 있었다.

"살림 차리고 살았었는지도 모를 일 아니냐!"

"뼈 빠지게 노역허니라고 그럴만한 여유가 있었겠어요?"

"씨앗은 뿌렸을망정 열매는 없는 것 같더라."

"뭔가 짐작이 가는 꼬투리라도 잡았나요?"

"뭐가 켱기는지 어찌고 지냈는지는 말 못 하고 헤어진 뒤 수년 동안 눈 빠지게 기다리다가 결혼했다고만 하더라. 그 뒤 아들을 둘 낳아 잘살고 있는 갑더라."

어머니가 호미를 팽개치고 일어나더니 질투 어린 반응을 했다.

길동은 점점 어두워 오는 텃밭을 뒤로하고 등목의 추억이 되살아나 작두 펌프 샘으로 갔다.

어머니는 오랜 세월 숙련된 펌프질 솜씨를 뽐냈다. 땅속 깊은 곳에서 얼음 같은 찬물을 금세 끌어올리더니, 아들의 등과 목과 가슴팍까지 고루고루 찬물을 끼얹었다.

길동은 괴성을 지르며 온몸을 부들부들 떨면서도 살갗을 따라 미끄러지는 엄마의 손맛을 만끽하고 있었다.

**

그해 아버지의 생신을 맞아 길동은 아카시아 향기 그윽한 고향의 봄 냄새를 맡으며 공원을 지나 고향 집에 도착했다.

온 식구가 한자리에 모여 담소를 나누던 중이었다. 갑자기 어머니가 잔잔한 호수에 돌을 던지듯 뜬금없이 충격 발언을 했다.

"얼마 전 일본에서 귀티 나는 한 여인이 우리 집에 찾아왔었다. 아버지를 못 만나서 그런지, 니기 아버지 사진을 보고 눈시울을 붉히더라."

안방에는 노 부부가 함께 빨간 작약꽃을 배경으로 살포시 웃음 지으며 다정한 모습을 하고 있는 사진 액자가 벽에 걸려 있었다.

"얼마나 깊은 사이였으면… 이 먼 곳까지 찾아왔을까? 못 만나서 서운헌 갑더라. 지키지도 못할 약속은 뭣 땜시 했는지."

"약속까지 해놓고 안 만난 거여요?"

"이번에 한 약속이 아니라, 해방되어 귀국할 때 니 아버지가 부모님만 뵙고 곧바로 돌아간다고 약속했다고 하더라."

어머니의 시샘 어린 말투에 뭔가 해명하고 싶은지 아버지가 이야기 사이로 끼어들었다.

"사실 일본에서 뿌리치고 오기가 쉽지 않았지만, 꼭 돌아가겠다고 약속하고 귀국했었다. 그런데 니 할아버지 할머니의 반대가 심했고, 귀국 후 다시 일본으로 돌아갈려고 노력했지만 어려웠다."

온 식구가 귀를 쫑긋이 세우고 숨죽이고 있자, 아버지가 망설이다 입을 열었다.

"그분은 내가 노역에 지쳐있을 때 나에게 사랑을 가르쳐 준 생명의 은인이었지…."

어머니는 더 깊은 말을 듣고 싶어 하는 표정이었다.

"그래서 옥상이 눈 빠지게 몇 년을 기다리다가 지쳐서 늦게 결혼했구먼!"

"그건 내가 약속을 어겼기 때문이지. 귀국 후 얼마 안 되어서는 아야코 상이 여러 사람을 통해 내 안부를 묻고 자기 소식을 전해준 적이 있었네…."

그는 이 사실을 수십 년간 가족들에게 숨겨왔다.

"아직도 못다 한 말이 있는 것 같던디, 혹시 숨겨놓은 자식 이야기는 없읍디까?"

"글쎄, 그런 소식은 전혀 듣지 못했네. 당신은 눈물의 씨앗이 있었으면 좋겠는가?"

"그걸 말이라고 하요. 설형 있다고 해도 불행 아니요!"

"자식이 있었다면 내가 어떻게 해서라도 찾아보았겠지, 여태껏 모른 체 하겠는가?"

아버지는 오히려 반문하며 강하게 부인했다.

길동은 아버지가 어떻게 일본에서 그분을 만나게 되었는지를 집요하게 물었다.

"군수 공장에서 일했다고 하셨는데 어떻게 밖에 나갈 수가 있었나요?"

"처음에는 고생 죽도록 허다가 사고로 어깨를 다친 뒤부터 좀 편한 일을 했지. 사무실 허드렛일을 하고 심부름도 다니곤 했어."

"숙식은 어떻게 했어요?"

"기숙사에서 해결했지. 어떤 사람은 한국에서 부인이 와 기숙사에 함께 살면서 일하기도 했어. 쥐꼬리만 한 봉급으로 애도 낳아 기르며 사는 것 보면 용하더라."

"그분은 어떻게 만나게 된 거죠?"

"작업반장 심부름 차 전신 전화국에 들렀다가 우연히 만나게 되었어. 인연이란 정말로 묘한 것 같더라…."

아버지는 징용 당시의 추억을 떠올리며 두 눈을 지그시 감고 입을 굳게 다물었다.

순간 분위기가 썰렁해지자, 길동이 의심스러운 눈초리로 넘겨짚고 물었다.

"옷깃만 스쳐도 인연이라는데 우연히 만나 사귈 정도면 보통 인연이 아닌 것 같네요."

"보통 인연이 아니니까 다시 여기까지 찾아왔겠지. 니 아버지 맘 뒤숭숭하게 선물만 남겨두고 갔다."

"무슨 선물인데 아버지 마음을 흔들어 놓았다요?"

"누구한테 뭔 소식을 들었는지는 몰라도 느그 아버지 몸 생각고 비타민 허고 우황청심환, 용각산 등 상비약만 몽땅 사 왔더라. 그리고 참, 기모노 차림의 인형 하나를 놓고 갔다. 예쁘기는 하더라만은 무슨 의미인지?"

"여자 인형을요?"

식구들이 이구동성으로 인형에 대한 관심을 드러냈다.

"인연이 뭣인지, 그놈의 첫정이 뭐길래…."

어머니의 반응은 같은 여자로서 납득할 만한 반응이긴 하지만 왠지 동병상련에서 우러나오는 진지함이 엿보이기도 했다.

어머니가 무슨 말을 하려다 잠시 주춤하더니 작심이라도 한 듯 말을 이어갔다.

"나도 여자지만 참 대단하신 분이더라. 아무리 생각해도 보통 일은 아니야, 얼마나 보고 싶었으면 황혼이혼까지 허고 찾아왔을까?"

가족들은 두 눈을 휘둥그레 뜨고 어머니의 입을 주시했다.

"아니, 이혼까지 하고요?"

"그나저나 대단하신 분이네요. 그 오랜 세월 동안 잊지 않고 찾아오신 것을 보면⋯."

어머니의 말이 점점 거칠어지고 자식들의 질문 공세가 심화하자, 아버지는 슬며시 자리를 박차고 나갔다. 그는 집 모퉁이 장독대의 학독에 걸터앉아 담배 연기를 들이마셨다가 내뿜기를 반복했다.

아버지의 손가락 사이에 낀 담배는 한이 서린 연기를 피워 올리며 슬그머니 타들어 가 어느새 필터까지 태우고 사그라졌다.

**

아야코의 방문이 집안의 화제가 된 얼마 뒤, 길동이 시골집에 들렀다.

저녁 식사를 물린 후 아버지는 머뭇거리다 일본 징용 가서 만났다는 아야코 상이 보낸 편지 이야기를 꺼냈다.

"길동아, 일본 오사카에서 아야코 상한테 편지가 왔어야!"

"아버지 생명의 은인이란 분 말이죠?"

"맞아, 아야코 상이 지금은 오사카에서 골프장 여러 개를 운영하며 부자로 살고 있다고 헌다."

"한때 일본에 골프 바람이 불었는데 돈 많이 벌었겠네요."

"아무튼 그것 허면서 돈깨나 모았던 갑이더라. 나보다 놀러 오라고 안 허냐."

길동은 아버지의 의중을 타진할 겸 일본에 다녀오시라고 권유했다.

"여기까지 찾아오시고 초청 편지까지 보낸 것을 보면 성의가 대단하신 분이네요. 옛 추억을 더듬으며 여행 삼아 한 번 다녀오세요."

아버지는 한참을 생각하다가 엉뚱한 답변을 했다.

"골프도 칠 줄 모르고, 무엇보다 요놈의 몸이 성하지 못해서 갈 수 있을랑가 모르겠다."

"아버지, 지금 못 가시면 평생 후회하게 돼요. 더 늙으시기 전에 꼭 다녀오세요."

아버지는 자신 없다는 표정과 함께 손사래를 쳤다. 하지만 그의 표정은 뭔가 아쉬운 듯했다.

헝클어진 인연의 실타래에서 풍기는 궁금증과는 별도로 과거사를 떳떳하게 밝히지 못하는 대길의 표정 속에는 하고 싶은 말이 많은 것처럼 보였다.

길동은 고개를 갸우뚱하더니 혼잣말로 중얼거렸다.
"건강 문제는 괜한 핑계 아닐까? 인생을 마무리하는 단계에서 마음만 먹으면 그까짓 난관쯤이야 얼마든지 극복할 수 있을 텐데….."

아버지의 지난 인생이 측은하게 느껴졌던 길동은 마당으로 나와 집을 내려다보고 있는 제봉산 봉우리만 물끄러미 쳐다보고 있었다.
길동은 어린 시절 아버지를 따라 산에 갔을 때 나무 그늘에서 쉬면서 아버지가 '일본에도 오카상(엄마)이 하나 있다.'라고 했던 말이 떠올랐다. 그리고 일본에 끌려가서 군함 만드는 군수 공장에서 일하면서 불렀던 일본 군가와 무슨 뜻인지 알 수 없는 구호도 생각났다.

그는 그 배경과 의미를 곰곰이 생각해 보았다.
귀국 후 아버지는 아야코에 대한 그리움이 꿈틀거릴 때마다 우리들이 알아듣지 못하는 일본 노래를 자주 불렀었지. 아마도 첫사랑 아라리를 달래면서 가슴에 맺힌 이별의 아픔을 치유하고 있었음이 틀림없어. 어릴 적 우리는 아버지 따라다니며 아버지의 그런 모습을 여러 차례 보았지만, 아무 생각 없이 그저 아버지가 하는 일본 말이 신기해서 흥미롭게만 들었던 거야. 그때는 오카상이 우리말로 엄마라는 말인 줄도 몰랐으니까.
길동은 혼잣말로 무슨 단서라도 쫓듯이 읊조렸다.

대길이 가슴에 싸안고 있던 첫사랑에 얽힌 아리랑 바랑에는 그 자신과 아야코만이 알고 있는 말 못 할 사연이 숨겨져 있을 법도 했다.

하지만, 길동은 괜한 헛다리를 짚지 않으려 입속에 머무는 물음을
조용히 삼켜버리고 더는 말이 없었다.

제봉산 봉우리

4

오뚝이처럼 일어난 대길은 지나간 인생 고개를 다시 터벅터벅 넘어가기 시작했다.

대길은 젊은 시절의 추억이 아롱진 공원 정자나무 그늘을 찾았다. 행여나 누가 찾아올까 봐 대문을 활짝 열어 놓은 채로 지팡이를 짚고 평전 고개를 넘었다. 공원 정자나무 아래 그늘에 앉아 평생 앞만 보고 쉼 없이 달려왔던 그가 잠시 멈추고 뒤를 돌아보았다.

내 인생도 엿가락 꼬이듯 뱅뱅 꼬였던 거였어!

씀씀이가 헤픈 양할아버지가 그 많던 논과 읍내 대궐 같은 집까지 날려 먹은 것은 원망할 수는 없지. 어찌 보면 양할아버지가 안분지족(安分知足)의 선비정신으로 가진 것을 나누거나 양보하고, 채워진 것은 비우면서 아름다운 삶을 살았던 거야.

일정 때 왜놈 순사가 설치는 바람에 어쩔 수 없이 징용으로 끌려가면서부터 내 인생의 아리랑 고개가 시작된 거였어. 강제 노역의 힘든 고개를 넘어갈 때 아야코가 없었다면 지금 내가 있기나 할까?

오늘따라 공원의 코스모스 꽃이 더 아름답고 향기롭구나!

아야코의 몸과 마음에서는 늘 코스모스 꽃향기가 풍겼는데… 나를 믿고 기다렸던 아야코의 마음은 얼마나 아팠을까? 나에게 날개가 있었더라면 날아갔을 텐데… 그때 현해탄 넘나드는 갈매기가 얼마나 부러웠던지….

그 와중에 비극적인 전쟁까지 겪어야 했으니 나도 어지간히 때를 잘 못 타고 나온 거야! 그 소용돌이 속에서 자식만 남기고 떠난 무정한 사람들아, 황천이 어디라고 그리 쉽게 가버렸던고….

굽이굽이 아리랑 고개를 넘고 또 넘었건만 남는 건 아라리뿐이로구나! 그래 아라리가 났기에 그 고개를 넘기 위해 절대 포기하지 않는 삶을 살았던 거야. 그리고 가난의 대물림을 끊기 위해 허리띠 졸라매고 보릿고개를 넘어오느라 서빠지게 일만 했어.

다행히 연이은 경제개발계획 덕에 나라 경제는 눈부신 성장을 했었지. 그래 봤자 난 허리도 못 펴 보고 고물고물한 자식들 먹여 살리고 가르치느라 허리띠를 졸라맬 수밖에. 촌에서 더 잘살아 보겠다고 새마을 운동하며 몸부림쳤지만, 자식들 학교도 제대로 못 보냈으니, 마누라나 자식들이 원망할 만도 했어. 차라리 마누라 말대로 일찌감치 논 팔고 집 팔아서 서울로 갔더라면 남들처럼 부자 되어 떵떵거리고 살았을 텐데…. 그동안 힘든 고개 넘으며 자식들 키우고 가르치며 이만큼이나 사는 것도 모두 억척스러운 마누라 덕분이었지.

대길은 긴 한숨을 짓고 나서 멀리 내려다보이는 황룡강 물에 그동

공원에 핀 코스모스 꽃

안 쌓인 한과 미련을 헹궈낸 뒤, 강 건너 축령산에서 불어오는 편백 향기(피톤치드)를 실은 맑은 공기를 흠뻑 들이마시고 나서 남은 인생 고개를 다시 넘어갔다.

70년대 후반 들어 나라는 발전하는데 잘 사는 사람은 더 잘 살고 못사는 사람은 소외감만 늘어나니 여기저기서 조용할 날이 없었어. 10.26 대통령 시해 사건으로 급기야 유신 체제가 무너지고 서울의 봄이 오는가 했는데 기다리던 봄은 오지 않았지. 이어서 12·12 군사 쿠데타가 일어나더니 '80년 5월 광주에서는 피바람이 불었던 거야.

그때는 군사독재 시대라서 하고 싶은 말도 맘대로 못 하고 묵묵히 일만 했어. 그래도 깨어있는 젊은이들의 희생 덕분에 대통령도 내 손으로 뽑게 되고 문민정부가 들어서면서 민주화의 꽃망울에 물이 올랐지. 인제 좀 살만한 것 같아서 마음 놓고 허리띠를 풀고 재미나게 해외여행이나 다니며 즐겨볼라고 했는데 어느 날 갑자기 몸이 고장 날 줄 누가 알았겠어!

세계화를 향한 길목에서 불행하게도 나라가 부도 위기에 처할 줄이야. 설상가상으로 자식들이 애면글면 모아둔 돈을 순진한 마누라가 동네 사람에게 빌려주었다가 야반도주해 버리는 바람에 한동안 잊고 살았던 아리랑 노래가 절로 나오더군.

이젠 지팡이가 필수품이 되어 버렸으니… 다행히 살아서 이정도나마 움직이게 된 것도 모두 쌍둥이 어매의 지극 정성 덕택이었어.

아야코는 하필이면 그런 때 날 찾아와 내 마음을 뒤숭숭하게 만들었을까? 그동안 나를 얼마나 원망했을까!

우리네 인생살이 넘고 또 넘어도 아리랑 고개뿐이네!

공원 정자나무: 오랜 세월 수많은 사람의 추억이 서려있는 보금자리

제4장 빛고을 아리랑

5·18 민중항쟁 추모탑

1

대길과 순애 인생의 황혼 길에는 늘 빛과 그림자가 교차하고 있었다.

새천년이 시작되어 온 국민이 금 모으기 운동에 동참하고 정부가 슬기롭게 외환 위기를 극복하여 나라 경제가 안정되었고, 정치적으로도 풀뿌리 민주주의가 뿌리를 내리고 시민들의 권익과 자유도 신장되어가고 있었다.

그 덕분에 대길과 순애가 땀 흘리며 넘어온 고갯마루 언덕배기에도 따뜻한 볕이 들었다. 자식들은 모두 성장했고 가난의 대물림은 끊어낸 지 오래된 터, 마음만 먹으면 여생을 즐길 수 있을 만큼 여유도 생겼지만, 늘 그들 마음 한 구석은 허전했다.

세상은 좋아지는데 세월은 자꾸만 흘러 대길은 벌써 팔순 고개를 넘겨버렸다.

아카시아 향기가 그윽한 어느 봄날, 자식들과 가까운 친척들이 모여 조촐하게나마 아버지의 생일을 축하하고 있었다. 술잔이 오가고 이야기가 무르익어 갈 즈음, 마당에서 "아버지" 하는 소리가 들렸다.

길동은 귀에 익숙한 목소리에 이끌려 반사적으로 튀어 나갔다.

"니가 누구냐, 금동이 아니냐!"

애타게 기다리던 아들 목소리를 듣자 아버지와 어머니가 밖으로 나오며 깜짝 놀라 소리쳤다.

"아이고 내 새끼, 꿈이냐 생시냐!"

"썩을 놈, 지 놈 땜에 내 속이 썩어 문드러진 줄도 모르고…."

어머니는 눈물을 쏟아내며 우느라고 목이 메어버렸다.

"독한 놈, 어디 갔다가 이제사 오냐! 너 때문에 이사도 멀리 못 가고 평전을 맴돈다. 이제나저제나 오려나 하고 문도 안 잠그고 살았다. 이놈아! 살아 있으면 연락이라도 해야 헐 것 아니냐!"

화가 난 아버지가 큰소리로 나무란 뒤 잠시 숨을 돌리고 화를 다스려 가며 아들을 맞이했다.

"살아있으니 다행이다. 언젠가 평전에 살았던 성구가 즈그 아버지 벌초하러 와서 니가 전투경찰에 입대한 뒤 소식이 끊겼닥 허더라. 그때서야 니가 살아있는갑다고 한숨 돌렸는데 바로 광주 민중항쟁이 터져서 얼매나 걱정했는지 아냐!"

"죄송합니다. 연락도 못 드리고 이제야 찾아와서…."

"전대 다니던 작은집 동생이 5·18민주화운동 때 학교 앞에서 얼핏 너를 닮은 전투경찰을 보았닥 해서 밤잠 설치며 속으로만 끙끙 앓고 있었다."

당시 그는 조카가 한 말이 사실이 아니기를 바라면서 행여 누가 알까 두려워 벌벌 떨고 있었다. 그나마 금동이가 공수부대 계엄군이 아니고 전투경찰이라서 다소 마음이 놓였었다.

아버지가 잠시 호흡을 조절한 후 말을 이어갔다.

"그때 어쩐지 아냐? 군인, 경찰도 사상자가 있닥 해서 걱정깨나 했다. 금동아, 니가 살아 있는 것만도 천만다행이다. 묏자리 덕을 톡톡히 본 것 같구나."

"어머니, 아버지! 모두 사실입니다. 제가 죽을죄를 지었습니다. 불효자식을 용서해 주세요."

가출 후 딱 한 번 연락하고 소식을 끊어버렸던 금동이 무릎을 꿇고 두 손을 부들부들 떨며 빌고 있었다. 그의 눈에서는 닭똥 같은 눈물이 뚝뚝 떨어져 온 가족의 가슴을 적셔 놓았다.

금동은 그동안 살아온 얘기를 주마간산 식으로 건너뛰었다. 처음 서울에 가서 떠돌이 생활하며 고생했던 일은 감히 식구들 앞에서 털어놓을 수 없었다.

"다행히 서울에서 친구 성구를 만나서 구로동 공장에 다니다 전투경찰에 지원 입대했어요. 제대 후 다시 서울로 가서 열심히 일하면서 학교도 다니고 지금은 조그만 건설회사를 운영하고 있어요."

그는 일단 부모님을 안심시켜 드렸다.

"건강하게 돌아와서 인자는 살겄다. 근디 왜 너 혼자 왔냐? 짚신도 짝이 있는디…."

"죄송합니다. 엄마. 서울로 올라간 뒤 잘살아 보겠다고 이를 악물고 일을 하다 보니 이렇게 됐구만요."

"니 첫사랑 애인인가 뭔가 허는 부잣집 딸래미랑은 어째서 갈라섰냐 이 말이야?"

"제가 전투경찰로 있을 때 연화가 춘향이 선발대회에 나간 뒤 허파에 바람이 들었나 봐요. 고무신을 거꾸로 신어버렸더라고요."

"못난 놈, 뭔 지랄하고 집을 나가 고생을 사서 허면서, 애인 하나 못 지키고 쯧쯧…."

어머니는 아쉬워하는 표정으로 혀를 차더니 말을 잇지 못했다.

금동이가 광주민주화운동 현장에 투입되기 전까지는 연화랑 연락을 하면서 지냈다.

그는 5·18민주화운동을 겪으며 젊은이들의 신음 때문에 환청에 시달리면서 한동안 삶의 의욕을 잃었다. 일종의 공황장애 증상이었다. 그리고 한동안 자기 행동이 산천초목도 알고 있는 정의 앞에 떳떳하지 못했던 것이 아닌지 고민에 빠져 있었다.

"사실은 광주 민주화운동을 거치며 제가 한동안 등한시했더니 누군가 연화를 업어갔더라고요. 그래서, 연화 보란 듯이 잘살아 보려고 부족한 공부도 하고 앞만 보고 달리다 혼기를 놓치고 말았어요."

"썩을 놈, 그 애한테 푹 빠져 죽고도 못 살더만…. 그러니까 이 애비가 평소에 언감생심(焉敢生心), 못 올라갈 나무는 애초에 쳐다보지도 말라고 허디 안 허디!"

"다 지난 일인데 누구를 원망하겠어요. 아버지가 늘 인생사 새옹지마(塞翁之馬)라고 하셨잖아요. 조만간 쨍하고 해 뜰 날 있겠죠."

"순진한 놈 같으니라고, 영락없는 지 애비 아들이구먼. 좋은 것은 안 닮고 아무짝에도 쓰잘데기 없는 꼭 그런 것만 닮아서…."

어머니가 한심스럽다는 표정으로 남편의 애정관을 답습하는 아들을 비웃듯 한마디 했다.

금동 역시 이제까지 살아오면서 차마 말 못 할 애환이 서린 아리랑 바랑을 짊어지고 있었다.

그는 길동을 꼬드겨 가출했었고 용주사에서 불목하니를 청산하고 헤어지면서, 부모와 의절할 것처럼 고향을 거부하고 서울행을 고집하여 고행의 길을 선택했던 것도 그였기 때문이다.

부모님의 꾸중을 달게 받던 금동이 풀이 죽은 듯 고개를 떨구고 있자, 길동이 그 옆으로 다가가 어깨를 감싸주며 말했다.

"금동아, 너 고생 많이 했다. 나와 함께 하행선 열차를 탔더라면 그런 일이 없었을 텐데…."

"글쎄 말이다. 길동아, 5·18 때 너도 군대 생활했겠구나."

"그때 나도 해안 경비하는 부대에서 근무했는데 제대 말년이었어. 5·18 때문에 말년휴가도 못 나오고 비상근무 하며 불순분자를 색출한답시고 부대 인근 산이나 절을 수색하느라 힘들었어.

5·18 이후 몇 달 동안 범죄자, 지명 수배자는 물론이고 마을에서 평판이 나쁜 사람들이나 깡패들까지 모조리 잡아다가 삼청교육대로 보냈잖아."

"맞아, 군경 합동으로 잡아들였어. 심지어는 군 장성도 신군부의 맘에 안 들면 삼청교육대로 보내버렸던 시절이었지. 죄 없이 고생한 사람도 많을 거야."

"대표적으로 장태완 수도경비사령관이 굴욕을 당했지, 쿠데타 진압을 위해 신군부 세력에 맞서 싸우다 보복당한 거였어. 그 말이 나왔으니까 말인데, 금동아, 내 고등학교 친구 정선엽 알지?"

"너 학교 다닐 때 우리 집에 놀러 왔던 키 크고 잘생긴 친구 말이지."

"맞아, 학교 다닐 때 선도부장이었고 흥사단 활동도 했었어. 조선대학 다닐 때는 너도 잘 아는 친구 장훈이랑 같은 과에 다녔던 친구야. 그 친구가 1979년 12·12 사태 때 국방부 헌병대에 근무하다가 목숨을 잃었어."

"아이고 맙소사. 10.26 사건 터지고 나서 보안사령관이던 전두환을 중심으로 한 신군부가 대통령 재가 없이 정승화 육군 참모총장을 연행하고 쿠데타를 일으켰을 때 그랬구나. 그날 저녁 참모총장 공관에서 우경윤, 허삼수 대령이 정승화 총장을 연행하는 과정에서 총격전이 벌어졌었잖아. 거기서 전사 했었나?"

"아니야, 계엄사령관 연행 후 일어난 일이야. 서울 인근에 주둔한 박희도 1공수 여단장이 지휘하는 50여 명의 공수부대 반란군이, 12월 13일 새벽 국방부 B-2 벙커를 점령하면서 일부 교전이 있었어. 정 총장 연행 후 육본에서 전군 지휘관 회의가 있었고 전군에 '진돗개 하나'의 비상경계령이 내려진 상황에서 신군부 쿠데타 가담 지휘관들은 이를 무시하고 경복궁 30경비단에 모여 쿠데타 음모를 실행에 옮겼던 거야. 심지어 전방부대인 9사단의 노태우 사단장이 예하 연대를 동원, 탱크를 앞세워 중앙청에 진주했었어."

"B-2 벙커라면 국가 위기를 관리하는 주요시설 아니냐! 전시나 계엄령하에서는 군 및 경찰까지 지휘 통제하는 곳이라서 목숨 걸고 그곳을 점령하는 것이 급선무였겠군."

"맞아, 친구 정선엽 병장도 육군본부와 국방부를 연결하는 B-2 벙커 국방부 내 초소에서 동료 병사 1명과 함께 경비 근무하던 중이었어. 새벽 두 시쯤 갑자기 쳐들어온 공수부대 병력이 총기를 탈취하려 하자 이에 불응한 뒤 중대장에게 보고하기 위해 재빨리 지하 통로로 가고 있는데 갑자기 공수부대원이 방아쇠를 당긴 거야. 동료 헌병은 무장 해제 후 체포되어 목숨을 건졌지만, 총을 맞고도 그는 끝까지 저항했지. 그의 정의로운 피가 벙커 지하 통로를 온통 붉게 물들일 때까지…하지만 역부족이었어. 반란군 측 공수 대원들의 집중사격 타깃이 되었던 거야. 결국 그는 목과 가슴에 4발의 총탄을 맞고 전사했어.

말년 병장이라 3개월만 버텼더라면 제대했을 텐데, 차라리 다른 초병들처럼 총을 버리고 손을 들었더라면…."

길동은 친구 생각에 울먹이며 말문을 닫았다.

"다른 초소나 헌병대 비상대기 병력은 반란군이 밀고 오는데 왜 저항하지 못했을까? 더구나 전시 상황에 준하는 '진돗개 하나'가 발동된 비상경계 상황에 전방을 비워두고 오다니… 만약 북괴군이 침투했다면 어쩔 번했냐?"

"그땐 군 지휘 체계가 작동되지 않고 작전 명령을 하달해도 하나회 소속 군인들이 움직이지 않았어. 전두환이 이끄는 신군부 사조직의

통제를 따른 거지. 사전에 철저히 준비된 반란군의 기습적인 선제공격에 대부분 군인이 손들어 버리거나 신군부의 회유에 넘어간 거였어."

"총을 버리고 두 손을 드는 게 군인 정신인가? 3 공수여단 병력이 정병주 특전사령관을 체포하는 과정에서 비서실장이던 김오랑 소령은 권총 하나로 홀로 저항하다 전사하고 말았어.

김 소령이야말로 정말로 의롭고 참된 군인이었지,"

"쿠데타를 저지하다 전사한 사병으로서는 정선엽 병장이 유일해."

"그러냐! 난 전사자가 너무 많아 덮여버린 줄 알았다. 길동아, 좋은 친구 잃어서 가슴 아프겠다. 정선엽 병장은 투철한 군인 정신으로 국방의 심장부를 끝까지 사수하려다 전사했기에 더욱 값진 거야. 모든 군인의 사표(師表)이자 참으로 위대한 죽음이었어"

"맞아, 그 친구는 학창 시절에도 의리가 있었고, 매사에 정의롭고 솔선수범하는 모범생이었지."

"정 병장의 명복을 빈다. 그는 하늘의 별이 되어 지금쯤 천국에서 헌병감은 되어 있겠지. 아마 천국의 첫 번째 관문인 H-1 벙커 초소에 비상경계령을 내려 정의를 짓밟은 자들의 출입을 통제하고 있을 거야"

쌍둥이의 대화를 유심히 듣고 있던 아버지가 고개를 주억거리며 같은 시기에 군 생활을 마친 두 아들을 보며 안도의 숨을 내쉬었다.

"그 친구는 나라를 위해 목숨을 바쳤응께, 천국에서 복 많이 받을 꺼다. 그 친구 부모는 억울하고 원통해서 얼매나 마음이 아팠을꼬, 다 키워 논 자식 먼저 보내면서…."

아버지가 안타까운 심정으로 애도를 표했다.

2

"아따, 이게 얼마 만이냐! 하도 소식이 없어 어디 먼 나라로 이민이나 가분지 알았어야."

성구는 깨복쟁이 친구 금동을 반갑게 맞이했다. 한때 서울서 함께 지내다 금동이 전투경찰에 입대한 뒤 연락이 끊겨 그동안 무척 궁금해하던 중이었다.

"금동아! 근디 제대하고 서울에 왔으면 신고해야지, 왜 여태 연락을 안 했냐?"

"너 살았던 동네가 온통 재개발되어 아파트 단지가 들어서서 찾을 수가 없었다. 나도 니가 보고 싶었다."

"근디 어떻게 알고 찾아왔냐?"

"니가 언젠가 고향에 벌초하러 내려가 우리 아버지 만나 내 이야기를 했담서."

"그랬었지. 아 참, 그때 너 오면 꼭 전해주라고 내 주소 알려드렸는데, 아버지께서 기억력도 참 좋으시다. 그나저나 너도 징허게 독한 놈이야. 그때까지 부모님께 연락도 하지 않고 말이야!"

"괜한 자존심, 공명심에 그렇게 됐다."

금동이가 한숨지으며 괴로운 표정을 짓자, 성구가 화제를 돌렸다.

"금동아, 너 전투경찰에 복무할 때 5·18민주화운동이 일어났지? 너도 그때 방망이깨나 휘둘렀겠다."

민주화 물결이 급물살을 타면서 시대가 변한 것을 실감한 성구는 그동안 말 못 하고 침묵해 왔던 광주 민주 항쟁에 대한 이야기를 서

승없이 화두로 올렸다.

"뭔 소리냐! 시방, 우리도 최루가스에 눈물 흘리며 시위대가 던진 화염병과 돌팔매 맞아가며 피땀 흘렸다."

"너도 맘고생이 심했겠구나. 야, 혹시 거그서 나 못 봤냐?"

"니가 광주에 왔었단 말이야?"

"뉴스에 광주가 북한 고정간첩의 사주를 받은 불순분자, 폭도들에게 전복될 위험이 있다고 해서 고향을 지키려고 만사를 제치고 내려갔었다. 물론 아버지 기일도 다가오고 묘소에도 들를 겸 해서 갔었지. 그런데 하마터면 폭도나 빨갱이로 몰릴 뻔했어야."

"그때까지만 해도 우리도 그렇게 알고 출동했어! 계엄사령관 명의로 된 경고문에도 소요가 고정간첩, 불순분자, 깡패들에 의하여 조종되고 있다고 명시되었거든. 나는 해안 경비를 담당하다가 갑자기 차출되어 전대 학생 시위 현장에 투입되었었지."

처음엔 학생들 시위가 평화적이었는데 휴교령이 내려지고 교내에서 학생들을 몰아내고 학교를 봉쇄하면서 시위대가 광주역 광장과 금남로, 도청 앞 광장으로 확산하기 시작했다. 도청 앞 광장의 시위 군중이 늘어나면서 상황이 급박해지자 인근 부대에서 대기하고 있던 무장 군인들이 학교로 진입하면서 금동은 도청 경비대를 지원하기 위해 그곳으로 투입되었다.

금동은 자기가 혹시 친구에게 몹쓸 짓을 했을까 봐 뜨끔했다.

"그런데 성구야 너는 그날 어디에 있었냐?"

"유동삼거리 부근에서 내려서 걸어가는데 공수부대가 착검한 소총을 들고 대오를 갖춰 한 걸음씩 절도 있게 다가오는 바람에 시외버스 터미널로 들어갔다가 최루가스 때문에 죽을 뻔했다. 다시 계림동으로 올라가니까 장갑차를 앞세운 계엄군이 밀고 내려오는 통에 금남로 쪽으로 밀려가서 도청 주변을 맴돌았어. 다음날 금남로를 따라 도청 앞 광장으로 시위대를 따라갔었지. 그날은 시민들이 구름처럼 몰려드니까 무장한 계엄군이 강제 해산시키면서 마구잡이로 두들겨 패더라."

그때 시위대는 대형 태극기를 앞세우고 '전두환 물러가라! 유신 잔당 물러가라! 계엄령을 즉각 해제하라!'라고 적힌 플래카드와 피켓을 흔들면서 힘찬 함성과 구호를 외치며 시가행진했었다. 광주 시내 상공에는 군 헬기가 요란하게 날았고, 무장한 공수부대 진압군은 시위대를 붙잡아 막무가내로 몽둥이를 휘두른 다음 쭉 뻗은 사람들을 질질 끌고 가기도 했다.

성구의 머리에 그 처참한 모습이 떠올랐던 모양이었다.

"고정간첩, 불순분자 잡는다는 핑계로 수많은 시민을 때려잡더라.

마치 청산리 전투에서 패한 일본군이 독립군을 잡겠다고 간도의 한국인 촌들을 습격하여 민간인을 무자비하게 학살했던 백살일비(百殺一匪) 작전과 뭣이 다르겠냐? 너도 생각해 봐라. 미꾸라지 한 마리 잡겠다고 연못에 다이너마이트 터트려 초토화해야 쓰겠냐!"

성구의 이야기를 묵묵히 듣고만 있던 금동이 머뭇거리다가 입을 열었다.

"도가 지나쳤다 이 말이지. 사실 전투경찰인 나도 방패를 들고 경찰봉을 휘두르며 데모를 진압하고 최루탄도 쏘았다. 하지만, 선량한 시민들에게 피를 흘리게 하고 싶지는 않았다. 5월 18일 계엄군이 투입되기 전까지는 학생들과 전투경찰이 사이좋게 평화적으로 시위하고 질서유지를 했었어. 처음엔 충장로나 금남로 거리도 한산하고 상점들이 문을 닫은 곳이 많아 을씨년스러운 모습이었지. 계엄군이 투입되면서부터 양측이 밀고 밀리는 가운데 사상자가 속출하고 과격해졌던 거야. 성구야, 너 혹시 다친 데 없냐?"

"말도 마라. 도청 앞 광장으로 갔다가 진압군에 쫓겨 전일빌딩으로 피했다가, 멀리서 헬기 소리도 들리고 계엄군이 최루탄을 쏘아대며 조여오자, 그곳을 빠져나왔지. 중앙로 사거리까지 내려갈 때쯤, 대오를 갖춰 절도 있게 지나가던 계엄군이 하나, 둘, 셋 하더니 갑자기 잡으러 오는 거야. 걸음아 나 살리라며 죽기 살기로 도망치다가 급한 나머지 어느 집 가게 셔터 밑으로 기어들어 가는데, 어느새 쫓아온 공수부대 군인 한 명이 몽둥이로 고관절을 내리치더군. 다행히 허리를 피했지만, 그 후유증 때문에 지금도 고생하고 있다."

"천만다행이다. 셔터가 완전히 닫히지 않았던가 보구나"

"그래, 많은 상점이 시민들을 위해 사람이 기어들어 올 만큼 열어놓고 은신처를 제공했던 거야. 내가 간신히 기어 들어갔는데 주인이 새파랗게 멍든 상처에 파스도 붙여주고 먹을 것도 주더라."

"전투경찰인 나도 시민들의 도움을 많이 받았지. 시민들이 고생한다고 물도 주고 빵도 주더라. 광주 사람들의 시민정신은 위대했다고나 할까! 아비규환의 상황 속에서도 금남로에 즐비한 금융기관 중한 곳도 털린 곳이 없었던 사실만 봐도 알 수 있지."

"난 정말 운이 좋았다. 주인아줌마 말로는 불과 1시간 전 공수부대 군인들이 미도장 호텔로 달아난 청년 예닐곱 명을 잡아 복날 뭐시기 패듯이 패는 것을 보았다고 하더라.

군인들이 청년들의 겉옷을 벗긴 뒤 시멘트 바닥에 무릎을 꿇려놓고 군홧발로 가슴을 차고 소총 개머리판으로 등과 머리를 내리치자, 피 흘리는 모습을 보면서 분통이 터질 뻔했다면서 울먹이더군."

"한마디로 생지옥이었다. 군인이나 경찰이 무고한 시민에게 총격을 가하거나 최루탄을 쏘고 몽둥이를 휘두른 것은 어떤 변명으로도 정당화할 수는 없다고 생각해. 나도 반성 많이 했다."

금동은 시위 군중의 반대편에 서서 시위를 진압했던 입장에서 일단 잘못을 인정하면서 나름대로 변명 아닌 변명을 이어갔다.

"그런데 실탄을 장착한 총으로 무장하고 헬기와 장갑차까지 동원한 계엄령하에서 졸따구가 감히 상부 명령을 거역하겠냐!

최루가스 자욱한데 우리도 숨이 막혀 죽을 똥 쌌다. 갑자기 어디선가 날아온 돌멩이가 헬멧을 강타하고 튕겨 나갈 때 나도 모르게 반사적 대응을 했지. 각목 세례를 받으며 투척 된 화염병을 피하고 발밑에서 활활 타오르는 불꽃을 진화하면서 방패와 경찰봉을 휘두르기도 했어.

광주 MBC가 화염에 휩싸이던 날 우리는 준비한 최루가스가 바닥이 날 정도로 시위대를 향해 최루가스를 뿜어대기도 했지. 우리 같은 졸개들은 명령에 살고 명령에 죽는다는 것 너도 잘 알잖아!"

선후배, 친구, 형제들을 향해 최루탄을 쏘고 경찰봉을 휘둘러야만 했던 금동은 참회의 눈물을 글썽이며 진압군으로 참여한 또래 친구들의 말 못 할 아픔을 대변하는 듯했다.

"그래, 어찌 보면 광주 민주항쟁 역사 현장에서 창을 들었건, 방패를 들었건 간에 피땀 흘리며 싸웠던 학생, 시민은 물론 차출된 군경 대원 모두가 역사의 피해자였던 거야. 공수부대를 투입하고 무장 헬기를 동원하여 그들에게 살인 면허를 내주고 집단 발포 명령을 내린 학살 원흉은 따로 있으니까."

성구는 금동의 입장을 이해하고 두둔하면서, 말문이 터진 그의 입을 쳐다보며 두 귀를 쫑긋이 세웠다.

금동이가 도청을 지키고 있을 때 광장 분수대 앞에는 얼룩덜룩한 옷을 입은 군인들이 얼굴을 쇠 그물로 가린 헬멧을 쓰고, 등 뒤로 M16 소총을 둘러메고, 한 손에는 곤봉을 들고 시위대와 대치하고 있었다.

5월 20일 오후쯤 되자 금남로 주변에서 진압군의 무차별 유혈 진압이 시작되자 피 흘리며 쓰러져 가는 시민들을 보고 광분한 시민들이 저항하고 무장하기 시작했다. 일부 버스와 택시 200여 대가 경종을 울리며 항의 시위를 하고 있었다. 계엄군과 시민들의 대치가 일촉즉발의 순간이었다.

바로 그때 도청 옥상 쪽에서 총소리가 들렸다. 옥상에서는 공수특전단 저격병들이 무장하고 도청 앞 광장을 감시하고 있었다.

금동은 그때 긴장했던 순간을 회상하며 한참을 머뭇거리다 궁금해하는 성구의 표정을 보고 다시 입을 열었다.

"총소리가 들린 뒤 상황이 급박하게 돌아갔어. 그때 우리는 도청 울타리 앞에서 교대로 이른 저녁 식사를 하는 중이었지. 말이 식사지 김밥을 우둑우둑 씹어 먹고 있을 때였어. 광장을 지키던 공수부대 대열이 모세의 기적처럼 둘로 갈라지더니 성난 시위대 차량이 돌진해 오더라. 먹던 김밥을 집어치우고 다시 헬멧을 쓰고 죽을 각오로 막았지. 총소리에 놀란 시위대 차량이 분수대를 돌아 학동 쪽으로 가는 바람에 우리는 무사했어."

그날 밤 광주 MBC가 불탔고, 다음날 시위대가 눈덩이처럼 불어나자, 공수부대 진압군이 시 외곽으로 철수하면서 맹목적인 분풀이로 시위대를 향해 무차별 난사를 했다. 이에 광분한 무장한 시민군도 응사하며 도청을 위협하기 시작했다.

금동 역시 그동안 일체 언급을 삼갔던 경험담을 거침없이 털어놓으며 도청 앞의 아찔했던 순간을 생생히 기억해 냈다.

"시민군이 도청을 위협하자 우리는 전남도경국장으로부터 해산 명령을 받았지. 각자 소지한 총기를 반납하고 5월 27일까지 자대로 복귀하라는 명령이었어. 그래서 우리는 무장해제 후 원대 복귀를 위해 뿔뿔이 흩어졌던 거야."

"아슬아슬했구나, 그때 전남도경국장이 안병하 국장 아니었나?"

"응, 맞아, 만일 그 분 아니었으면 나도 지금 여기 없을지도 모르지."

안병하 전남도경국장은 그 일로 인해 직위해제 되어 보안 사령부로 끌려가 모진 고문을 당하고 강제 해직되었다. 그 후 고문 후유증과 질병에 시달리다 1988년 숨지고 말았다.

"야, 목 좀 축이고, 그 후 니가 어떻게 살아남았는지가 궁금하다. 조곤조곤 얘기해 봐라."

성구가 따라 준 맥주 한 잔 마신 뒤 금동은 그 후 부대 복귀 과정에 가슴 조였던 일들을 낱낱이 떠올리며 이야기했다.

금동이가 동료 부대원 한 명과 함께 도청 담장을 넘어 도망친 곳이 학동의 어느 하숙집이었다. 그의 어머니 또래의 주인아주머니가 있었다.

금동이가 도청을 지키다 무장해제하고 자대로 복귀하는 중이라고 자초지종을 설명하자 아주머니가 따뜻하게 맞이했다.

"고생 많네. 우리 아들도 군에 간 지 1년 되었어. 아들이 입었던 옷인디 맞을 것이네, 얼릉 갈아입소."

그들은 전투복과 군화를 벗어버리고 사복으로 갈아입은 뒤 하룻밤 신세를 지게 되었다. 소속 부대로 복귀도 해야 했던 금동 일행은 바깥세상이 궁금해 가만히 숨어 지낼 수가 없었다.

다음 날 오전 하숙집을 나가려 하자 주인아주머니가 신신당부했다.

"아들들, 조심해서 복귀하소. 자칫 잘못하다가는 이북에서 온 간첩으로 오인당하면 계엄군한테 잡혀가거나 총 맞아 죽을 수가 있어."

당시에는 뭔가 이상한 행동을 하거나 어수룩한 사람은 모조리 신고하도록 했기 때문에 조심해야만 했다. 오랜만에 걸쳐본 사복이라, 그것도 남의 옷을 입고 있어서 어수룩하게 보였다. 더구나 면도도 못 하고 이발한 지가 오래되어 머리와 수염이 덥수룩하게 자라서 전투경찰 티는 벗을 수 있었다.

하지만 도청 사수를 포기하고 해산하여 개별적으로 부대로 복귀하는 그들 입장에서는 계엄 군인들의 눈도 피하지 않으면 안 되었다.

조심스레 계엄군의 눈을 피해 술집이 많은 어느 골목에 다다르자, 산전수전 다 겪은 것처럼 보이는 노처녀 둘이서 그들에게 다가와 말을 걸었다.

"동생들 빨리 숨어, 잡히면 뼈도 못 추린당게, 얼릉 따라와."

처음에는 호객행위로 생각도 했었지만, 그녀들의 겁에 질린 표정이 심상치 않아 일단 그녀들의 손에 이끌려 피신했다. 집 안에 들어서자, 중년의 여주인이 "계엄군이 쫙 깔렸응게 조심들 하소."라고 말하며 냉장고에서 써니텐 한 병씩을 꺼내 그들에게 건넸다.

금동이가 써니텐으로 목을 축이고 있는 동안 그 아가씨들이 불만 가득한 표정으로 시국을 비꼬아 성토하기 시작했다.

"염병할 놈들! 더 시끄러운 서울이나 전주는 놔두고, 왜 하필이면 광주를 못살게 헌다냐?"

"아따, 요참에 광주 목장의 양 떼들 씨를 말려 불라고 작정했던 갑네."

"설마 그럴라던가? 염소들의 날카로운 뿔 맛을 보여주려고 그랬던 것이제."

"자네도 알겄지만, 여그 양들은 평소에는 순하지만, 의리 빼면 산송장이나 마찬가지고 불의를 보고 못 참는 양들 아닌가. 그래서 양 떼들을 목장 우리에 가둬 두고 사납기로 유명한 뿔 달린 염소 부대를 출동시켰는 가비네. 쇠뿔도 단김에 빼렸다고 안 허든가!"

"그러제, 전국 목장으로 퍼지면 골 때려분게 광주 목장 주변에 염소 떼를 주둔시키고, 긴가민가하고 있을 때 갑자기 이북에서 이리떼가 넘어왔다고 함시롱, 양 떼를 보호한다는 핑계로 염소 부대에 '출동! 목장 앞으로'라고 해분 것이제."

"그래서 늑대 잡는다고 형사들이 쫙 깔렸고, 시민군들도 양가죽을 쓴 늑대가 없는지 눈에 불을 켜고 찾고 다니는 것 같데. 말조심허소. 거동이 쬐끔이라도 수상하다고 신고당하면 곧바로 경찰이나 계엄군에 잡혀간닥허데!"

"가만히 생각해 보소. 늑대 한 마리만 잡으면 돈이 얼만가! 이리

떼가 내려왔다고 소문이 돌던디, 소문대로라면 물 반 고기 반 아닌 가? 잘만 허면 요참에 팔자 고치는디 가만히 있겠는가!"

"근디 말이야, 독 안에 든 쥐나 마찬가지일 텐디, 요상허게도 늑대 잡혔다는 소리는 전혀 안 들리데?"

"글쎄, 나도 통 못 들었네. 늑대 사냥한답시고 공중엔 왕잠자리 헬리콥터를 띄우고 시가에는 길쭉한 포문을 단 장갑차까지 앞세워 무장한 염소 부대를 풀어놓았어도, 총소리만 요란했제. 개뿔, 늑대 한 마리도 못 잡고 애꿎은 양들만 잡았던 갑데."

"양들 잡아다 늑대 가죽을 덮어씌운다고 늑대가 되겠는가? 택도 없는 소리 아닌가. 지나가는 어린 강아지도 웃을 일이네."

"암만해도 고도의 기획 사냥이지 싶네. 그래서 죄없이 피를 흘리며 쓰러져 죽어가는 양들을 보고 뿔이 난 양 떼들이 예비군 무기고를 털어 목숨 걸고 대항했던 것이제."

그녀들은 광주 목장의 혈투는 늑대가 나타났다고 외친 못된 양치기 소년 때문에 커진 것으로 생각하고 있었다. 늑대로부터 목장을 지킨다는 명분으로 염소 부대를 출동시켜 사냥 면허를 내주었지만, 늑대는 못 잡고 우리에서 뛰쳐나온 양들만 때려잡은 것이라고 진단했다.

"참말로 그랬다면 그놈은 천벌을 받아도 싸네. 싸. 그래서 기절한 벌거숭이 양들이 청소차 같은 덤프트럭에 짐짝처럼 실려 갔던 갑네."

"어떤 웬수가 뭣 땜시 그 못된 짓을 꾸미고 시켰을까?"

"아따. 뭔가 노림수가 있겄제. 대충 눈치로 때려잡소."

"응, 감이 오네, 거시기가 뭣이냐 거사를 앞두고 관심을 딴 데로 돌려버리고 귀찮은 존재들을 어떻게든지 조기 엮듯 엮어서 쓰레기통에 버리려고 그랬는 갑제."

"그라믄, 자네 말마따나 거시기가 머시기 헐라고 그랬을 거네."

"다 이유가 있겄제."

"근다면 거시기 땜시 그런단 말이야?"

"말조심 허소, 입 뻥긋 허다가 재수 없이 엮이면 양의 탈을 쓴 늑대라고 잡혀간 게 말이여."

입이 있어도 말도 제대로 못 하는 때라서, 그 아가씨들은 세간에 나돌던 신군부에 대한 음모설을 은근히 풍자하고 있었다.

금동은 그녀들의 이야기에 충분히 공감하고 수치심마저 들었지만, 아무 말도 못 하고 못 들은 체 멍하니 창밖을 바라보다가 지나가는 계엄군의 후미가 자취를 감추자 곧장 나설 채비를 했다.

금동 일행은 5월 27일까지 함평에 있는 부대로 복귀해야 했는데 광주를 무사히 빠져나가기가 쉽지 않았다. 동서남북 주요 길목마다 검문소가 있었기 때문이다.

그들은 일단 화순 쪽으로 넘어가서 동료 대원의 고향인 보성에 들러 차로 이동하기로 했다.

학동을 지나 화순 방향으로 발이 부르트도록 걸어 너릿재 부근에 이르렀을 때 터널 입구에서 총소리가 요란했다. 발길을 멈추고 주위를 살피다가 한 청년을 만났다. 얼마나 놀랐는지 안색이 새파랗게 질려있었다. 그 청년이 자기도 화순 집에 가려다 계엄군이 진을 치고 있어서 되돌아오는 중이라고 손사래를 쳤다.

그들은 불가피하게 발길을 되돌려 효천 쪽으로 경로를 바꾸었다.

그날 밤 길목을 차단하고 있던 계엄군의 눈을 피해 다행히 어느 양계장으로 들어갔다.

"얼른 들어 오소, 보자 하니 계엄군한테 쫓기는 것 같구먼."

"사실 저희는 도청 앞을 지키다 무장 해제하고 함평 부대로 복귀하는 전투 경찰입니다. 저희도 계엄군이 오인 사격할 수 있으니 피해 가야 해요."

"그렇겠구만, 어제도 전경대원 한 사람이 여기서 머물다 새벽같이 갔네. 자네들도 고향 사람들이라고 해서 아싸리 말허네만, 전남 도경 국장이 큰일 했네. 그렇지 않았다면 자네들도 고향 사람들한테 총질하고 싸웠을 것 아닌가!"

"저희는 용궁에 갔다 온 기분이네요. 그분께 감사할 따름입니다."

"나도 군에 갔다 왔지만, 어쩔 것인가, 위에서 쏘라면 쏘아야제."

"지금 시위대나 시민을 향해 몽둥이를 휘두르고 총을 쏘는 계엄 군인들의 속마음은 부글부글 끓어오르고 말 못 할 고민이 쌓여갈 겁니다. 저희는 지휘관 잘 만나 그런 고민은 덜었구만요."

그들은 양계장 주인의 배려로 하룻밤 신세를 지고 동이 틀 무렵 목포로 가는 철길을 따라 은밀히 내려갔다.

나주 어느 시골 마을 초등학교에 이르렀을 때 몸은 지칠대로 지쳐 있었다. 관사를 찾아가 교장 선생님을 만나 전투경찰임을 밝히고 귀대 과정을 설명했는데도 선생님은 그들을 불순분자로 의심하면서 꼬치꼬치 물었다. 모조리 사복으로 갈아입어서 의심받을 만도 했다. 다행히 경찰 마크가 찍힌 양말과 팬티 때문에 오해가 풀려 이틀 밤을 거기서 묵을 수 있었다.

그곳에 머무는 동안 금동은 교장선생님 말을 듣고 깜짝 놀랐다.

"불순분자라면 신고할라고 했는디 다행이네. 빨갱이 사주를 받은 무장 폭도들 땜시 죄 없는 젊은이들만 고생하는구먼, 빨리 발본색원 해야 헐텐데…."

교장선생님은 광주에 침투한 간첩들이 시민 대중을 선동하고 있고 이들의 사주를 받은 무장 폭도들이 군경에 총기를 난사하고 화염병을 투척하며 도청을 점령했다고 알고 있었다. 그리고 시민들이 무기고를 털어 먼저 공격해서 공수부대가 투입되었다고 뉴스에서 들었다고 했다.

그는 반공 의식이 투철한 공직자이자 교육자로서 현장을 직접 목격하지 못 한 입장에서 뉴스만을 철통같이 믿고 있었다. 만일 그가 집단 조준사격을 한 공수부대의 만행을 알았거나 거지같이 허름한 복장의 수백 명의 편의대 요원이 간첩이나 폭도가 아닌 신군부가 내려보낸 선무공작단인 사실만 알았더라도 그들을 불순분자로 의심할 리 없었다.

교장선생님의 반응이 계엄군의 만행을 생생히 목격한 술집 아가씨들이나 양계장 주인, 하숙집 아주머니와는 사뭇 다른 반응이었다. 금동은 돌아가는 정국을 대충 알고 있었지만, 자신의 신분 때문에 사실은 이렇다고 반박하지 못한 채 이런저런 생각에 밤잠을 설쳐야만 했었다.

금동은 그때의 답답했던 심정을 털어놓았다.

"만약 내가 전투경찰에 입대하지 않았거나 좀 더 일찍 제대했더라면 나도 도청 앞 광장에서 진압군에 맞서 민주화를 위한 뜨거운 함성을 외쳤을 거야. 돈도 명예도 사랑도 물리치고 목숨마저 내던졌던 앞선 자들의 희생이 헛되지 않도록 붉은 피를 토하며 쓰러졌을지도 몰라…."

**

금동이가 더는 말을 잊지 못하고 생각에 잠겨 고개를 숙이자 갑자기 분위기가 어색했던지 성구가 자기의 경험담을 이어 나갔다.

"금동아 너 고생 많았다. 전남도경국장 아니었으면 너도 나에게 총구를 향할 뻔했구나. 나도 고민 많이 했다. 숨어 있던 집에서 오후 늦게 빠져나와 도청 쪽으로 다시 가서 시민군에 합세할까, 고민하다가 몽둥이에 맞은 고관절이 욱신거리고 체력이 떨어져 포기했어. 계엄군을 피해 장성 집으로 가려고 시외버스 공용터미널 쪽으로 절룩거리며 가면서 진땀을 뺐지."

성구는 거기에서 계엄군이 이성을 잃고 무자비하게 진압하는 광경을 보고 공포에 질려 위축이 되고 말았다. 공수부대 군인들이 방망이를 들고 주변에서 모여드는 사람들을 쫓다가 사정권 내로 들어온 사람은 남녀노소 불문곡직하고 닥치는 대로 후려갈기고 있었다. 많은 사람이 계엄군이 휘두른 몽둥이에 정수리 부분을 맞아 피를 흘리며 쓰러지자, 그는 급한 나머지 계엄군의 눈을 피해 버스에 무조건 올라탔는데 장성이 아닌 담양행 버스였다.

차창 밖 10미터 전방에서 서류 가방을 든 양복 차림의 신사가 계엄군이 휘두른 몽둥이에 머리를 맞고 피를 흘리며 버둥대는 모습을 보고도 그는 충동을 억제해야만 했다.

"부끄러운 말이지만 난 살기 위해 차 안에서 숨죽이고 앉아 있었던 거야. 불의를 보고도 죽음이 두려워 정의를 외면한 채 차에서 내리지 않고 담양으로 갔지. 계엄군의 검문을 피해서 중간에 내려 추월산 넘어 장성으로 가서 제봉산에 있는 아버지 산소에서 목 놓아 울었다. 얼마나 급했는지 신발 굽이 달아난 줄도 몰랐어.

너에게 솔직히 고백하는데 그날 이후 앞선 자들을 따르지 못한 나 자신이 부끄러워 한동안 그들 묘역을 찾아보지 못했었다."

성구는 떳떳하지 못했던 자신을 반성하면서 아직도 못다 푼 한이 남아 있는 것 같았다.

금동이 위로 차원에서 한마디 했다.

"몸은 욱신거리지, 마음은 달려가서 정의를 위해 싸우고 싶지, 그때 너도 고민 많았겠구나. 그나저나 추월산이나 제봉산 어딘가에 니 신발 굽이 잠들어 있겠구나."

무등산은 똑똑히 보고 기억하고 있다. 희망이 솟구치는 분수대 광장의 하얀 양 떼들의 울부짖음과 영산강 줄기 타고 흐르는 광주의 눈물을, 그리고 노란 유채꽃밭을 맴돌다 꽃망울을 꺾어버리고 달아난 왕잠자리들을….

죽은 자는 많은데 죽인 자는 왜 말이 없을까? 그리고 여기저기 크고 작은 탄흔과 양민 학살 현장은 있는데 집단 발포 명령을 하거나 사살 명령을 한 자는 왜 말이 없을까? 그리고 직접 방아쇠를 당긴자는 속으로만 괴로워하며 침묵하고 있을까?

그 누가 역사를 거스르는 무거운 십자가를 짊어지고 있단 말인가! 독재 타도와 민주 수호를 위해 목숨을 바쳤던 민주투사들과 유가족들의 한을 어찌 우리가 다 풀어 드릴 수 있겠는가!

많은 세월이 흘렀지만, 지금이라도 가해자는 결자해지의 심정으로 진실을 고백하고 영령들 앞에 고개 숙여 용서를 빌어야 한다. 그래야 그들 자신의 가슴속에 품고 있거나 등에 짊어지고 있는 아리랑 바랑이 가벼워지고 맺힌 한과 후회의 응어리도 풀리게 될 것이다.

"금동아, 이젠 모두가 광주 아리랑 고개를 넘으며 짊어졌던 무거운 바랑을 내려놓을 때도 되지 않았나?"

"물론이지. 무거운 바랑을 내려놓되 그 속에 스며있는 오월 광주 정신을 계승해야 해! 광주정신은 어떤 면에서 보면 절의와 충절을 중시하는 도학 정신에 바탕을 둔 호남 정신이기도 해."

금동은 성구의 말에 공감하며 오월 광주정신을 높이 평가했다.

"그라제, 꿋꿋하고 자존심 강하고 불의를 보고 못 참는 성격이제. 일제강점기 때 일어난 광주 학생독립운동도 뿌리가 같은 것이야. 좀 더 깊이 파보면 우리 조상 대대로 이어온 아리랑 정신이 밑바닥에 깔려 있지 싶다."

성구가 산전수전 다 겪고 나서 서울서 터 잡고 살더니 생각은 물론이고 언행도 옛날과는 달리 깊이가 있었다.

"그런 의미에서 5·18 민주 항쟁 정신은 곧 3·1 독립 정신과 4·19 민주 항쟁 정신과 궤를 같이하며 자유민주주의 수호의 근본 정신이라 해도 과언은 아니야."

"금동아, 요즘 그런 공감대가 확산하고 있는 것 같더라. 다행히 사죄하고 반성하는 사람들이 하나둘 나타나더군."

"그래, 솔직하게 인정하고 반성하며 용서를 빌면 이를 포용해 주는 모습이 참으로 보기 좋더라!"

금동과 성구는 꿈꾸는 아리랑 세대답게 진실과 정의를 부르짖으면서도 미래를 향한 희망을 진지하게 주고받았다.

이 세상에서 영원토록 숨길 수 없는 세 가지가 바로 태양, 달 그리고 진실이라고 했다.

누구든 역사 앞에서 용기 있게 진실을 얘기해야 하고 규명된 진실 앞에선 모두가 겸허해져야만 한다.

다만 독재 타도를 위해 신군부의 총칼에 맞서 싸우고 온갖 고문에도 굴하지 않았던 오월 광주 정신이야말로 이 땅 민주화의 촉진제 역할을 했다는 사실을 기억해야 한다.

3

"금동아, 제대 후 서울에서 숨이나 제대로 쉬고 살았냐?"

성구가 그날의 악몽을 뒤로한 채 화제를 돌려 금동에게 제대 후 근황을 물었다.

"야, 그토록 기다렸던 서울의 봄은 오지 않고 다시 길고 긴 추운 겨울이 오고 말았지. 빛고을 아리랑 고개를 힘겹게 넘어 다시 서울로 올라왔었건만 군사 독재 정권이 유지되는 동안 브레이크 없는 권력의 질주가 무서워 생존을 위한 비탈진 고개를 넘으며 숨죽이고 살았다.

최루탄 발사각이 점점 낮아지고 가스의 농도가 짙어지면서, 오죽 답답했으면 프로야구 경기장에 가서 고래고래 소리 지르며 울분을 토했겠냐! 서울역, 남대문, 을지로, 청량리, 영등포, 신림동, 구로동, 가리봉동을 전전긍긍하며 밥벌이하면서도 틈틈이 민주화를 외치는 시민들을 응원하며 최루탄 가스에 몸살을 앓기도 했어."

"나도 한때 최루탄 가스깨나 마셨다. 금동아, 니 성질 아주 많이 죽었구나! 우리 어릴 적 공원에서 뛰어놀 때는 너나 나나 못된 짓거리 허는 놈들 눈꼴시어서 못 봐주었는디 말야! 한때는 활빈당 흉내도 내며 활도 만들어 쏘고 보자기를 어깨에 달고 언덕 아래로 뛰어내리기도 했었지. 만화에서 본 홍길동처럼 말이야."

"맞아, 급한 성질 다 죽이고 참고 참다가, 1987년 민주화 운동을 하다 남영동 대공 분실로 끌려간 서울대생 박종철 군이 고문당해 사망한 뒤부터 속이 뒤집히더라."

"책상을 탁! 치니 억! 하고 죽었다고 발표했었지. 한마디로 국민을 우습게 보고 가지고 논 거지 뭐."

"그 후로 군부독재 타도와 직선제 개헌을 외치는 민주화 투쟁이 연일 계속되고 급기야 6.29 항복선언이 나올 때까지 주말만 되면 최루탄 마시느라 정신없었다. 이한열 열사의 만장이 시청 앞 광장에 나부끼던 날, 난 만사를 제치고 그곳으로 달려가 물밀듯이 모여드는 시민들의 틈에 끼어 시가행진하며 목청 터지라 외치고 다녔지.

문민정부 들어서고부터 맘잡고 열심히 일하며 살았다."

금동이 그 후의 삶을 간략하게 일축하자 성구가 화제를 돌렸다.

"금동아, 근디 니 첫사랑 연화랑은 잘 만나고 있냐 어쩌냐?"

"말도 마라. 광주 민주항쟁을 겪은 뒤 공황장애 증상에 시달리며 한동안 스텝이 꼬이는 사이에 돈 많은 놈이 업어 가버렸더라."

"한때는 껌딱지처럼 붙어 다니더니만, 일편단심이 아니었구나!"

"노랗게 물든 유채밭에 갑자기 왕잠자리가 날아와 광풍을 일으켜 분디 유채밭이 온전 허겄냐? 거그만 뭉개진 것이 아니어. 그 통에 주변 언덕에 피어있는 민들레 꽃대도 꺾여불고 홀씨마저 날아가 버렸어. 허망하더라."

"5·18 광풍 때문에 낙엽 지듯 가버렸구나, 안타깝다. 사랑의 물로 꽃을 피웠어야 했는데…."

"사실은 그 인간 때문에 내가 이 모양 이 꼴이 돼버렸어야. 그동안 난 이를 악물고 돈도 모으고 공부도 열심히 했지만, 맘대로 안 되는 게 연애와 결혼인 것 같더라."

"그랬었구나. 용기를 잃지 마라. 더 좋은 사람도 쌔고 쌨다."

"지금까지 기다린 세월이 얼만데, 이젠 내가 슬픈 민들레가 되어 부렀다."

"야, 그 긴 세월을 홀애비로 하늘만 쳐다본들 연화가 온다냐?"

"내가 왜 사랑의 상처를 가슴속에 싸안고 있는지 나도 모르겠어야. 생각허면 헐수록 속만 상하고…그건 그렇고, 성구야 너는 민주화 투쟁 시기에 어떻게 살아왔냐?"

금동은 연화에 대한 미련을 버리지 못한 채 아직도 아라리를 앓고 있는 것 같았다. 하지만 연화에 대한 이야기를 피하고 싶은지 갑자기 화제를 돌려 성구의 그간 근황을 물었다.

"나도 한동안은 너처럼 시간 날 때마다 데모 행렬에 끼어 이리저리 쫓겨 다녔지. 결혼 후에는 어머니 모시고 처자식 먹여 살리느라 숨죽이고 일만 했다. 고향도 친구도 등한시한 채 말이야.

신학 공부하는 마누라를 만난 뒤부터 교회에 나가 찬송가도 부르고 하느님께 나라 잘되라고 기도만 했어."

"어쩐지 옛날의 성구가 아니다 했다. 마누라 뒷바라지하면서 성령이 충만한 삶을 살았구먼!"

"금동아, 근디 공부는 언제 허고 사업은 언제 했냐?"

"민주화도 되고 나라가 조용해지니까 그때부터 발바닥이 부르트도록 일하면서 틈틈이 공부했지. 야간대학 졸업 후에 건설회사에 다니다가 독립했다."

"한때 건설 경기 좋을 때는 재미가 쏠쏠했겠다!"

"음, 실내장식 공사하면서 재미를 좀 봤지. 집도 지어서 팔고 빌라도 분양하고 제법 덩치를 키워나갔다. 건설경기가 호황을 이룰 때까지만 해도 잘 나갔었는데, 너무 의욕적으로 투자했던 것이 화근이었어. IMF 외환 위기 때 부동산 가격이 폭락하고 주가가 곤두박질치는 바람에 투자한 원금은 반타작도 못 했고, 건설경기가 위축되어 투자해 놓은 부동산을 헐값에 처분하는 바람에 금의환향하려던 꿈이 물거품처럼 사라졌던 거야."

"너 살아온 이야기 대충 들어보니 너도 이름값을 허는구나. 맵기로는 둘째가라면 서러운 고추 하나 달랑 달고 서울로 올라가 남대문 시장 바닥에서 살아남은 것만 해도 대단한 놈이다. 다시 재기해야지"

"그래, 이대로 주저앉을 수는 없다. 이제 헛된 꿈을 버리고 바짝 정신 차려야겠다."

"혹시 홍길동처럼 갑자기 신출귀몰한 묘수가 떠오를지 모르니 희망을 품고 기다려 보자. 언제 역전의 기회가 다가올지 몰라야, 야구 경기는 9회 말 2아웃 이후부터라고 하지 않더냐!"

"묘수란 말이 확 와닿는다. 녹두장군이 이끈 동학 농민군이 장성 황룡촌 전투에서 대승을 거둔 것은 대나무로 만든 대형 장태(병아리를 기르는 둥지) 때문이었지."

"참 기발한 아이디어였어, 관군의 장총과 화포를 무력화했으니."

"우리 인생길에 굽이굽이 아리랑 고개가 있듯이, 경기도 순환 주기가 있고 전쟁과 평화나 흥망성쇠는 되풀이되지 않더냐?"

"맞는 말이다. 너도 빨리 도루 그만 당하고 인생 홈런 한 방 날려야 할 텐디…. 그동안, 니 엄니 아버지 속 많이 상했을 건데 말이야."

성구가 금동의 가슴 아픈 정곡을 찌르고야 말았다.

"말도 마라. 괜한 상상으로 집 떠나온 뒤 먹고살기 바빠 혼기마저 놓쳐버리고, 금의환향하겠다는 꿈 때문에 엄마 아버지의 앳가심이었지."

순간 금동의 눈은 석양 노을처럼 붉게 물들었다.

두 사람은 오랜만에 만나 시간 가는 줄 모르고 지난날 힘들게 넘어왔던 아리랑 고개를 다시 넘고 있었다. 그들의 인생 스토리는 베이비부머 세대들의 삶의 애환을 대변해 주는 듯했다.

그들 세대야말로 부모님의 축 처진 허리띠를 잡고 보릿고개를 넘으며 더욱 강인해졌다. 고도성장기 산업 일꾼으로 땀 흘리며 일했고 민주화 과정에서 군부독재에 항거했던 세대였다. 물론 부모님 세대가 겪었던 격동기의 고난에 비할 수는 없지만, 그들도 나름대로 생존의 몸부림을 치며 꿈을 향해 힘든 고개를 넘어왔던 꿈꾸는 아리랑 세대였다.

이야기를 나누다 보니 벌써 자정이 훌쩍 넘어 버렸다. 성구가 벽시계를 보더니 마무리를 서둘렀다.

"금동아, 힘내라! 산이 높으면 골이 깊고 깊은 골짜기를 지나야 높은 산에 오른다. 어찌 보면 인생은 스릴 넘치는 파도타기 같더라. 잔을 비우고 나서 그 빈 잔에 다시 가득 채워 마시는 즐거움이 인생의 보람 아닐까? 그런 의미에서 한잔하자!"

한때 금동과 철산동 판자촌 골방에서 함께 지냈던 성구가 금동을 격려하며 포도주를 가득 채운 뒤, 금동에게 건배를 제의했다.

"성구야, 우리가 걸어온 지난날을 돌아보니 온통 비탈길뿐이구나. 언젠가는 못다 푼 숙제가 풀리고 앞길에 고속도로가 펼쳐질 거야."

금동이가 "함께 가면 멀리 간다!"라고 외치자, 성구가 "손잡고 가보자!"라고 맞장구치며 잔을 부딪쳤다.

제5장 노을 진 아리랑 고개

1

"언제나 이놈의 굴레를 벗어 버릴 수 있을랑가?"

대길이 뇌졸중으로 쓰러진 후에는 집안의 크고 작은 일은 순애 몫이었다. 순애는 무릎마저 성치 못한 처지에 빨래하랴, 텃밭 손보랴, 쉴 새 없이 바쁜 가운데 몸이 불편한 남편까지 돌보느라 힘들어했다.

노부부는 어느덧 인생 황혼기의 저물녘 노을을 바라보고 있었다. 어느 날, 영감 할멈이 함께 읍내 한의원에 갔다가 집으로 돌아오는 길이었다.

영감은 모처럼 용기를 내어 지팡이 짚고 비탈진 평전 고갯길을 쉬엄쉬엄 올라가고 있었다. 그때 뒤따라오던 할멈이 힘에 겨워 가다 쉬기를 반복하더니 발걸음을 멈추고, 언덕을 올려다보며 허리를 펴면서 한숨을 내쉬었다.

할멈이 이마에 맺힌 구슬 같은 땀방울을 닦으며, 지난 세월이 야속했는지 푸념했다.

"아이고, 무르팍은 쑥쑥 아리고, 허리가 빠지려고 허네. 쪼까 쉬었다가 가야 쓰겄다."

그사이 몇 걸음 앞서가던 영감이 발걸음을 멈추고 뒤돌아보면서 한마디 했다.

"할멈! 힘들제, 쉬었다 가세."

털썩 주저앉아 버린 할멈은 평전 고개가 이골이 난 듯 평전 아리랑 노래를 흥얼거렸다.

아리 아리랑 스리 스리랑 아라리가 났네

아리랑 응응응 아라리가 났네
평전 고개는 웬 고갠가
구부야 구부 구부야 눈물이 난다~~~

할멈의 노래가 끝나자, 영감이 다가올 이별을 예감이라도 한 듯 노래를 불렀다.
아리랑 아리랑 아라리요
아리랑 고개로 넘어간다.
나를 버리고 가시는 임은
십 리도 못 가서 발병 난다. ~~~~
저 산에 지는 해는 지고 싶어 지나
날 버리고 가시는 님 가고 싶어 가나~~~

두 사람은 이 고개를 넘을 때마다 세월아 네월아 하며 쉬엄쉬엄 가다가, 숨이 차고 힘이 들면 이 노래를 부르면서 비탈진 인생의 설움을 달래곤 했다.

그 소리에는 그들 가슴속에 맺힌 한이 서려 있기도 하고 삶의 에너지를 충전해 주는 흥이 물씬 풍겨 나오는 것 같았다.

그들은 일제의 압박과 설움 속에서도, 총탄 포화가 빗발치는 전쟁통에도 아리랑 노래를 부르며 사랑과 이별의 아라리를 극복했고, 배고픈 시절엔 초근목피(草根木皮)로 연명하며 가난의 대물림을 끊기 위해 허리띠 졸라매고 피땀을 흘리며 이 노래를 불렀다. 그들이 평생 비탈진 고갯길을 오르내리며 불렀던 아리랑 노래는 암울했던 시대를 견뎌내게 한 삶의 진통제이자 희망의 찬가였다.

격동의 세월을 견디며 한이 서린 비밀 보따리를 가슴속에 품은 채 서로의 상처가 덧나지 않도록 슬기로운 삶을 꾸려갈 수 있게 했던 원동력이 바로 선조들로부터 면면히 이어져 온 아리랑 정신이다.

그들은 삶의 고난을 견뎌내면서도 늘 사랑을 갈망하고 희망을 잃지 않은 채 어두운 터널을 헤쳐 나왔다. 아리랑 노랫말처럼 사랑과 이별을 자연의 순리로 받아들이며 서로서로 이해하고 다독여 주었고, 사무친 그리움 즉 아라리를 앓으면서도 힘든 고개를 넘어왔다.

아리랑 노랫가락에 한을 담아 품어낸 할멈이 아직도 앙금이 가시지 않았는지 세월을 한탄했다.

"나에게도 고운 꿈이 있었건만, 시집왔을 때만 해도 요까짓 언덕쯤은 펄펄 날아댕겼는디…….."

영감이 할멈에게 다가가 아내의 깊게 팬 이마의 주름살에 고인 땀을 닦아주고는 그 옆에 앉아 아픈 마음을 어루만져 주었다.

"할멈, 나를 따라 살면서 허고 싶은 말도 못 하고, 먹고 싶은 것도 못 먹고, 편한 길도 많은디 힘들게 이 고개를 넘어 댕기느라 고상 많이 했네. 우리가 만난 지도 어영부영 반세기도 훌쩍 지나가 버렸네! 자네도 지난 세월이 허망허제!"

할멈의 눈망울엔 어느새 우웃빛 가림막이 드리워졌다.

"내가 뭔 죄를 지었길래 당신 같은 고집쟁이를 만나서, 언덕배기에서 이 고생을 다 허고 살았는지 모르겄소. 언제나 이놈의 굴레를 벗어 버릴 수 있을랑가?

인자는 지팡이도 소용이 없고 차라리 구름 타고 넘어가면 원이 없겠소."

2

팔순을 훌쩍 넘겨버린 순애는 다리가 불편했지만, 지난해까지 노인정에서 총무를 맡을 정도로 활동적이었다.

하지만 이젠 자기 몸 가누기도 귀찮은 그녀에게 유일한 낙이 있다면 동네 노인정의 뜨뜻한 아랫목에 누워 허리를 지지고, 두 다리 쭉 뻗고 쉬었다 오는 것이 전부였다.

이날도 여느 때와 같이 순애는 영감의 점심을 챙겨 놓고 싸목싸목 비탈길을 지나 노인정으로 향했다.

큰기침하고 거실문을 열자 이날따라 지팡이가 신발장 옆에 있는 통 속에 가득했다. 방안에는 할머니들이 두 그룹으로 나뉘어 한쪽에서는 신세타령, 다른 한쪽에서는 십 원짜리 동전을 쌓아 놓고 민화투 놀이에 여념이 없었다.

"어따메 똥만 먹었다 허면 싸버리네"

"나한테는 쓰알데기없는 흑싸리 껍데기만 붙는다냐?"

"웬수 놈의 사꾸라 어디 숨었는지 콧구멍도 안 비치네, 에라 상놈의 사꾸라"

앞의 할머니가 사꾸라 껍질을 버리자, 숨죽이고 사꾸라 꽃 떨어지기만 기다리던 한 할머니의 입이 활짝 벌어진다.

"도~모 아리가또~ 고자이마스(대단히 감사합니다.), 덕분에 홍단 해부렀어야!"

"자네 별나도 사꾸라 꽃을 좋아허네, 무슨 연줄이라도 있는가?"

"뭔 소리를 심하게 해분가! 개똥도 약에 쓸 때가 있는 것이네."

"알겄네, 똥광이 있어야 광약헌다 그말이제."

한 판이 끝나자 서로 계산이 분주하더니 동전이 오갔다.

다른 한편에서는 몇 명의 노인들이 둘러앉아 도란도란 이야기를 주고받았다. 서로 질세라 자식 자랑, 손자 자랑에 시간 가는 줄 모르고 있었다. 남의 자식 잘되었다는 이야기에 배가 아픈 할머니도 있었다.

한구석에 시무룩하게 앉아 있던 할머니가 먼저 떠난 영감 생각에 한숨을 내쉬며 신세타령을 늘어놓았다.

"그 양반은 복 쪼가리도 뒈지게도 없는 양반이여, 자식들이 검사면 뭣 허고 의사면 뭣 헐 것이요! 그새를 못 참고 북망산천이 뭐가 좋다고……."

그러자 몸이 성치 못한 노인들이 고통을 하소연하기 시작했다.

"늙어서 아프믄 자식들한테 폐만 끼친 게 아프지 말아야 헐 것인디."

"고것이 내 맘같이 되면 얼매나 좋겄소. 그나저나 세상 좋아져서 오래 살고 볼 일입디다."

"아따, 날씨가 찌뿌둥한 게 그런가 오사게도 허리가 끊어질라고 허고 대그빡이 빠개지려고 허네. 당체 송신이 나서 못 살겄구만, 나쪼까 누워야 쓰겄소"

한 할머니가 벌러덩 드러누웠다.

그 앞에서 무릎 관절을 주무르고 있던 쌍둥이 어매가 갑자기 등과 어깨가 아프다고 고통을 호소했다.

"아이고 나도 어깨쭉지가 빠질라고 허고, 무르팍은 쑥쑥 아리고 못 살겄어라, 인자 죽을 때가 다 됐는 가비요"

그러자 옆에 있던 기수 엄마가 깜짝 놀라며 한 소리 했다.

"쌍둥이 어매! 어디 아픈가? 자네 얼굴이 겁나게 안 좋아 보이네"

"무릎도 아프고 인자는 등짝이 벌어질라고 허면서 어깻죽지가 쑥쑥 아리요, 죽을병은 아닌가 모르겠어라."

그 옆에 있던 쌍둥이 엄마의 동갑내기 친구인 단이 엄마가 불쑥 끼어든다.

"아따, 그 정도 갖고 죽을병 찾고 있는가! 얼릉 병원에 가서 진찰해 보소. 나도 처음에는 어깻죽지가 빠지려고 해서 병원에 가봉께, 느닷없이 바짝 말라버린 젖 가심에 혹이 생겨서 그런다고 허데. 그래서 우리 아그들이 우기는 바람에 수술해 버렸더니 그 후로는 대그박 속까지 개안허네."

"그래서 자네가 한때 안 보였던 가비네, 어느 병원이 고렇게 용허당가?"

"나는 여그서 가까운 화순에 있는 대학병원에 갔네만, 자네는 아들들이 서울에 사는디 뭔 걱정인가? 서울에 있는 큰 병원에 얼릉 가보소."

단이 엄마 말을 듣고 유방에 무슨 문제가 있는지 불안했던 순애는 서울로 올라와 유명 대학병원에서 정밀검사를 받았다.

자식들의 불꽃 같은 염원이 사라져 버렸다. 어머니의 가슴에서 작은 멍울이 발견되었기 때문이다. 하지만 초기에 발견해서 무척 다행이었다. 초기라서 수술도 간단하고, 치료하면 깨끗이 나을 수 있다고 장담하는 의사 말이 가족들을 위로해 주었다.

서둘러 수술이 끝난 뒤 담당 의사는 대수롭지 않다는 반응이었다.

"어머님께서는 유방암 초기로 수술이 말끔히 잘 되어서 치료만 잘하면 오래 사실 수 있습니다. 더구나 노인들은 암세포의 번식 속도가 느려 큰 걱정을 할 필요가 없습니다."

**

이듬해, 다른 해보다 절기가 빨라 어느덧 만물이 기지개를 켜기 시작하는 입춘이 불과 며칠 앞으로 다가왔다. 노부부에게는 바람처럼 스쳐 지나가는 절기가 반가울 수 없었다.

입춘 하루 전날, 아침 일찍 대길은 예년처럼 입춘첩을 안방 문틀 위에 붙이고 있었다. 의자 위에 간신히 올라가긴 했지만, 몸이 예전 같이 호락호락 말을 들을 리 없었다.

봄을 맞이하여 좋은 일이 있기를 갈망하는 구순 노인의 소박한 몸부림을 하늘조차 외면해 버렸다.

"으아악!"

중심을 잃고 거실 바닥으로 넘어지면서 문지방에 머리를 부딪친 대길의 외마디 비명이었다.

깜짝 놀라 부엌에서 건너온 순애가 신음하고 있는 남편을 보자마자 온몸을 부들부들 떨었다.

순애는 의식을 잃고 축 늘어진 대길을 가슴에 끌어안고 눈물을 흘리며 어디론가 전화 다이얼을 돌렸다.

이때부터 평화롭던 가정의 문지방에 황혼의 슬픈 그림자가 드리워지기 시작했다.

대길은 중환자실에서 식물인간처럼 일주일 동안 사경을 헤매고 있었다. 주치의는 단층촬영 필름을 가족들에게 보여주며 머리뼈에 두 군데나 금이 갔고 피와 물이 고여 있지만, 워낙 연로하니까 수술이 어렵다는 소견이었다.

순애는 두 번째 쓰러진 대길이 원망스러웠지만, 미워도 다시 한번 그를 살려내려고 온갖 정성을 다했다.

그 사이 암세포가 가슴 깊숙이 퍼져가고 있는 줄도 모르고, 아흔 살이 넘은 남편의 회복을 위해 불나방처럼 투혼을 불살랐다.

"걱정도 팔자다. 나는 암시랑도 안 해야!"

순애는 자식들이 걱정해도 전혀 내색하지 않으며 아픔을 참고 견디며 살아오고 있었다.

그런 고통의 날들이 쌓이고 쌓여 어느덧 3년이 흘러갔다.

그 세월은 온 가족을 힘들게 했던 긴 세월이었지만, 모두에게 아쉬움을 준 짧은 세월이기도 했다. 그동안 뜨거운 눈물 흘리며 고통을 홀로 견뎌낸 촛불처럼 온몸이 타들어 가는 아픔을 참아낸 순애의 사랑이야말로 대길의 생명과 다름없었다.

**

어느 날 갑자기 길동은 어머니로부터 전화를 받았다.

"무릎은 무장 쑥쑥 아리고 니 아버지 살리려다 내가 먼저 죽게 생겼다. 서울에 용허다는 병원이 있닥 허던디 알아볼래?"

길동은 오랫동안 치료해 오던 어머니의 관절염이 점점 악화해 가는 줄로만 알았다. 그래서 수소문 끝에 서울의 유명한 관절 전문 병원에 예약했다.

무릎 관절염 치료를 위해 집단속을 해놓고 상경 준비를 하던 어머니가 갑자기 어깻죽지 부근이 아파 읍내 병원에 입원하자, 자식들은 뭔가 의심을 하기 시작했다. 몇 년 전 유방암 수술을 했을 때도 어깻죽지와 등이 아팠던 적이 있었기 때문이다.

길동은 형 복동과 함께 급히 고향으로 내려가 담당 의사를 만나 어머니 검사 결과를 문의했다.

"무슨 이상이라도 있는 겁니까?"

"갑상샘에 이상이 있는 것 같습니다. 큰 병원에 가서 정밀 진단을 받아 보십시오."

담당 의사의 목소리는 힘을 잃은 채 떨리고 있었다.

관절염 치료가 관건이 아니었다. 자식들은 부랴부랴 어머니가 수년 전 유방암 수술을 하고 방사선 치료까지 받았던 서울의 한 대학병원에 예약했다.

검사 결과를 기다리며 온 가족은 불안에 떨어야만 했다.

검사 결과가 나오는 날, 길동은 서둘러 사무실을 정리하고 쿵쿵 뛰는 심장의 박동 소리에 쫓기며 부랴부랴 병실에 도착했다. 병실 분위기는 서릿발이 내린 것처럼 싸늘했다.

담당 의사가 회진을 마치고 나가자, 그는 슬그머니 의사 뒤를 따라 나갔다. 어머니가 알까 두려워 복도 끝 창가로 가서 검사 결과에 관해 조심스레 묻기 시작했다.

"선생님, 검사 결과는 괜찮지요?"

담당 의사는 곤혹스럽게 말문을 열었다.

"천 명 중 한 명이나 있을까 말까 하는 일이 어머니에게 일어난 것 같습니다. 암세포가 간으로 전이되어 말기 상태로 발전한 것 같습니다. 이 정도면 개복해도 도로 덮어버리는 경우가 많습니다. 연세도 있으시고…."

그 순간 길동은 하늘이 무너지는 것 같은 절망감을 느껴야 했다.

담당 의사는 그를 위로라도 하듯 조심스레 말을 건넸다.

"어머님은 입원하실 필요가 없고, 집에서 편히 쉬면서 병원에서 처방해 주는 약만 드시면 됩니다. 어차피 시한부 인생이니 드시고 싶은 음식을 마음껏 드시게 하세요."

다음날 가족들은 별도리 없이 퇴원 수속을 밟은 뒤 어머니를 모시고 병원 문을 나서야만 했다.

"이럴 줄 알았다면 애초부터 유방암 수술을 하지 않았더라면 좋았을 텐데…."

금동의 푸념에 가족들도 이구동성으로 한숨 섞인 후회를 쏟아 내면서도 '기적이 올 수도 있다.'는 한 가닥 희망을 품은 채 의사 말이 틀리기 만을 바라고 있었다.

온 가족의 염려와 간절한 기도에도 불구하고 어머니의 증상은 점점 심해져만 갔다.

2주쯤 지나자, 이제는 발등이 서서히 부어오르기 시작하더니 한 달이 지난 무렵부터 신발조차 신을 수 없을 정도로 부어올랐고, 간 주변 부위도 딱딱해지기 시작했다.

**

서울로 떠나는 아내와 눈물로 헤어진 후, 요양병원에 홀로 남겨진 대길은 외로웠다. 그는 서울로 간 아내가 별 탈 없이 돌아오리라는 기대와 희망을 품은 채 쉽사리 구부러지지 않는 손가락을 어렵사리 꼽아가며 기다리고 있었다.

오늘도 대길은 병상에서 홀로 허공을 바라보며 그리움에 지쳐가고 있다. 서울로 간 아내가 돌아오지 않자, 혹시 유방암이 번졌거나 갑상샘에 큰 이상이 생긴 것 아닌가 하고 걱정이 태산 같았다.

그가 집을 떠나 병상에 누워 있는지도 3년이 넘었으니, 욕창이 생길 정도로 병원 생활이 진절머리가 나고 집밥이 그리워질 만도 했다.

오죽했으면 아내의 허상이 그의 눈앞에서 푸른 물보라를 일으키며 어른거렸을까? 사무친 그리움이 하얀 밤 눈사람 같은 환상을 초대할 정도로 아라리가 났다.

그는 밤마다 휠체어에 앉아 창밖의 기차역을 뚫어지게 바라보면서 춘향가의 눈 대목을 실낱같은 소리로 읊조렸다. 춘향이가 한양 간 이 도령을 기다리며 애태웠던 마음 그 이상이었다.

"갈까 부다. 갈까 부다. 마누라 따라 갈까 부다. 어이허여 못 오신고?

~~~ 야속허신 마누라는 가시더니마는 영영 잊고, 무슨 물이 막혔간디, 한 번 가고 못 오신가!"

자식들은 어느 날 갑자기 밀려올지 모르는 눈물의 홍수에 대비해야만 했다. 길동은 여름휴가를 기해 식구들과 함께 막내 여동생 집에 들러 어머니를 모시고 아버지가 입원해 있는 요양병원으로 향했다.

길동의 부축을 받으며 병실에 도착한 어머니는 오랜만에 보는 남편과 뜨거운 포옹을 했다. 서로 살아있다는 확인이자 안도의 포옹이었다. 밤마다 달을 쳐다보면서 아내 얼굴을 떠올렸던 아버지가 스스로 별이 되어, 그리웠던 달의 품에 안기는 모습 같았다.

노부부는 서로 안부 인사를 나누면서 상대방에게 걱정을 끼치지 않으려고 잘 있다는 인사만 했다.

기쁨도 잠시, 얼굴색이 창백해진 어머니의 힘겨워하는 모습을 본 아버지의 표정은 슬픈 눈빛으로 가득했다. 이윽고 그는 떨리는 목소리로 어머니에게 검사 결과를 조심스레 물었다.

"검사 결과는 어쩌덩가?"

"수술은 할 필요 없이 약만 먹으면 낫는다고 헙디다."

"근디 언제나 저 달이 차오를지 걱정이라네"

아버지가 초췌해진 어머니 얼굴을 뚫어지도록 바라보다가 걱정스러운 마음을 우회적으로 드러냈다. 유방암 수술을 한 뒤 홀쭉해진 한쪽 가슴에 더는 이상이 없기를 바라는 그였다.

"그나저나 깜깜한 밤에 별이라도 떠야 헐 텐디"

이미 사위어진 조각달은 지는 것만 남았다고 판단한 어머니는 남편이라도 기력을 회복했으면 하는 마음을 표현했다.

장군 멍군이었다.

아버지는 잡고 있던 아내의 손을 슬며시 놓고는 길동을 보며 건너편 침대를 가리키면서 말했다.

"당신 멀미 했응게 거그 침대에 좀 누워 있으소."

길동이 재빨리 어머니를 부축해 맞은편 빈 침대에 눕혀 드렸다.

아버지는 그동안 꿈속에서나 보았던 아내를 다시 만나게 되자 갑자기 생에 대한 의욕이 솟구치는지 일부러 휠체어에 앉아 손을 움직여 보려고 노력했다. 눈에 총기가 돌았고, 틀니도 없는 잇몸을 드러내며 환하게 웃는 그의 표정은 정녕 천진난만한 어린아이의 해맑은 모습이었다.

길동은 어머니가 주무시는 동안 모처럼 아버지를 휠체어에 태워 병원 주위를 산책했다. 왠지 아버지가 평생 일구어 왔던 논을 가르키며 그쪽으로 가자고 했다.

병원 옆 포도밭의 포도가 뙤약볕에 검푸르게 익어가고 있었다. 논두렁의 코스모스가 한들거리고 해바라기가 활짝 웃자, 잠자리 두 마리가 술래잡기하다 멋진 포옹을 했다.

아버지가 지난 수십 년 동안 밟고 다녔던 논두렁, 수로까지 뚫어지게 바라보며 한참 동안 사색에 잠긴 듯하더니 어렵사리 아들에게 말을 건넸다.

"저그 기차역 옆에 있는 것이 밭 다랑이구나. 손바닥만 한 논 때문에 느그 어매랑 느그들 고생시킨 것 생각허니……."

작년까지만 해도 이 논두렁 길을 따라 자전거를 끌고 다녔던 그로서는 만감이 교차했는지 더는 말을 잇지 못했다. 마침내 그렁그렁하게 맺혔던 눈물이 볼을 타고 스르르 굴러내렸다.

그 눈물은 정든 땅과 아쉬운 이별을 준비하는 눈물이기도 하고, 밭 다랑이에 얽힌 슬픈 사연 때문에 흘린 회한의 눈물이기도 했다.

그동안 그는 차마 말 못 할 아픔을 가슴속에 품고 있었다. 그러나 막상 떠날 때가 되니 그것을 정리하고자 했다.

길동은 아버지의 볼을 타고 소리 없이 흘러내리는 눈물을 보는 순간 울컥한 마음에 잠시 고개를 떨구었다. 아버지가 긴 세월 동안 아무런 변명도 없이 고독한 눈물을 흘려왔음을 깨닫게 된 그가 눈물 속에 녹아 흐르는 아버지의 마음을 이제야 이해했다.

'저 밭 다랑이를 늘리지 않고 팔아버렸더라면 쌍둥이가 대학 진학도 하고 집을 뛰쳐나가지도 않았을 텐데'라고.

길동은 말없이 흐르는 뜨거운 눈물을 훔쳐내며 지난 기억을 하나하나 더듬기 시작했다.

70년대 초, 농경지 정리하면서 다랑논을 깎아내리는 바람에 면적이 늘어난 것이 문제였어. 한동안은 거친 논바닥을 고르고 자갈을 퍼내느라 온 가족이 고생했었지. 아버지가 오죽 답답했으면 우리들 진학을 포기하라고 종용하며 죄 없는 토방에 화풀이했을까!

그 후 아버지는 이와 관련해 아무런 변명도 하지 않은 채 수십 년 동안 가슴 앓이를 해왔다니……

나와 금동이는 그때 아버지를 원망했었어.

다시 병실로 돌아온 길동이 아버지를 태운 휠체어를 밀고 어머니가 누워 있는 침대 옆으로 다가갔다.

기다렸다는듯이 아버지가 한쪽 손으로 어머니의 손등에 만발한 검버섯을 어루만지며 짠한 표정을 지었다.

한참 후 어머니는 피로가 다소 풀렸는지 일어나자마자 곧바로 집에 갈 채비를 했다. 그리고 막상 떠나려고 하니 마음이 놓이지 않았던지 남편을 안심시키면서 작별 인사를 했다.

"나는 약만 먹으면 곧 나을 수 있다고 했응께 걱정허지 말고 식사나 잘하고 있으시오."

"내 걱정허지 말고 자네 병이나 빨리 나아서 오소."

아버지는 붙잡았던 아내의 손을 놓아주며 어린애처럼 울컥한 표정으로 신신당부했다.

그 누구도 두 사람의 이번 만남이 생전에 마지막이 될 줄은 전혀 상상하지 못했다.

더구나 이 대화가 육십 년을 한집에서 살아왔던 부부간의 마지막 대화일 줄은. 생의 마지막 만남인 줄 알았더라면 두 사람은 서로 붙잡았던 손을 영원히 놓지 않았을 텐데.

　아버지를 태운 휠체어를 밀고 병실 밖 엘리베이터 앞에 도착한 길동은 휠체어에서 좀처럼 손을 떼지 못했다. 어쩔 수 없이 그는 간호사에게 아버지를 부탁한 뒤 어머니를 모시고 엘리베이터에 탔다. 길동은 엘리베이터의 문이 닫히는 순간 아버지의 두 눈에서 눈물이 스르르 흘러내리자 소리없이 울고 있었다.

　육십 년을 함께했던 노부부가 석별의 아픔을 나누며 흘리는 눈물에 담긴 정회(情懷)는 끝없는 푸른 물결 되어 흐르는 것 같았다.

　어머니를 모시고 고향 집에 도착한 길동은 눈물로 헤어지던 부모님 모습을 떠올리며 밤새워 반성의 눈물을 닦고 또 닦았다. 쌍둥이의 가출을 부른 사건이야말로 부모와 자식 모두에게 잊을 수 없는 마음의 상처를 안겼었다. 그 상처는 아물었지만, 밑에서 차오른 새살이 그려낸 화인(火印) 같은 흔적만은 지우지 못했다. 부모와 자식 간 흉금 없는 대화의 부재가 새겨 놓은 화인이었다.

　이제는 그 흔적을 말끔히 지워버려야만 했다.

　길동은 거울 앞에 서서 거울에 비친 자신에게 소리 내어 말했다.

　"아버지! 아버지의 눈물이 무얼 말하는지 저는 잘 알고 있어요. 그때 아버지가 저에게 내린 인생 처방은 약효가 있었습니다.

　농사철엔 뼈 빠지도록 농사지어 식구들 먹여 살리고, 겨울철엔 우뭇가사리 끓이고 말리는 한천 공장 다니며 북풍한설 몰아치는 들판에서 밤낮없이 일하여 자식들 그만큼 가르쳤으면 충분합니다.

저는 늘 아버지의 아들로 태어난 것을 자랑스럽게 생각하고 있습니다. 당신의 아들이 뭐가 어째서 눈물을 흘립니까? 다만 고생하신 부모님께 효도를 다하지 못한 저 자신이 부끄럽습니다."

거울 앞에 선 길동은 자신의 자아와 생의 구석구석에 찌든 편린까지 빠짐없이 들춰내어 샅샅이 들여다보며 거울에 비친 길동에게 말했다.

"길동아! 넌 평전 아리랑 고개를 넘어 옷 보따리 하나 둘러메고 서울행 야간 완행열차에 몸을 실었지. 처음엔 타향살이 하느라 고생 좀 했겠구나. 그래도 야생화 같은 시골 촌뜨기가 기름진 서울 토양에 재빨리 적응했어. 어릴 적 네가 평전 고개를 넘어 다니며 재봉산 너머로 떠오르는 해를 바라보며 키워왔던 꿈과 끼 그리고 그 고개를 오르내리며 단련된 건강한 체력 때문에 가능했을 거야.

너는 정부 청사를 드나들고 총리실, 대통령 자문위원회에서도 근무하고 푸른 집도 드나들더군. 한때는 이역만리 타국에서 한류(韓流) 문화의 전도사로서 자부심이 대단하더라.

그러고 보니 어언 삼십여 년을 이순신 동상이 있는 광화문 주변에서 맴돌며 대한민국호의 선장이 아홉 번이나 바뀌는 동안 한배를 타고 항해했구나! 그러니 영혼 없는 항해사란 말을 들을 만도 하지.

그래 너도 비바람 눈보라 휘몰아칠 때 무거운 바랑 메고 거친 너울을 헤쳐 나오느라 수고했다. 네가 배와 승객의 안전을 위해서 흔들림 없이 앞만 보고 정진할 수 있었던 것은, 무엇보다도 바가지도 긁지 않고 알뜰하게 살림하며 헌신적으로 널 뒷바라지해준 네 아내 덕인 줄이나 알아라."

길동은 대한민국호의 순항을 도와왔다고 자부하는 표정이었다.

하지만 그동안 앞만 보고 쉬지 않고 달렸던 길동이 이제야 지난 삶을 되돌아보다가 비로소 뭔가를 느꼈던 모양이다.

거울에 비친 길동이가 앞에 서 있는 길동에게 말했다.

"길동아! 네가 걸어온 길은 부모님에게는 동네 노인당에서 자랑거리 정도이거나 평생 땀을 흘려 자식 키운 보람 정도에 지나지 않아. 그것은 부모님이 견디어 낸 고난의 세월에 비하면 부끄러운 것이다.

너는 늘 나랏일 바쁘다는 핑계로 앞만 보고 달렸지 부모님께 전화라도 자주 했냐?

물론 네가 오랜 세월 견뎌내며 짊어진 바랑에도 말 못 할 아픔은 담겨 있을 거야.

목구멍이 포도청이라 정의가 무엇인지 알면서도 모르는 체 가슴에 담아두고 끙끙 앓기도 했겠지. 그리고 민주화 과정에서 프레스 완장 차고 최루탄 가스에 질식되어 죽도록 고생했던 것도 알고 있어.

하지만 네가 넘은 아리랑 고개는 고개도 아니야. 아무렴 지난 백 년의 세월 동안 무거운 바랑을 이고 지고 힘든 고개를 넘고 또 넘었던 부모님의 아픔과 고통에 어찌 비할 수 있겠느냐!

오늘날 네가 존재할 수 있는 것은 너의 아버지 어머니가 격동기 파란만장한 삶의 시련을 이겨내고 인연을 맺었기 때문이야. 네 부모님이 말 못 할 아픔을 가슴속에 간직한 채 허리띠 졸라매고 일하면서 흘린 피와 땀 덕분에 네가 이만큼이라도 성장하고 바로 설 수 있었던 거야.

네가 저절로 나서 절로 자란 게 아니야. 네 엄마는 굶주려도 배고파 우는 쌍둥이에게 부족한 젖을 나누어 먹이고 어떻게 해서라도 끼니는 굶기지 않았다. 네가 따뜻한 아랫목에서 잠잘 때 아버지는 한천 공장 추운 벌판에서 저녁내 야경도 하지 않았니?

없는 형편에 그만큼 키우고 가르쳤으면 최선을 다한 거야.

한때 넌 금동이와 함께 사춘기를 지나며 부모님에게 마음의 결기를 펄럭이고 부모님을 원망도 했었지!

행여 아직도 학창 시절 새겨놓은 부모님에 대한 원망의 화인이 남아 있걸랑 이 기회에 말끔히 지워라."

길동이 거울에 비친 자신에게 반성의 눈물을 보이자, 거울 속에서 교복 입은 길동이가 나타나 반성의 눈물을 떨구며 고개를 숙였다.

3

아침부터 쌍둥이 엄마 소식을 전해 들은 이웃 친구들과 주변에 사는 친척들이 속속 모여들었다. 모두가 이구동성으로 걱정을 앞세웠고 안타까운 표정을 지으며 어머니를 위로해 주었다.

오래간만에 고향 친구들과 그동안 못 보았던 친인척을 만난 어머니는 잠시 근심과 고통에서 해방된 듯했다.

다음 날 가족들은 고향에서 치료하고 싶어 하는 어머니의 뜻에 따라 가까운 읍내 병원에 입원시켜 드렸다.

길동과 금동은 병상에 누워 있는 어머니를 남겨두고 서울로 오려 하니 쉽사리 발길이 떨어지지 않았다. 때마침 고향에 사는 이모가 병원에 오자 그들의 마음은 한결 가벼워진 듯했다.

쌍둥이는 어렸을 때부터 이모가 엄마와 흉금을 털어놓고 대화할 정도로 우애가 돈독했던 모습을 줄곧 보아왔다.

어머니 바로 밑 여동생인 이모는 일찍이 남편을 여의고 혼자 농사 짓고 살면서 외롭거나 힘들 때마다 언니를 찾곤 했었다.

한동안 서울로 간 언니를 보지 못해 안달이 났던 이모는 마지막 기회라 생각하고 이틀 밤을 언니 곁에서 지냈다.

잠도 없는 두 노인은 인생을 회고하면서 그동안 마음 한편에 묻어두었던 옛이야기를 도란도란 주고받았다.

어머니는 동생과 옛이야기를 나누는 동안 긴 한숨을 내쉬고 나서 작심한 듯 가슴 깊은 곳에 잠재된 지난날의 응어리를 여과 없이 뿜어냈다. 평생 가슴속에 숨겨두었던 못다 한 사랑의 멍울까지도 동생에게 내보이기 시작했다.

인생 저물녘의 두 자매가 나누는 대화는 진지하다 못해 기록 영상을 재생하듯 생생했다.

"동상, 내가 싸 안고 있는 보따리가 너무 무거워"

"언니, 아직도 뭔 보따리를 품고 있간디 고민 헌가?"

"사실은 인공 때 그 일만 아니었다면 내가 두 다리 쭉 펴고 갈 텐디….”

"아니, 언니는 수십 년 전 일을 아직까장 못 잊고 있는가?"

"죽을 날이 가까워진게로 별생각이 다 나는구나."

"앞으로도 살날이 창창헌디, 죽는다는 소리를 왜 헌가!"

"썩을, 인제 어질러진 신발장도 정리하고 짝궁도 맞춰보고 싶다. 짚신도 짝이 있어야 다정스레 보이는디 왠지 짝 잃은 신발들이 애처롭기 그지없어."

"언니, 잊어 불소, 그만. 짝이 없는 신발들은 인자 내다 버릴 때도 됐네."

오랜 세월이 흘러갔지만, 두 노인은 악몽 같았던 지난 일을 가슴속 깊이 묻어둔 보따리를 풀고 꺼내기 시작했다.

"아직까장도 행방불명인 그 오빠를 못 잊고 있는가?"

"싫건 좋건 내가 신었던 신발짝인디…. 동상 같으면 생각 안 나겠어?"

어머니가 한숨을 내쉰 뒤 물 한 모금 마시고 다시 말을 이어나갔다.

"평생 가슴에 담아두고 있었는데 이제 너한테만 털어놓아야 쓰겠다. 사실 그 사람 부대가 갈재 터널이 보이는 입암산성 부근에서 괴

뢰군 놈들을 막다가 그놈들한테 밀리면서 부대원들은 다 내빼불고 혼자 떨어졌다고 허더라. 낙동강 오리알 신세가 되어 혼자 굴속에 숨어 있다가 그놈들이 휩쓸고 간 뒤 몰래몰래 우리 집까지 왔어."

"시상에나, 빨갱이들이 눈에 불을 켜고 찾고 다녔는디 용케 무사했던 갑이네, 그나저나 언니도 평생 입 닫고 있느라 맘고생 많았겠네."

"빨갱이들이 설치지 않았다면 당연히 잔치라도 벌였을 텐데…"

"그다음에 어찌고 했는가?"

"살아 있는 것만으로도 고맙고 반가웠지. 누가 볼까 두려워 신속히 골방에 숨겨놓고 하룻밤 재워주었는디…."

어머니는 그날을 생각하며 한참 동안 말을 잇지 못하다 거친 숨을 몰아쉬더니 못내 아쉬웠던 이별의 순간을 연상시켜 주었다.

"욕심 같아서는 좀 더 숨겨주고 가지 말라고 붙잡고 싶었지만… 동트기 무섭게 떠났어야."

"근다고 암도 모르게 감쪽같이 만났었구먼. 시상에나!"

"말도 마라, 빨갱이한테 들키면 온 식구가 피해를 볼 수도 있응게, 심장이 오그라지는 줄 알았당게. 그 인간만 아니었어도 내 인생이 순탄했을 텐디….."

"사랑이 뭔지!"

"그런 게 말이시. 그때를 생각만 해도 치가 떨리는구나."

"근디, 그 오빠가 무사히 도망갔을까?"

"그랬다면 얼매나 좋겠냐! 빨갱이 놈들에게 잡혔다면 온전치 못했을 것인디….."

두 노인은 세월 따라 떠밀려왔던 지난 일을 하나하나 떠올리며 가슴속에 묻어 둔 비밀 보따리를 풀어 헤치고 있었다.

이모는 언니 눈치를 보면서 한참을 망설이다가 결심을 한 듯 입을 열었다.

"언니가 아직도 모르고 있는 게 있어, 실은 무덤까지 가지고 가려 했던 것인디…."

"뭔데 그렇게 뜸을 들이고 난리냐?"

"나도 그동안 입 다물고 있었는데 이왕지사 말이 나왔응게 털어 놓을라네."

"그래, 어서 말해봐."

어머니가 몹시 궁금했던지 동생에게 다그치듯 말했다.

"사실은 전쟁통에 민중 오빠가 우리 집을 찾아왔었어. 남루한 군복에 흰 완장을 두르고 어떤 젊은 사람과 함께 초저녁에 마을 뒷산에서 내려왔길래 밥상 차려주고 곡식하고 감자 좀 담아 주라고 해서 한 보따리 싸서 주었구만."

"붙잡아 놓지, 그랬어? 제낭이나 시아버지는 없었고?"

"인민군이 이곳을 휩쓸 때 남자들은 뒷산 굴속으로 피난 가고 없었어. 깜짝 놀라 인사하고 마루에 앉아 어찌 된 영문인지 몇 마디 나누고 있는데 우락부락한 청년 한 명이 집으로 들어오는 바람에 자세한 이야기를 못 했네. 민중 오빠도 그가 나타나자 애써 모르는 척 눈치를 주더라고."

"워메, 뭔 소리다냐! 근다면 그때까장도 이 지역을 벗어나지 못했던 모양이구나, 혹시 인민군이나 빨갱이에게 붙잡힌 것은 아닐까? 순순히 투항하거나 빨갱이 앞잡이 노릇을 할 사람은 아닌디?"

"부대로 복귀한다고 허던디, 뭔가 부자연스럽고 미심쩍기는 했어. 아마도 빨갱이들이 뒤에서 조종했는지도 몰라…."

이모는 평생 참아왔던 말을 언니에게 해주면서 나름 속이 상했는지 다시 말을 이어가며 언니를 원망했다.

"언니, 왜 이제 와서 그동안 까맣게 잊고 살았던 아픈 상처를 건드리고 있는가! 나도 여태껏 가슴속에 묻어두고 있었는데."

"가슴에 싸 안고 무덤까지 가기는 너무 버거웠어. 그나저나 동생도 나보담도 더 마음고생 많았겠구먼. 그놈의 전쟁만 아니었다면 우리가 요로코롬 안 살텐디."

어머니는 이제야 뭔가 가슴속에 남은 응어리가 풀리기라도 한 듯 크게 숨을 내쉬었다.

"근디, 그 오빠는 그 후 어떻게 되었을까?"

"살아있다면 진즉에 소식이 있었겠지."

"아무도 모를 일이야, 어떻게라도 살라고 인민군과 한패가 되었다면 이북으로 끌려갔을 것이제, 어쨌거나 그 징헌 놈들이 지금까지 살려 놓을 리가 만무하네! 다 잊어버리고 맘 편히 먹소."

"그래야 쓰겄다. 갑자기 짠한 생각이 들고 기분이 영 거시기해서 괜한 소리를 했던 갑이다."

두 자매의 눈에는 눈물이 흥건히 고였다. 얼마나 참고 또 참았던 회한의 눈물인가! 하지만 그들의 표정은 평생 묵은 체증이 가신 듯이 후련한 모습이었다.

어머니는 여동생을 만나 죽음의 문턱에서 비로소 흉금 없는 대화를 나누었다. 전쟁이 남기고 간 말 못 할 아픔을 한평생 가슴속에 담아두었던 그녀의 아픔이야말로 그 시대를 살아온 많은 여인이 겪어야 했던 가혹한 시련이었다.

이모 역시 언니 인생에 누를 끼치지 않으려고 형부였던 민중에 대한 비밀을 알면서도 모르는 척했다. 수십 년을 가슴에 담고 침묵을 지키느라 얼마나 마음이 아프고 답답했을까?

순애의 가슴속에 맺힌 응어리는 그 상처에서 흘렀던 진물이 긴 세월 동안 응고된 것인지도 모른다.

4

고향 병원에서 응급 입원 치료를 받고 병세가 다소 호전된 순애는 병원 구급차에 실려 서울의 한 요양병원으로 이송되었다.

병실로 찾아온 가족 친지들을 보자 그녀는 어색한 미소와 함께 애써 밝은 표정을 지었다. 통증을 억지로 참으며 일부러 미소 짓는 모습은 애처롭기 그지없었다. 순애의 슬픈 미소는 마치 웃으며 돌아서는 마지막 인사말과도 같았다.

어느 날 금동은 어머니 곁에서 하룻밤을 지새웠다. 그때만 해도 어머니가 자식들과 이야기도 도란도란 나누었다.

"금동아, 어디 끈 떨어진 처자라도 찾아봐라. 니가 짝만 찾으면 당장 눈을 감아도 원이 없겠다."

"엄마, 사실은 연화랑 다시 만나고 있어요. 진즉 남편과 사별하고 딸과 함께 서울에서 살고 있더라고요. 걱정하지 말고 빨리 일어나세요. 우선 바쁜 일 때문에 차일피일 미루고 있는데 조만간 일이 정리되는 대로 결합하기로 약속했어요."

"바쁜 일도 많기도 허다. 니가 평생 못 잊어 했던 그 여자라면 과거일랑 잊어불고 받아들여라. 그 여자도 널 버리고 떠난 뒤 속깨나 끓었을 것이다. 혹시 너도 잘못이 있으면 톡 털어놓고 사죄해라. 그 여자와 너는 천생연분인 갑다. 후딱 서둘러라. 여생을 서로 의지하면서 살면 되는 것이야."

홀로 사는 금동이가 눈에 밟혔던지 어머니가 마지막 당부를 했다.

어머니의 가슴속 깊은 곳에서 용솟음치는 모정을 새삼스레 자각

한 금동은 그동안 누구에게도 꺼내지 않았던 연화와의 재결합 가능
성을 서둘러 공개하며 어머니를 안심시켜 드렸다.

연화는 결혼 후 딸 하나 낳아 잘 살던 중, 딸이 중학교 들어갈 무
렵 남편이 교통사고를 당해 사별을 했다고 했다. 그 후 서울로 이사
온 그녀는 딸 교육과 뒷바라지에 인생을 올인 하다시피 하며 정신없
이 살고 있었다. 이젠 딸이 의사가 되어 남부럽지 않게 살고 있어 금
동은 연화의 마음을 첫사랑 시절로 돌려놓기가 쉽지는 않을 거라는
생각을 했다.

그러나 금동의 연화를 향한 마음은 평생 변함이 없었다. 그동안
그는 연화를 여러 번 만나 옛날 추억을 더듬으며 그녀의 마음을 돌
리려고 여러모로 궁리도 하고 실천도 하는 중이었다.

연화도 혼자 벌어서 딸 뒷바라지하느라 바쁜 일상을 보내면서도
가끔은 공원 정자나무 아래서 별을 세었던 금동과의 첫사랑 추억에
아라리를 앓곤 했다. 그러나 금동이 전투경찰로 복무하며 광주 민주
항쟁에 투입되어 공황장애 증상에 시달리면서 자신에게 소홀한 틈
을 타 첫사랑을 배신했던 미안함과 나름 알량한 자존심 때문에 평행
선을 유지해오고 있었다.

이제는 연화도 지난 인생을 뒤돌아볼 때가 되었고 삶의 여유를 갖
게 되면서 금동에게 서서히 마음의 문을 열기 시작했던 터였다.

그날 밤, 금동의 희망 섞인 말에 걱정을 덜어낸 듯하던 어머니가
뒤척이며 잠을 못 이루는 모습이었다. 금동에게 뭔가 해주고 싶은
말이 있었던 모양이었다.

어머니는 금동이 어렸을 때 심하게 나무랐던 일을 밤새 어렵사리
기억해 내고야 말았다.

마당에서 못 치기 하다가 금동이가 길동이 이마를 다치게 했었다. 길동의 이마에서 피가 흘러 얼굴을 타고 내려와 하얀 러닝셔츠를 붉게 물들이고 있을 때였다. 비명을 듣고 부엌에서 뛰어나온 어머니가 급히 길동의 머리에 못이 할퀴고 간 상처를 닦아내고 그곳에 된장을 바르고 운동회 때 쓰던 하얀 머리띠로 묶어준 뒤, 금동의 머리를 쥐어박으며 심하게 나무랐다.

"누가 저런 것을 싸질러 놓고 떠났는지 한심하다 한심해."

금동이는 엄마가 홧김에 한 말이긴 하지만, 그 말을 두고두고 곱씹어 보았는지도 모를 일이었다. 왜냐하면 그동안 그는 '길동이는 길에서 주워 와 길동이래요.'하고 친구들과 함께 놀리기도 했기에.

어머니는 무심코 던진 그 말 한마디가 훗날 아들의 가출에 영향을 주었는지도 모른다는 생각에 밤새 뒤척이며 괴로워했었다.

다음 날 금동이가 회사에 급한 일이 있어 일어서자, 어머니는 섭섭했는지 가방 깊숙이 넣어두었던 금목걸이를 아들 손에 쥐어 주었다. 목걸이에 황금 방울 두 개가 매달려 있었다.

자식에게 진 마음의 빚마저도 훌훌 털어내고 싶었던 것 같았다.

"난 너와 길동을 가슴에 품어 길렀다. 니가 집을 나간 뒤 길동을 볼 때마다 내 가슴이 터질라고 허더라. 그때 너의 무탈을 빌면서 모았던 좀도리쌀로 마련한 거야. 너 장게갈 때 주려고 했는디 인자 마음이 급하다. 니가 연화를 만나 여생을 함께하기로 했다니 이젠 눈을 감아도 원이 없다. 부디 연화 만나서 잘 살거라, 잉."

선물을 받아 든 금동은 마지막까지 앳가심이었던 아들을 용서하고 너그럽게 포용하는 어머니를 보며 감동의 눈물을 흘렸다.

자식의 눈물을 보자마자 어머니의 눈에도 눈물이 고였다. 눈물방울이 볼을 타고 흐르는 동안 어머니가 마음 약한 말을 했다.

"내가 죽으면 황룡강물에 뿌려라. 그런다고 이 어미를 잊어버리면 안 된다. 명절 때나 제사 때 밥이나 한 그릇 더 담아 놓아라."

죽음을 전제로 유언과 다름없는 당부를 하자 금동은 어머니 말을 곱씹으며 그 말이 무슨 의미인지 곰곰이 생각해 보았다. 특히 밥이나 한 그릇 더 담아 놓으라고 한 이유에 대해.

엄마가 이미 영혼의 세계를 상상하고 걱정하고 있는 것이 분명해. 이 어미를 잊어버리면 안 된다는 말이 무슨 의미일까? 어쩌면 엄마의 마지막 유언 같기도 한데….

인간은 떠날 때를 어느 정도 예감하고 준비하는 것이 분명하다. 어쩌면 그것은 자연이 인간에게 부여한 생의 책무인지도 모른다.

자식들은 알면서도 모르는 체 이에 대해 예단하거나 특별한 의미를 두지 않았고, 공론화되기를 두려워했다. 그 예감의 순간이 좀 더 늦게 찾아왔으면 하는 막연한 기대만 하면서….

막연한 기대는 방심이자 착각을 불러일으키기 쉽다. 갈 길이 멀다고 지는 해가 멈추고 기다려 줄 리가 없다.

그러는 동안 어머니의 상태는 급속도로 나빠졌다.

어머니는 점점 숨을 가삐 쉬며 자식들에게 고통을 호소하기 시작했다. 자식들의 마음은 초조해졌다. 자식들은 여기저기 지인들을 통해 큰 병원도 알아보고, 예약해 놓은 호스피스 병동에 통사정도 해보았다. 이틀 뒤 길동은 목이 빠지게 기다리던 호스피스 병동에 병실이 비었다는 연락을 받고 곧바로 어머니를 그 병원으로 이송했다.

자식들은 차마 이곳이 시한부 암 환자들이 모인 암 병동이라고 내색할 수 없었고, 어머니에게 생의 마지막 정리를 하시라고 이해도 구하지 못했었다.

주말을 기해 길동은 온종일 병실을 지켰다. 어머니가 아들 길동의 손을 잡으며 "아이고 어째야 쓰꺼나…"라고 하면서 말끝을 흐린 뒤 갑자기 눈동자를 좌우로 움직였다. 누군가를 찾는 것 같았다. 시선은 병실 내 다른 환자의 간병인을 향했다가 다시 길동을 바라보더니 실망의 눈빛이 역력했다.

금동을 찾고 있었던 것 같았다.

그날 오후, 애타게 기다리던 금동이 왔지만, 처음엔 그를 잘 알아보지 못했다. 멀뚱멀뚱 아들 얼굴을 쳐다보고 있다가 뒤늦게 인지하고 기다렸다는 듯 고개를 끄덕였다.

어머니가 유독 금동을 찾는 것이 길동의 눈에는 예사롭지 않게 보였다. 알 수는 없었지만, 혹시 핏줄이 당겼는지도 모를 일이었다.

어머니가 마지막으로 그에게 뭔가 꼭 해주고 싶은 말이 있었는지 입술을 떼려고 망설이다가 마침내 입을 열었다.

"금동아! 내가 너를 어떻게 낳아서 키웠는지나 아냐… 니가 집을 나가지만 않았어도…."

입술 사이로 새어 나오는 음성은 거친 숨소리와 섞여 희미하게 들렸고 그나마 힘에 겨워 끝을 맺지 못했다.

금동이가 입술 가까이 귀를 기울여 보았지만, 어머니는 입을 굳게 다문 채 눈물로서 뒷말을 대신하고 말았다.

그녀는 가슴으로 낳은 자식이나 배 속에서 낳은 자식이나 한날한시부터 자기 가슴에 품어 기른 쌍둥이 엄마라고 생각하고 있었다. 그래서 당당하게 진정한 엄마의 자격을 말하고 싶었으리라.

그녀는 쌍둥이를 키우며 어떤 구분이나 차별도 하지 않았다. 만일 한쪽을 선택하면 다른 한쪽을 포기하는 거나 다름없기에.

금동은 어머니 눈가에 맺힌 눈물을 닦아드리며 소리 없이 울었다.

생의 미련과 아쉬움이 담긴 어머니의 눈물방울이 굴러 내리는 순간, 부서진 눈물방울 속에서 한 송이 연꽃이 활짝 피어났고 그의 가슴속 연못에는 슬픈 파문이 일었다.

진통제 주사 덕분에 어머니는 스르르 잠이 들었다.

밤은 깊어 가는데 금동은 어머니가 흘린 눈물의 의미를 곱씹어 보았다. 그는 아버지가 물려준 욱하는 성격 탓에 오해와 원망으로 점철된 지난날을 돌아보며 반성의 눈물을 원 없이 흘리다가 엄마의 숨소리를 자장가 삼아 잠이 들었다.

**

다음 날 오후, 병실에는 길동의 아내가 어머니를 지켜보고 있었다.

"전화 왔어요. 전화 왔어요."

갑자기 핸드폰 신호음이 숨넘어갈 듯 울렸다.

길동은 아내로부터 어머니의 호흡이 불규칙하니 빨리 오라는 연락을 받았다.

숨을 헐떡이며 병실에 도착하자 그의 아내가 흐느껴 울면서 여기저기 전화를 하고 있었다.

"엄마, 빨리 나아서 고향의 아파트로 이사하기로 약속해 놓고 그냥 가시면 어떡합니까? 엄마, 장성 내려가시게 얼른 일어나요."

길동은 어머니와의 마지막 약속을 떠올리며 아쉬움과 서러움에 복받쳐 울었다.

이어서 금동이가 허겁지겁 달려왔다. 그는 통곡의 강을 헤치고 나아가 엄마 얼굴에 볼을 비비며 진한 눈물을 뚝뚝 떨어뜨렸다.

"엄마, 죄송합니다. 떠나시기 전에 며느리를 보여주려고 했는데, 결혼식 때 꼭 오셔야 해요."

그날 밤 급히 연락받고 여기저기서 가족 친척들이 어머니의 마지막 떠나는 모습을 보기 위해 임종 실로 모여들었다. 큰아들 부부와 길동의 막내 이모 부부가 도착했다. 이어서 딸들과 사위들이 속속 도착했다.

한참 후 막내 이모가 울부짖으며 하는 소리는 자식들의 아픈 마음을 갈기갈기 찢어 놓았다.

"사람은 죽으면 이름을 남긴다는데, 언니! 이름표는 어디에다 두고 바뀐 이름표를 달고 있소?"

병실에 붙은 환자 이름표에 김순애가 아닌 이순복으로 된 것을 본 막내 이모가 서러운 눈물을 흘리며 통곡했다. 언니의 주민등록상 이름이 바뀌었던 사실을 처음 알았던 모양이었다.

동네 사람들은 길동 어머니를 늘 '김상댁, 쌍둥이 어매' 라 불렀고 쌍둥이 아버지는 항상 아내에게 '여보, 당신, 복동 어매, 쌍둥이 어매' 라 불렀기 때문이다.

병실에 붙은 이름표에는 성도 다르고 이름도 달랐다. 대길은 모든 것을 자신의 탓이라고 했을 뿐 이에 대해 자식들에게 자초지종을 밝히지 않았다.

"다 내 잘못이고 내 불찰이다. 그때는 목구멍 타작하기도 바빴다. 느그 낳아서 키우느라고 새까맣게 잊고 살다 보니까 그냥 그렇게 굳어져 버렸다."

자식들 역시 어릴 적에는 호적 따윈 관심도 없었고 학창 시절엔 과거에 흔했던 행정 착오 정도로 생각했었다. 그 후에도 아버지를 아버지라 부르고 어머니를 엄마라고 부르며 아무런 불편 없이 살아왔기에 현실에 순응하며 더는 묻지 않았다.

아무리 6.25전쟁 후 호구지책이 급선무였다지만 호적 정리가 안

된 줄을 모를 리가 있을까? 전쟁이 남기고 간 상처? 뭔가 악순환의 고리가 생겼음이 분명했다.

이 기막힌 아이러니는 삶의 우선순위에서 밀려나 긴긴 세월 그들의 가슴속에 묻혀 있었다. 누가 알까 두려워 하소연도 못 하고 진실을 묻어둔 세월이 얼마나 답답했을까?

어머니의 영혼이 잠든 방안에는 이별의 아픔과 슬픔만이 가득했다. 그녀의 마지막 모습은 입가에 예쁜 미소를 머금은 채 두 눈을 지그시 감고 사색에 잠긴 듯했다.

입관하고 관 위에 이순복이 아닌 김순애의 본관과 성씨가 적힌 명정이 덮였다. 유인 광산김씨 지구(孺人 光山金氏 之柩), 얼마 만에 달아 본 명찰인가!

죽음은 일상의 연장 속에서 졸지에 찾아오는 변화일 뿐 신비로움도 무서움도 없었다. 다만 삶과 죽음의 경계에는 유에서 무로 바뀌는 공허함과 아쉬움만 남아 있었다.

마침내 그녀는 유난히도 깨끗한 하늘에서 작열하는 햇살의 축복을 받으며 축령산 기슭으로 갔다. 지난밤 비바람이 산야의 온갖 잡티를 말끔히 씻어버린 대지는, 속세의 고뇌를 훌훌 털고 자연으로 돌아가 흙과 한 몸이 될 그녀를 반기기라도 하듯, 영롱한 초록의 향연을 펼치며 맞이했다.

어머니는 떠났지만, 집 대문에 달린 3대째 대물림 해온 워낭은 여전히 청아하게 울어주었다. 주인 없는 텅 빈 집안에는 먼지가 수북이 쌓여 개미 떼가 줄지어 이사 가고 있었다. 마당에는 민들레 홀씨가 날아들어 여기저기 하얀 꽃이 목을 길게 늘여 빼고 씨를 퍼트릴 준비를 했고, 정원과 텃밭에는 잡초만 무성했다. 밭 귀퉁이 언덕에는 그녀가 서울로 가기 전, 파다 만 호박 구덩이가 보였다. 그 밑에는 닳고 닳은 삽 한 자루가 붉은 눈물을 흘리며 슬픔을 온몸으로 산화하는 듯했다.

삽 옆에는 장화 한 켤레가 주인이 아주 멀리 떠난 줄도 모르고 주인을 기다리고 있었다.

그날 밤 길동은 어머니 생각에 잠 못 이루었다. 어릴 적 꼬막 같은 손으로 엄마 젖가슴을 만지작거리던 기억부터 돌아가시던 날 천국을 꿈꾸며 두 눈을 감고 있던 모습까지 어머니의 생전 모습이 주마등처럼 스쳐 갔기 때문이다.

그는 금방 스쳐 가버린 어머니를 추모하는 글을 메모장에 남기며 스르르 잠이 들었다.

주인을 기다리는 삽과 장화

어머니의 일생

세상에 나오면서 붉은 태양을 보고 울었다
총탄 포화가 휩쓸고 간 텅 빈 마당에서 또 울었다
초근목피 벗을 삼아 보릿고개 넘어갈 제
바닥난 좀도리 쌀도 눈물이 범벅
입 닫고 귀 막고 보고도 못 본 체
한이 맺히면 노래를 부르고
흥이 넘치면 춤을 추면서
무심의 세월을 견디어 냈노라.

무거운 보따리 가슴에 싸안고
진물이 응어리져 옹이가 될 때까지
어둠 속 모진 풍파에도 촛불을 지켰다
피·땀·눈물로 곳간을 채우신 종부(宗婦)
당신은 용서와 사랑을 베푸신 멋진 아내
당신은 동정과 자비를 뿌리신 아름다운 여인
못 잊어 뒤돌아보며 손수건을 꺼내준 따뜻한 엄마
구름 언덕 너머 떠오르는 해와 달 같은
당신은 지지 않는 큰 별이어라

5

순애가 외딴 산골에 홀로 남겨지던 날, 대길은 병실에서 아내의 쾌유를 기원하고 있었다. 가족들이 어머니의 죽음을 아버지에게 알리지 않기로 약속한 지도 석 달이나 지났다.

오늘도 여느 때처럼 아버지는 침대에 누워 창문으로 기웃거리는 달님을 보면서 아내를 기다리고 있었다.

고향에서 숨을 거두고, 고향 땅에 뼈를 묻을 각오로 살아왔던 아버지는 몸이 아픈 뒤에도 고향 병원을 떠나려 하지 않았다. 아들들이 서울로 모시고 싶어도 그의 고집을 꺾지 못했다. 그런 그가 얼마나 아내가 보고 싶었던지 마음을 바꿨다.

쌍둥이와 복동은 아버지 상태가 점점 나빠지자, 아버지를 서울로 모시고 오려고 고향으로 내려갔다.

"아버지 저희들 왔어요. 엄마가 아버지 보고 잡다고 안 허요."

"응, 그래?"

길동의 말에 아버지는 반신반의하는 표정이었다.

"엄마를 만나게 해 드리려고 서울로 모시고 갈랍니다."

다시 복동이 확인을 해주자, 아버지는 심 봉사가 딸 청을 만났을 때처럼 두 눈을 번쩍 뜨며 좋아서 빙그레 웃었다.

그는 오랜만에 잇몸과 눈동자를 자식들에게 보여주었다.

자식들의 거짓말에 속아 흔쾌히 고향을 떠나왔던 아버지가 병실에 찾아오는 사람들의 얼굴을 하나하나 체크하는 듯했다. 일주일쯤 지나면서부터 그가 아내를 다시 찾기 시작했다. 그때마다 가족들은 한통속이 되어 거짓말을 하면서 속울음을 삼켜야만 했다.

그러나 가족들은 가슴 아파하면서도 그 사실을 언제까지 숨겨야 할지 고민했다. 길동과 금동은 좀 더 숨기기를 원했지만, 가족 중 딸들과 며느리들은 아버지가 의식이 있을 때, 사실대로 말씀드려야 한다고 했다.

일주일 후, 딸들이 아버지를 찾아왔다. 그는 딸들의 얼굴을 하나하나 바라보고 눈빛을 확인한 뒤 딸들에게 엄마 안부만 물었다.

"느그 엄마는 안 온다냐?"

딸들이 모두 오빠 복동의 입만 바라보고 있었다. 복동은 망설이며 동생들 눈치를 보다 용기를 내어 말했다.

"아버지 죄송합니다. 엄마는 황룡강 다리 건너 서삼으로 가셨으니까, 앞으로는 찾지 마세요."

"아이고, 아이고~~~"

아버지는 온 힘을 다해서 아내의 죽음을 애도하고 통곡하는 표정을 했다. 하지만 실낱 같은 소리가 꽉 다문 입술 사이로 새 나왔고 목울대만 오르내릴 뿐이었다.

그 순간부터 그는 그동안 벼랑 끝에 아슬아슬 매달린 생명줄을 놓아버릴 태세였다. 그토록 원했던 아내에 대한 믿음마저 사라져 버리자, 생의 벼랑 끝에서 뼛속으로 파고드는 고독의 몸부림을 치면서, 절망의 심연에서 허우적거렸다.

이제는 모든 게 물거품이 되고 말았다. 그는 미처 하지 못한 말이 많지만, 좀 더 일찍 챙기지 못한 것이 후회스러울 뿐, 이제는 어쩔 수 없이 포기해야만 했다.

마침내 아버지는 실낱같은 목소리로 뭔가 결심을 한 듯했다. 표정과 입술 움직임이 그의 진심을 전달했다.

"옥황상제님, 사실은 할멈 얼굴 한 번만 보면 눈 딱 감아버리려고 마음먹었는디… 어쩌겠소, 이제 모든 것을 다 알아 버렸으니께 내가 포기할라요. 서둘러 갈 텐게 할멈에게 쪼까만 기다려달라고 말이나 전해주시요."

그 후 일주일 동안 아버지는 생의 마지막을 기다리며 조용히 눈을 감고 평생 겪었던 파란만장한 일들을 떠올리며 인생을 정리하는 것 같았다.

감긴 두 눈 사이에 주름이 생겼다가 펴지는 그의 표정이 말해주었다. 아내 곁으로 날아가고 싶은 육신의 몸부림과 새로운 시작을 꿈꾸는 영혼의 기쁨이 왕래하고 있음을.

그의 육신은 하루가 다르게 변해갔다. 장딴지 살은 온데간데없이 정강이뼈만 앙상했고, 발톱은 까맣게 죽어가고 있었다. 하지만 희미하게 들리는 심장박동 소리와 간헐적으로 까딱거리는 손가락 움직임이 그나마 가족들을 위안해 주었다.

수유리 한 요양병원의 병실은 밤새 불이 꺼질 줄 몰랐다. 아버지는 병실 침상에 누운 채 절망의 늪을 건너고 있었다. 그는 무더위도 보내고 낙엽이 지고 눈이 올 때까지 아내가 돌아오기만을 기다렸건만, 이제는 그의 가슴속에 새겨진 아내의 그림자마저도 어둠 속에 사라져가고 있었다.

야심한 밤의 적막감이 화선지에 먹물 번지듯 병원 주위를 에워쌌다.

길동은 병원 정문을 나서며 불 켜진 병실의 유리창을 한참 동안 물끄러미 바라보았다. 가다가 뒤돌아보기를 여러 차례. 창밖으로 새어 나온 불빛은 절망의 늪에서 허우적대는 아버지의 몸부림을 감춰 주었지만, 길동은 그 불빛에 희망을 걸고 버스 정류장 쪽으로 터벅터벅 걸어갔다.

밤늦게 집에 도착한 길동이 막 잠들었을 무렵이었다. 머리맡의 집 전화가 하염없이 슬피 울었다.

"따르릉, 따르릉~~~"

금동의 목소리는 너무나 차분했다.

"아버지가 아무래도 그 강을 건널 것만 같다. 곧바로 와야겠다."

"응, 알았다, 근데 아직 숨은 남아 있지?"

"숨이 간당간당한 것이 얼마 못 사실 것만 같아야. 조금 전에 눈을 떴다가 감은 것이 뭔가 심상치 않다."

다행히 병원 인근에 사는 복동과 금동이 마지막 떠나는 아버지 모습을 지켜보고 있었다.

생의 마지막을 확인이라도 하듯 그는 두 눈을 휘둥그레지게 크게 뜨고 마지막으로 이승을 확인한 뒤, 저승의 광명을 찾기 위해 눈을 감고 말았다.

길동은 연락받자마자 아내가 운전한 차를 타고 병원으로 향했다. 아내는 급할 때일수록 차분해져야 한다며 운전대를 길동에게 넘겨주지 않았다. 가로등 불빛에 유난히 현란하게 휘날리는 눈발은 길동의 마음을 더욱 심란하게 만들었다.

　병원에 도착한 길동은 부랴부랴 병실로 달려갔지만, 아버지는 이미 혼을 먼저 떠나보내고 영생 안락을 꿈꾸고 있었다.

　그의 영혼은 어느새 우주로 돌아가 별이 되어 먼저 떠난 달과 또 다른 별들을 만나리라는 기대에 부풀어 춤을 추는 것 같았다.

　지그시 다문 그의 입술 사이로 아내에게 전하는 마지막 한 마디가 새어 나오는 듯했다.

　"쌍둥이 어매, 나 이제사 짐을 벗었네, 남들은 쉽게 짐을 내려놓더니만, 나는 맘대로 안 되더군, 쪼까 늦어서 미안허네, 인자는 훨훨 날아 댕기겄구만, 거그서 만나세…."

　자식들은 하얀 천으로 덮은 아버지 시신을 구급차에 실어 장례식장이 있는 영안실로 옮겼다.

　구급차 안에서 아버지 시신을 지켜보던 길동은 두 눈을 지그시 감고 있었다.

　"그래, 고통스럽게 눈을 감고 숨만 쉬고 있을 바에 차라리 하루빨리 어머니 곁으로 다가가 외롭지 않게 편안히 계시는 것이 더 나을 거야…."

　금동의 눈에서 흐르는 눈물을 보던 길동이가 고개를 갸우뚱하며 그에게 나지막하게 질문을 던졌다.

　"금동아, 나는 왜 눈물이 나오지 않을까?"

　"엄마를 떠나보내며 너무 많은 눈물을 흘려서 그럴 거야."

"아니야, 죽음이 곧 생의 따뜻한 위로라고 받아들여서 그런 거야."

"니 말이 맞아, 그래서 죽음은 영생의 가면이라고 하는가 봐"

"어쩌면 또 다른 세상으로 여행을 떠나는 거나 마찬가지일 거야"

"맞아, 인생에서 하나 남은 마지막 아리랑 고개를 넘은 것일 뿐이야. 아리랑 고개는 힘든 고개이기도 했지만, 늘 희망이 솟아나는 고개였거든."

"나도 그런 생각을 했다. 죽음은 끝이 아닌 시작인 것이 분명해."

"야, 아버지를 봐라. 욕망의 노예를 청산하고 자유를 찾아 새 희망을 꿈꾸는 모습을…."

자식들은 고인의 명복을 빌면서 시신을 안치시켰다.

"아버지, 하늘나라에는 강제 노역도, 전쟁도, 아리랑 고개도, 아라리도 없을 거예요. 부디 행복하세요. 그동안 애타게 기다렸던 어머니 곁으로 가 사랑의 날과 씨가 되어 한 폭의 아름다운 비단을 펼치세요."

강추위에도 불구하고 많은 조문객이 고인의 마지막 가는 길에 명복을 빌어 주었다. 마침내 아버지는 지상에서 못다 한 사랑을 천상에서 나누고자 바람 타고 신명 나게 날아갔다.

그가 가는 길목마다 슬픔과 통곡이 들불처럼 번졌다. 동네 입구 큰 길가에 멈춘 장의차에서 영정이 내려가자, 동네 사람들이 찾아와 애도를 표했다.

장지로 가는 산길에는 밤사이 내린 눈이 소복이 쌓여 신발을 덮을 정도였다. 그러나 어찌 된 영문인지 유독 그곳만은 눈이 그치고 햇살이 내리쬐어 온 산하를 눈부시게 밝혀주었다.

양지쪽 산모퉁이에서는 김이 모락모락 피어오르고 있었다

대길의 영정과 관이 장지에 도착하니 먼저 와 자리 잡고 있던 순애가 방을 따뜻하게 데워 놓고 남편을 기다리고 있었다.

활짝 핀 한 송이 연꽃 봉오리 같은 묘에서는 순애의 향기가 솔솔 풍기기 시작했다.

가족, 친척, 동네 사람들이 추운 줄도 모르고 산일을 하느라 여념이 없었다.

"저 양반은 참 복도 많은 양반이여! 구덩이 속 좀 봐라, 흙이 얼매나 몽근가! 영판 좋냐 안! 명당이 따로 없는 것이여!"

"그렁께 말이여! 오늘부터는 마나님 옆에서 주무신 게 잠도 잘 오겠구먼그려"

"뭔 잠을 잘라던가, 못다 한 얘기도 많을 텐디…."

일하는 사람들 사이에 터져 나온 탄성이었다.

이윽고 흙이 덮이고 두 개의 봉우리가 나란히 머리를 맞대고 잔디가 입혀지고 두 봉우리 사이 가교가 연결되었다. 견우와 직녀가 만난 것처럼 두 사람은 반갑게 이야기를 나누었다.

"이내 뒤따라온다고 해서 눈 빠지게 기다리고 있었소."

"나는 당신이 여기 온 줄도 모르고 내내 기다리다가 뒤늦게 알고 급히 날아왔소."

"내가 괜한 오해를 했던 갑이요. 행여 당신이 내 이름표가 바뀐 줄도 모르고 주민등록 이름대로 엉뚱한 집으로 가버렸나 생각했소. 허기사 그 집도 못 갈 곳은 아닐 테제, 그리고 말이요, 당신이 평생 못 잊어 아라리를 앓았던 옥상한테는 다녀오셨소?"

순애는 일단 오해가 풀린 듯했지만, 말투가 원망과 질시의 표현인지 아니면 용서와 포용의 의미인지 아리송했다.

"여보, 전생에서 해결하지 못하고 그냥 떠나보내서 미안허요. 하지만 내 영혼에는 그때나 지금이나 당신의 이름이 생생하구려. 그래서 맨 먼저 당신 곁으로 찾아온 것이요. 천국이 멀기는 허요. 무거운 산소 호흡기가 달려있어서 여기까지 오는 데 넉 달이나 걸렸소."

대길은 아내가 떠난 뒤 좀 더 일찍 아내 곁으로 오지 못한 것을 사과하고 해명했다.

"너무 미안해하지 마세요. 운명은 재천이라 하지 않았소."

"이제 우리 새 판을 짜고 아리랑 노래를 부르며 신나게 살아 봅시다."

"이곳엔 지난날 우리가 넘었던 힘든 아리랑 고개도 이별의 아픔도 아라리(사무친 그리움)도 없을 거요. 이제 당신은 천국의 순리대로 자유를 찾게 될 것이요."

"천국의 순리?"

갑자기 말문이 막혀버린 대길은 아직 이승의 티를 벗지 못해 어리둥절한 모습이었다.

그들은 지난 삶의 아픈 흉터를 덧나지 않게만 치유하면서 힘든 아리랑 고개를 넘어왔다. 하지만, 아직도 아물지 않은 상처와 미처 지우지 못한 상흔을 아리랑 바랑에 싸 안고 천국의 문지방을 넘었기에 그들의 삶엔 아리랑 향기가 그윽했다.

인생은 험난한 삶의 고개를 넘고 또 넘어야 진정한 삶의 의미를 완성하게 되고, 결과적으로 행복해지는 것이 아닐까?

대길은 병상에서 지난 인생을 돌아보며 시 한 편을 남기고 떠났다.

삶의 맛과 향기

어둠이 없다면 빛의 고마움을 알까?
굶주려 봐야 주먹밥 맛을 알고
추위에 떨어봐야 아랫목이 그리웁고
이별의 아픔을 앓아야 사랑의 의미를 안다.

시련은 견뎌내고 고개는 넘어야 맛이고
보따리는 싸안아야 제맛이고
아리랑은 아라리가 나야 진국이지
그것이 바로 삶의 맛이더라

풍 한설을 견뎌낸 노송의 자태가 고고하고
시련을 극복한 삶의 꽃은 진한 향기를 풍기듯
인생도 견뎌내고 살면서 늙어가는 것이다.
고고한 모습으로 진한 향기 풍기며…

사랑담은 바랑을 메고
아리랑 고개 넘어 아라리가 나니
인생의 향기 그윽하구나
사랑이 있는 고생이 바로 행복이더라.

축령산 기슭에서 바라본 이재산성.

인간은 저마다

차마 말 못 할 사연을 담은

아리랑 바랑을 이고 지고 살아가는지도 모른다.

누구에게나

출생과 성장, 인연과 사랑에 얽힌

말 못 할 사연이 있을 법하다.

제 6 장 아리랑 바랑

1

왜 그토록 잊지 못했을까?

대길과 순애, 아야코는 말 못 할 첫사랑 추억을 소중히 간직하고 있었다. 그것이 기쁨을 주고, 때로는 슬픔을 주기도 하며 아물지 않는 상처를 남겼을망정.

인생의 일부인 사랑은 지워지거나 잊히지 않는 그런 삶의 요소이다. 특히 첫사랑은 신비스러울 정도로 더욱 그러하다.

사랑은 인간의 삶을 지탱하게 하는 힘과 용기를 준다. 그래서 사랑하지 않고 후회도 하지 않는 삶보다 사랑하고 후회하며 반성하는 삶이 훨씬 의미 있고 아름다운 것인지도 모른다.

"지금까지 살아오면서 사랑이 있는 고생이 행복이었다."

백수를 넘긴 어느 철학자가 지난 인생을 회고한 말이다.

그 말을 입증이라도 하듯 대길은 격동의 시대를 살아오면서 가난하고 굶주렸던 시절에도 압박과 설움을 견디며 누군가를 사랑하는 것을 절대 게을리하지 않았다.

아야코도 순애도 마찬가지였다.

사랑이란 주어진 상황에서 완벽을 추구해 가는 것이고 온전한 자기 자신이 되게 하는 것이라고 그들은 믿었다. 그러나 그들도 신이 아닌 인간인지라 완벽하고 온전한 사랑을 영위할 수는 없었다. 그래서 때로는 책임지지 못할 사랑에 빠지고, 또 다른 사랑을 찾아 과거의 흔적을 지우기도 하고, 사랑의 비밀을 가슴속 깊이 묻어두고 숨기기도 했다.

대길과 순애, 아야코의 인생에서 첫사랑은 격동기 시대의 심술이 남긴 삶의 상처였고, 그 사랑에 얽힌 인연의 향기는 늘 그들 삶의 주위에서 맴돌곤 했다.

누구나 첫사랑은 소중하게 감춰두고 그리워하는지도 모른다.

대길은 평생 한 지붕 밑에서 고락을 함께한 아내에게 아야코와 얽힌 인연의 자초지종을 시원하게 고백하지 않았다. 그는 자신에게는 비록 소중한 추억일지라도 아내의 심기를 건드리는 과거사는 죽을 때까지도 이야기하지 않는 것이 부부의 도리라고 생각했었다. 특히 꿈과 희망을 빼앗아 간 어두웠던 역사의 그림자를 굳이 들춰내려 하지 않았다.

그는 아내에게 아야코를 일본 징용 가서 만난 옥상(부인)이라고만 했을 뿐 자세한 이야기는 하지 않았다. 순애도 민중과의 과거사를 평생 가슴에 품고 있었고 대길의 과거사에 대해 그 시대의 불가피했던 관행 정도로 알고 살아왔다.

다만 아야코의 방문을 계기로 순애는 시샘 어린 의구심을 품었던 게 사실이다. 자식들 역시 그 후에 비로소 아버지의 과거에 대한 궁금증을 갖게 되었다.

아야코도 대길과 눈물로 헤어진 후 수십 년 동안 가슴 앓이 해 오다 인생의 저물녘에야 대길을 찾아왔다. 왜?

그런데 대길은 첫사랑의 그리움에 평생 아라리를 앓았으면서도 그녀를 외면한 채 눈시울을 붉혔다. 왜?

아야코의 갑작스러운 방문을 계기로 대길이 평생 짊어지고 다녔던 아리랑 바랑 속에 숨겨진 비밀이 하나둘 풀리기 시작했다.

삼우제를 지내고 산에서 내려와 가족들은 아버지 유품을 정리했다. 길동과 금동은 복동과 함께 조상의 손때가 까맣게 눌어붙은 고리짝을 조심스레 열었다. 그들의 눈빛에서는 조상 대대로 내려온 가보(家寶)라도 있을까 하는 기대가 가득 차 있었다. 하지만 농익은 집안 역사와 추억의 향기가 그윽할 뿐 눈빛에 감춰진 기대는 어느새 실망으로 변하고 말았다. 옛날 전답 문서, 쇼와(昭和) 시대에 발행된 일본 구화폐 묶음, 부의록, 혼서지 등 지금은 전혀 쓸모없는 것이 대부분이었다. 상장이나 통지표 등 꼭 필요한 것을 제외하고 대부분이 미련 없이 불 속에 던져졌다.

　그런데 웬 국제우편 소인이 찍힌 때 묻은 편지 한 통? 길동은 대수롭지 않게 생각하고 그 편지도 벌겋게 타오르는 불 속에 던졌다. 편지에 불이 붙자 슬픈 연기와 함께 한숨이 새어 나왔다. 그 순간 길동의 관자놀이를 전광석화처럼 흔들어 대는 것이 있었다.
　야! 부지깽이 주어 봐, 언릉 불 꺼, 불 꺼 봐!"

아차 하는 순간, 길동은 그 편지를 꺼내 불을 껐지만, 발신인 주소와 성명은 이미 불에 타서 알 수 없었다. 누렇게 그을린 편지에는 아버지의 손때에 찌든 얼룩이 뚜렷했다. 갑자기 길동의 머리에는 아버지가 생전에 이야기했던 아야코 상이 보냈다는 편지가 떠올랐다.

한글과 일본어를 섞어 쓴 한 장 분량의 편지는 내용 일부가 불에 타긴 했지만, 앞뒤 문맥으로 보아 대충 아야코 상이 한국을 다녀간 뒤 대길에 대한 그리움과 만나지 못하고 되돌아갔던 그때의 섭섭한 심정을 밝히고 있었다. 그리고 오사카에서 골프장을 경영하며 잘살고 있다고 소개하면서 오사카에 꼭 오라고 초청하는 내용이었다.

아버지가 보물처럼 애지중지했던 편지였건만, 자식들은 좀 더 세심한 주의와 성찰을 하지 못했다. 그 편지는 불꽃의 잔상과 아쉬움만 남기고 연기와 함께 영원히 사라져 버렸다.

하지만 그것 때문에 가족들의 궁금증은 점점 눈덩이처럼 커졌다. 어쩌면 중요한 내용이 불에 탔을 수도 있다는 의구심이 묘한 추측을 불러일으켰다. 그것은 두 사람 사이의 빗나간 해후의 단서가 되었을지도 모르기 때문이다.

아버지는 아야코의 초청 편지를 받고 고민했던 흔적이 역력했다. 자식들의 일본 여행 권유에도 아내를 의식하거나 신체적 불편을 이

유로 손사래를 쳤었다. 그런 그가 길동이 근무했던 인도네시아에는 불편한 몸을 이끌고 즐거운 마음으로 다녀갔었다. 비행기로 7시간이나 걸리는 여행이라 팔순이 넘은 연세의 아버지로서는 절대 쉽지 않은 결단이었고 집을 근 한 달가량이나 비워 놓고 왔던 것이 전대미문(前代未聞)의 미스터리였다.

부모님이 도착했던 날 길동은 아버지를 모시게 되어 뿌듯하면서도 한편으로 자카르타 방문을 흔쾌히 수락한 아버지가 하도 신기하여 어머니에게 여쭈어 보았다.

"서울도 잘 안 오신 양반이 자카르타까지 웬일이래요?"

"글쎄, 그 속내를 아직도 모르겠다. 여그 온다고 집에서 기르던 돼지와 개, 한 마리 남은 씨암탉까지 모조리 팔아 치우더니, 잘 걷지 못하는 양반이 지팡이 짚고 앞장을 서더라."

"아버지 성격에 정말 크게 결심하셨네요."

"보고 싶다고 오라는 일본 옥상한테는 안 가고 말야. 거그는 참말로 엎어지면 코 닿을 데에 있응게 여그다 대면 양반인디 뭣 땜시 갈라고 생각도 안 허는지…."

"왜 가고 싶은 마음이 없겠어요. 뭔가 이유가 있겠죠."

**

아버지가 세상을 떠난 그 이듬해, 길동과 금동은 작은아버지께 세배를 드리려 고향을 찾았다. 화제는 아버지에 대한 회고였다.

작은아버지는 형님의 과거에 대해 아는 대로 조카들에게 자신 있게 귀띔해 주었다.

"느그 아버지가 일정 때 소자 외삼춘이 일했던 사무실에서 일도 했지. 그러다가 일본인 관리소장 딸과 눈이 맞아 사귀기도 했어야."

"아야코란 분이요?"

"이름은 모르겠다만, 즈그 아버지가 소노다 상이었다."

"만약 관리소장이나 일본 순사에게 들켰으면 큰일 날 뻔했겠네요?"

"그러제. 근게 조심스럽게 만났을 테제, 사랑하는 게 무슨 죄다냐?"

"만약 그들이 알았으면 가만 놔두지 않았을 텐데 용케 피했네요."

"모르긴 몰라도 느그 아버지가 징용 가게 된 것도 그놈들 수작인지도 몰라야. 그러니께 경찰서에서 우리 집안 내력까지 조사해서 압력을 넣은 것이제."

"더구나 소노다 소장 딸과 사귀고 있는 것을 알고 소리소문없이 처리했는지도 모르겠네요."

"지금 생각해 보니께, 암만해도 그 영향이 컸던 것 같다. 참! 언젠가 일본에서 옥상이란 분이 느그 아버지 만나려고 찾아왔다가 못 만나고 갔다면서야."

"예, 엄마한테 들었는데 일본서 만난 아야코 상이라고 하던데요?"

"내가 이번에 온 아야코라는 분을 못 봐서 그분이 소노다 소장 딸인지는 모르겠다."

작은 아버지와 아버지 사이에 분이 고모가 있고 나이 차가 많아서 그로서는 형의 깊은 연애사까지는 알 수 없었다.

"두 분이 만나는 것 보았나요?"

"그 시절에는 몰래몰래 만났제, 언젠가 우연히 공원에서 보긴 했다. 한 쌍의 원앙 같더라마는… 참, 그 양반이 일본으로 돌아간 다음에 초청 편지를 보내왔다는데 못 봤냐?"

"아, 그거요. 아버지 유품 정리하다가 무심결에 불속에 던져 버렸구면요."

쌍둥이 형제는 뭔가 확신이라도 한 듯 동시에 고개를 끄덕였다.

그들은 작은아버지를 통해 아버지가 일본에 가기 전 소노다 소장 딸과 사귄 사실은 분명하게 확인했다.

서울로 돌아오기 전 쌍둥이와 복동은 시골집에 보관해 두었던 대동보 한 질씩을 챙겼다.

그날 밤 형제들은 족보를 뒤적이다가 아버지가 표시해 둔 간지를 발견했다. 그 페이지를 열자 한쪽 여백에 낙서가 보였다. 지나치기 쉬운 낙서였지만, 자세히 보니 좌측에 金田大吉(가네다 다이키치), 우측에 園田綾子(소노다 아야코)라고 쓰여 있고, 선으로 연결된 이름 밑 가운데 부분에 물음표(?)가 그려져 있었다.

순간, 길동은 확신에 찬 표정을 지으며 그 물음표가 뭘 의미하는지 곰곰이 생각하다 복동 형과 금동에게 말했다.

"그런데, 아버지만 아는 진실이 있는 걸까? 단순한 그리움일까? 희망일까?"

복동이 고개를 갸우뚱하더니 한마디 했다.

"아버지가 족보에 써 놓은 소노다 아야코가 바로 작은아버지가 말한 소노다 소장 딸이자, 우리 집에 다녀간 아야코 상이 틀림없군."

금동도 미심적은 표정으로 궁금증을 털어놓았다.

"아야코 상이 죽기 전에 만나서 아버지에게 꼭 하고 싶었던 말은 무엇이었을까? 그런데 아버지는 왜 아야코 상의 초청 편지를 받고도 일본에 가지 않았을까?"

대길은 끝까지 비밀 보따리를 자식들에게 다 풀어놓지는 않았다. 60여 년 동안이나 평생을 함께한 아내에게도 첫사랑의 물음표에 대한 명쾌한 해답을 제시하지 않고 무덤까지 가지고 갔다.

뭔가 있을 것만 같은 비밀 보따리였건만, 자식들은 부모님 생전에 그 보따리에 대해 더는 꼬치꼬치 묻지 않았다.

풀어보면 싱거울지 모르는 비밀 보따리일지라도 신비롭고 맛깔나는 부모님 인생의 고귀한 여운을 위하여, 그리고 천국의 새날을 위하여….

2

무덤에 묻힌 그 보따리가 육신으로부터 자유를 찾은 영혼의 세계에서는 풀리게 될까?

부모님이 세상을 떠난 뒤 쌍둥이 형제의 생각이 바뀌었다.

그들은 격동기 아리랑 고개를 넘으며 아라리를 앓았던 부모님 마음의 상처를 적극 치유해 드리고 싶어졌다. 왜냐하면 새 세상에서나마 그분들이 자유를 찾아 닫힌 마음의 문을 활짝 열고 삶과 사랑에 얽힌 오해를 풀었으면 하는 마음 간절했기 때문이었다.

이듬해 한식날, 길동과 금동은 아침 일찍 고향 가는 고속버스에 몸을 실었다. 버스가 도회지를 벗어나자 차창으로 내다보이는 시골 풍경의 파노라마는 마치 영화관 스크린 같았다. 길동은 산등성이 돌아가는 조그만 밭에서 허리 구부리고 일하는 농부의 모습을 보고 부모님 생각에 잠겼다.

그는 눈앞에 스쳐 지나가는 부모님 인생을 회고하며 그동안 궁금했던 아리랑 바랑을 들여다보고 깊은 사유의 나락으로 빠져들었다.

인연은 시련을 뚫고 담쟁이덩굴이 담 넘어오듯 은근슬쩍 맺어졌다가 우여곡절 끝에 슬픈 이별을 겪기도 하고, 헝클어진 실타래처럼 엉키기도 하는가 보다. 엄마 아버지의 인생도 참 기구했지. 역사의 심술이 안겨준 눈물 젖은 보따리를 평생토록 가슴속에 품고 살아왔으니, 얼마나 마음이 아팠을까!

총탄 포화가 빗발치고 굶주림에 눈앞이 깜깜했던 시대라서 오로지 수단과 방법을 가리지 않는 생존의 몸부림만이 최고의 선이었음이 분명해. 그래서 엄마가 바뀐 이름표를 달아야만 했을까?

두 눈을 지그시 감고 생각에 잠겼던 길동은 아직도 뭔가 궁금증이 풀리지 않는지 두 손으로 머리를 긁적이다가 다시 어머니의 기구한 삶을 돌아보았다.

신혼의 단꿈에서 깨어나기도 전에 군대 간 신랑이 어느 날 갑자기 패잔병이 되어 찾아와 눈물로 지새웠던 절망적인 밤은 엄마만 아는 묻어 둔 진실이었던 거야.

첫사랑 아라리를 앓으면서 고문까지 당해야 했던 말 못 할 싸늘한 눈물은 엄마 가슴속에서 얼마나 차갑게 얼어가고 있었을까? 비극의 역사가 만들어 낸 사랑의 상처에서 흐른 진물이 가슴속에서 똬리를 틀고 자리 잡아 응어리가 되었는지도 몰라!

패잔병이 되어 찾아온 신랑의 행방불명은 그를 아는 모든 사람에게 짐이 되어버렸던 거야. 전쟁이 끝난 뒤에도 이름 모를 해골의 주인공이 밝혀질 때까지는 행방불명인 사람도 언젠가 다시 살아 돌아오리라는 막연한 기대 속에서 버젓이 생존자로 남아 있었거든. 한마디로 역사의 비극이었어.

금동이도 조용한 버스 창가에 앉아 밖을 내다보며 부모님의 바뀐 이름표의 신비스런 비밀을 곰곰이 생각해 보았다.

아버지가 전쟁 통에 피난살이하면서 큰엄마 돌아가신 뒤 장례도 제대로 치르지 못했는데 사망신고는 엄두도 못 냈겠지. 그렇더라도 나중에라도 신고하여 바로잡을 수 있었을 텐데, 왜 못 했을까?

엄마도 행방불명된 신랑이 만에 하나 살아있을지도 모르는 상황이라 사망 처리가 되지 않아 이혼도 혼인신고도 할 수 없었던 거야. 더구나 그 사람이 혹시 인민군에게 잡혀서 월북했거나 빨갱이와 한패가 되어있지 않았을까 의심받는 처지에 자신까지 부역자로 잘못

낙인이 찍히면 남편과 자식들에게까지 악영향을 줄까 봐 조용히 덮어두었는지도 몰라.

그런저런 이유로 정리를 못 하는 사이 휴전 이듬해 복동 형이 태어나 어쩔 수 없이 기존 호적에 올리게 되었고 2년 만에 우리까지 출생 신고를 해야 했지만, 뭔가 순리대로 풀리지 않았던 거야. 그래서 우리의 입적도 해를 넘기게 되었는지도 모르지.

길동과 금동의 추측은 생존을 위한 불가피한 현실적 대안에 바탕을 둔 것이었다. 하지만 순애가 고심 끝에 과거의 존재 가치를 버리고 탈바꿈하게 된 결정적 동기는 따로 있었다.

어머니가 정밀 검사차 서울로 떠나기 전날, 딸 미애에게 절대 비밀로 하라고 당부하며 그동안 묻어 둔 속내를 드러낸 적이 있었다. 미애는 엄마와 약속 때문에 그동안 입을 꾹 다문 채 끙끙 앓다가 어머니 삼우제를 마친 뒤에 비로소 입을 열었다.

"내가 인공 터지고 나서 고민이 많았다. 그때 나는 전쟁통에 행방불명이 된 신랑의 무사 귀환을 위해 영축산(축령산) 기슭에 있는 '묘헌사'라는 절에 다니며 2년이나 불공을 드렸었다.

어느 날은 불당에서 불공을 드린 뒤 스님을 뵙고 고민을 털어놓았는데, 스님이 한참 동안 설득하더구나. '인생에서 가장 큰 승리는 자신을 이기는 것이다. 과거에 매몰되어 슬퍼하거나 미래의 불행을 예측하여 걱정하면 안 된다. 지금, 이 순간을 현명하게 사는 것이 중요해. 그대는 우주의 누구 못지않게 사랑을 받을 자격이 있어. 그대의 짝은 따로 있느니라. 어서 이름표를 떼어내라. 그렇지 않으면 악연 때문에 걷잡을 수 없는 번뇌의 수렁에서 헤매게 될 것이다. 어쩌면 명대로 살지 못할 수도 있다.'고 하더구나.

그래서 한동안 고민을 허다가 그 스님 말씀이 귀에 밟혀서 그 사람에 대한 모든 미련을 버렸다.

그 후 니기 아버지를 만나게 되어 이름표가 바뀐 채 지금껏 명대로 살아온 것 같구나.

미애야, 이젠 다시 태어나면 내 이름표를 달고 멋지게 살고 잡다."

순애는 이런 비극의 역사가 안겨준 삶의 상처를 가슴에 묻어둔 채 가파른 아리랑 고개를 넘어왔다. 그녀는 세상에 대한 원망과 자기연민을 극복하면서 가슴에 멍울이 맺혀 꿈틀꿈틀 자라서 암이 된 줄도 모르고 고통을 참아왔다.

그리고 생을 마무리하면서 영혼의 세계까지 고민했다.

대길은 이런저런 이유로 묻어두고 살았던 그 빚 때문에 죽을 때까지도 아내에게 미안해했다.

굽이치는 아리랑 고개를 함께 넘어왔던 대길과 순애의 인생 드라마도 다름 아닌 생존의 몸부림이었다. 격동의 세월을 가로질러 무질서와 혼돈이 판치는 어질러진 세상의 무대에서 두 사람은 실존이 본질에 우선한다는 진리를 몸소 보여주었다.

**

살다 보면 때로는 피하고 싶은 진실과 맞닥뜨릴 때가 있다. 대길의 첫 번째 제삿날, 모처럼 온 가족이 화기애애하게 옛이야기를 나누던 중이었다. 가족들은 아버지의 인연에 얽힌 궁금증을 하나둘 풀어나가기 시작했다.

모인 가족 중 제일 어른인 쌍둥이의 막내 고모가 옛날을 회상하며 조심스레 입을 열었다.

"느그 아버지 땜에 느그 엄마가 마음고생 많이 했다. 큰엄마 돌아가신 뒤, 느그 아버지 곁에 그림자처럼 따라다녔던 한 전쟁미망인이 있었다."

고모는 이제는 모든 것을 이야기할 때가 되었다고 생각하고 거리낌 없이 말했다.

"할아버지 반대로 헤어진 듯하더니 느그 엄마 들어오고 나서도 그 여자가 한동안 담 너머로 기웃거리고 느그 아버지와 몰래 만났던 갑이더라. 그것 때문에 느그 어매 속 많이 썩었을 거야. 얼마나 찰거머리 같던지, 근디 쌍둥이 태어난 뒤부터 갑자기 안 보이더라."

길동과 금동은 태어나서 처음 듣는 얘기라서 숨을 죽이고 고모의 입을 주시하고 있었다. 혹시 쌍둥이의 출생의 비밀과 관련이 있을지도 모르기 때문이었다.

길동은 어릴 적 친구들로부터 길에서 주워 온 아이라서 길동이라고 놀림을 당해서인지 두려움과 걱정이 앞섰다.

금동이도 겉으로는 태연했지만, 평생 미뤄 짐작하고 있었던 피하고 싶은 결론으로 치닫게 될까 봐서 좌불안석이었다.

잠시 침묵이 흐르고 모두가 고모의 입을 주시하자, 고모가 다시 입을 열었다.

"내가 알기로는 그 여자는 1·4후퇴 때 피난 내려오면서 가족과 흩어져 홀로 된 남자를 만나 팔자를 고쳤다더라. 그 바람에 한동안 조용했었다. 근디 그 남자가 가족들 못 잊어 우울증을 앓다가 갑자기 헤어진 가족을 찾는다고 집을 나갔다가 일 년 후에 가족들을 찾아 부산에서 살고 있다고 연락이 왔더란다. 그 후 통 보이지도 않고 해서 잊어버리고 있었는데 갑자기 그 여자가 애 낳고 하혈이 심해 저세상으로 떠났다고 소문이 돌더라. 그 여자도 전쟁 때문에 기구한 삶을 살다 떠났던 거야."

"그러면 그 아이는 어떻게 되었어요?"

쌍둥이가 이구동성으로 질문을 하자 가족들은 놀란 표정으로 고모를 바라보았다.

"그때는 몰라서 글제 그런 일이 비일비재 했다. 그 시절에는 홀로 된 사람이 많아 서로 의지할 짝을 찾아 새로 출발하는 사람들이 많았다. 아무리 먹고 살기 어려워도 애는 생기는 대로 낳다 보니 남의 집 대문 앞에 두기도 하고, 핏줄 찾아 보내거나 보육원이나 자식 없는 집에서 데려가 키우기도 했제."

고모는 서둘러 마무리를 짓고 말았다.

정황상 그 아이가 대길이 뿌린 씨라면 그 애 낳고 하늘 새되어 날아가 버린 소문의 주인공이 업둥이의 생모일 가능성이 농후했다. 심증은 가지만 진실은 봉인된 무덤 속에 있다. 그래서 쌍둥이 중 누가 업둥이인지는 아무도 모른다.

조선시대에는 홍길동 같은 서자들은 아버지를 아버지라 부르지 못하고 형을 형이라 부르지도 못했다. 소실이나 나이 차가 많은 후실은 주위로부터 대접을 제대로 받지 못했다.

쌍둥이 어렸을 때만 해도 혈통을 잇기 위해 씨받이 여인을 두고 아들을 낳았던 것이 알게 모르게 행해졌다. 또한, 끼니를 걱정해야 하는 집에서는 애를 낳아 부잣집 대문 앞에 버리거나 뿌리를 찾아 살며시 두고 가는 일이 흔했다.

아이를 낳고 나서 100일을 넘기고 첫돌을 넘겨야 안심했던 시대였기에 1~2년 늦게 출생신고를 하는 것이 다반사였다. 만일 입적을 했던 아이가 첫돌을 못 넘기고 죽기라도 하면 다시 태어난 아이가 죽은 아이 호적을 승계한 경우도 더러 있었다. 그래서 실제 나이나 이름이 호적과 다른 경우가 많고, 어떤 경우는 여자가 남자 이름으로 불리거나 남자가 여자 이름표를 붙이기도 했다.

그것은 그 시대를 살아가는 생존의 관행이었다. 또한 격동기에 바뀐 이름표를 달고 살아야 했던 것도 시대적 운명이었다.

길동과 금동은 그동안 실체적 근거나 기억도 없이 단지 심증만으로 출생의 비밀을 의심하는 어떤 내색도 하지 않았다. 가족들도 한결같이 쌍둥이의 운명을 갈라놓을지 모를 업둥이의 진실을 밝힌 적도 없고 밝히려고도 하지 않았다. 그들은 오로지 후천적 교감과 소통을 통해 존재 의식을 갖게 되었고 현 사실의 존재에 의미를 부여하며 살아왔기에 고모의 말이 와닿기나 했을까?

그들은 일단 고민의 늪을 건너 또다시 아리랑 고개를 넘어야만 했다.

어느 날 길동과 금동은 어릴 적 아버지를 따라다니며 억새를 베어내곤 했던 어느 이름 모를 묘지로 향했다. 쉴 바탕에 올라서니 멀리 무등산이 잔잔한 새털구름에 등줄기를 감춘 채 넓은 가슴을 뽐내고 있었다.

"아버지가 산에 오를 때마다 늘 이곳에서 쉬었던 곳이구나!"

금동은 이마에 맺힌 땀방울을 훔치며 어린 시절 감회가 새로운 듯 말했다.

"그래, 아버지는 늘 저 앞에 내려다보이는 넓은 들판 사이로 굽이쳐 속절없이 흘러가는 황룡강 물줄기를 바라보며, 가슴속 깊은 곳에 똬리를 틀고 있는 그리움을 펌프질해 저 강물에 헹궈내곤 했지."

"맞아, 그래서 아버지가 늘 지게 받쳐 놓고 그늘에 앉아 담배를 피우면서 한숨을 쉬었던 거야. 가슴속 깊은 곳에서 우러나오는 하얀 연기를 내뿜으며 산 아래 어딘가를 내려다보다 시선을 멈추곤 했어. 어쩌면 그곳이 비밀 보따리를 숨겨둔 곳일지도 몰라."

의기투합한 쌍둥이는 어릴 적 기억을 더듬어 아버지가 해마다 억새를 뜯었던 어느 소나무 밑에 잠들어 있는 묘지를 찾아보았다.

이리저리 헤매고 다녔지만 무성한 잡목 위로 칡넝쿨이 뒤덮여 있어서 찾을 수가 없었다. 칡넝쿨 사이로 우후죽순처럼 비집고 나온 억새들만 무심하게 손을 흔들고 있었다.

아버지가 거동이 불편해지면서 오랫동안 찾아오지 않아서, 그들이 어렸을 때 다니던 길은 흔적도 없었고 잡목과 잡초만 무성했다.

쌍둥이는 인생에서 현실성이 없거나 본능적 감각으로 자각하지 못하는 진실은 무의미하다고 생각했다.

그들의 머릿속에는 지금껏 살아온 쌍둥이의 삶과 쌍둥이 어매 자리를 끝까지 지킨 엄마의 진심 어린 모정, 누가 자기 몸에서 나온 자식인지조차 모르고 알려고 하지도 않으면서, 차별은 물론 어떤 구분도 하지 않고 침묵했던 부모님의 의지만이 떠오를 뿐이었다.

마침내 길동과 금동은 그동안 자각적인 삶이 몸에 밴 덕분에 쉽게 고민의 늪을 건너 또 한 고개를 넘었다.

업둥이에 대한 비밀 보따리를 풀어버린 쌍둥이의 발걸음은 한결 가벼웠다. 발걸음을 돌려 아버지가 산에 갈 때마다 찾았던 산등성이 양지쪽 할아버지 할머니 묘소를 찾아 술 두 잔을 따라 놓고 나란히 엎드려 절을 했다.

묘지에 술을 뿌려드린 다음 남은 술을 음복하면서 길동이가 먼저 말문을 열었다.

"격동기를 지나온 사람들의 삶에는 아물지 않는 상처가 있었던 것 같아. 아버지와 어머니도 그 상처의 아픔을 달래기 위해 동네 초입의 고갯길을 올라가다가 잠시 언덕배기에 앉아 쉬면서 아리랑 노래를 부르곤 했지."

"맞아, 아버지, 어머니는 그 아픔을 견뎌냈던 거야. 역사가 안겨 준 선물을 가슴속에 깊이 묻어두고 아라리를 앓으면서도 아무런 내색을 하지 않았지. 참으로 위대한 침묵이었어."

금동은 부모님의 아픔을 떠올리며 지그시 눈을 감고 고개를 끄덕이며 말했다.

"어머니는 어쩔 수 없이 현실에 순응하면서 본래의 자아를 잃어버리고, 상처투성이의 변모한 자아를 자각하면서도 말도 못 하고 가슴 앓이했던 거야."

길동은 평생 마음고생을 한 어머니를 생각하며 늦게나마 엄마의 아팠던 마음의 상흔을 말끔히 치유해 드리고 싶어 했다.

"맞아, 죽음이 임박해서야 비로소 잃어버린 자아를 되찾기 위해 그 비밀 보따리들을 슬그머니 꺼냈던 거였어."

금동이도 길동의 말에 맞장구치며 안타까운 표정을 지었다.

"금동아, 그런데 왜 인간은 생을 마감하면서 가슴에 묻어둔 비밀 보따리를 풀고 가볍게 떠나려 할까?"

"죽음이 끝이 아닌 시작이기 때문이지."

**

이듬해 길동과 금동은 고향 집에 들러 집안을 빙 둘러보았다. 창고 담벼락 아래 장독대에는 어머니가 담가놓은 묵은 간장이 봄볕에 더욱 검붉었다. 부엌 쪽을 바라보니 금방이라도 어머니가 부엌문을 열고 장독대로 나올 것만 같았다. 부엌문 옆 처마 밑에 녹슨 자전거 바퀴엔 타이어가 눌어붙어 뼈대만 앙상하게 남은 채 아버지의 손길을 애타게 기다리는 듯싶었다.

닫혀있는 창고 문엔 주먹 크기의 자물통이 잠기지 않은 채 걸려 있었다. 문을 열고 들어가니 삽, 괭이, 호미, 쇠스랑, 낫, 전지가위, 도리깨도 보였다. 그 아래 덕석이 쌓여있고 비료 포대 옆에는 밑동이 썩어가는 절구통이 벽에 기대어 있고, 한쪽 구석에는 지금은 쓰지 않는 바지게와 물레, 불무, 놋화로, 인두 등이 나뒹굴고 있었다.

실바람에 부엌문이 삐거덕 열렸다. 부엌 수도꼭지도 주인의 손맛이 그리웠는지 피눈물 같은 불그스레한 녹물을 흘리며 슬피 울었다. 부엌에서 통하는 골방 문을 열어보니 덩그러니 걸려있는 꽹과리가 아버지의 손맛을 잃어 푸르스름하게 녹슬어 가고 있었다.

그곳에서는 세월에 찌든 가문의 향기가 코를 찔렀다. 명절 때나 대사 치를 때마다 풍기는 독특한 향기, 다름 아닌 술 익는 냄새다. 가양주 제조가 금지되고 밀주 단속이 심했던 시절, 어머니는 몰래몰래 조금씩 술을 빚어 골방에 숨겨두었다. 술 익는 소리에 가슴 조이며 이불 사이로 새어 나온 냄새에 바짝 긴장했던 어머니의 혼이 머무는 듯했다.

주인이 떠난 집안 구석구석을 둘러본 그들은 서낭동 비탈길을 따라 '평전'으로 갔다. 집 모퉁이 탱자나무 울타리에 비집고 나온 찔레 나무줄기에 때늦게 하얀 꽃 한 송이가 애처롭게 피어 있었다.

"유년 시절 우리가 하얀 꽃을 꺾어 엄마의 머리에 꽂아주면 엄마가 별나게도 좋아했었는디…."

길동의 말을 들었는지 탱자나무 가시 사이로 고개를 내민 찔레꽃이 실바람에 춤을 추며 슬픈 향기를 풍기기 시작했다.

"꽃은 피었다 지면 다시 피는데 사람은 가면 왜 다시 못 오는가!"

금동은 나지막한 목소리로 푸념하면서 한숨을 내쉬었다.

"찔레꽃을 보면 격동의 세월을 가로질러 고난을 이겨냈던 민초들의 삶이 떠오르지 않니?"

길동은 어머니 생각이 간절했던 모양이다.

"내 말이, 찔레꽃을 보니 엄마가 그리워진다."

쌍둥이는 찔레꽃같이 순박하고 강인했던 어머니를 생각하며 흘러내리는 눈물을 미처 걷잡지 못했다. 형제는 넋 나간 사람처럼 울타리를 바라보면서 터벅터벅 무거운 발걸음을 옮겨 평전 고개를 넘었다.

정을 두고 떠나왔던 추억의 둥지에는 새도 없고 알도 없이 깃털만 나부끼고 있었다. 공원으로 변해버린 고향 풍경에 미어져 오는 비통함을 뒤로한 채 쌍둥이는 바위 고개를 향해 발걸음을 천천히 옮겼다, 길가의 옴팡 집이 있었던 자리를 찾아 두리번거리기를 여러 차례, 추녀 끝의 고드름이 땅에 닿곤 했던 성구네 토담집이 그리워졌다.

"금동아, 끼니때가 되면 길모퉁이 토담집 굴뚝 연기에서 풍기는 향기가 그립지 않니?"

"맞아, 진한 솔향기가 배어 나오곤 했었지…."

"어렸을 때, 우리가 엄마에게 혼나고 옹알거리며 달아나 그 집 처마 밑에 쭈그리고 앉아 있곤 했었는데, 그때 넌 무슨 생각을 했냐?"

"우리 동네엔 삐라는 많이 날라오는디 돈벼락은 안 떨어질까? 하고."

"넌 그때부터 서울 갈 노잣돈 걱정했구나!"

그들은 허전함과 아쉬움을 떨치고 터벅터벅 걸어 옛집이 있었던 잔디밭으로 갔다. 푸른 잔디밭에 꽃이 피고 나무가 자라고 있었다.

"야, 여기가 우리 공부 방 자리이고 가운데가 부엌, 저기쯤이 안 방이겠지. 엄마와 아버지가 꽃밭에 물 준다고 물동이 이고 물지게 지고 오실 것만 같다."

"금동아, 헛간 자리에 있는 무궁화 나무가 바람에 흔들리면서 나는 소리를 들어 봐라. 왠지 귀에 익은 소리 같다."

"그건 우리 어릴 적 두데가 막아 준 바람 소리 같은데, 근디 안방 자리에서 또 다른 소리가 들린다. 꼭 아버지의 목소리 같다."

마을 전체가 공원으로 바뀌어버린 평전

바로 그 목소리가 쌍둥이의 귓전에 머문 뒤 주위를 맴돌았다.

"보따리는 싸 안아야 맛이다.

누구나 말 못 할 진실을 숨기고 살면서도, 언제 한번 가슴속에 품은 보따리를 풀어 슬픈 눈물의 강에 띄워 보내고 싶어도, 모두의 행복을 위해서 이런저런 이유로 묻어 두고 산단다.

말은 뱉어야만 맛이 아니다.

보고도 못 본 척, 알면서도 모르는 체, 묻힌 소리는 신비의 숨을 쉬고, 보일 듯 말 듯 속살이 더 아름답더라."

대길과 순애는 역사의 소용돌이 속에서 엉킨 인연의 실타래가 남긴 삶의 비밀을 평생 가슴에 담고 살아왔다. 그들 인생의 타임캡슐 속 바랑에는 못다 한 사랑의 상흔 위에 용서와 포용의 붕대가 칭칭 감겨 있었다.

하지만 그들은 죽음에 이를 때까지 아픔을 참고 견디며 침묵했다.

인간은 누구나 묻어 두고 싶은 비밀 보따리를 가슴속에 품고 있는지도 모른다. 누구에게나 차마 말 못 할 과거와 현재가 있을 법하다.

누구나 인연 때문에 경험한 만남과 헤어짐, 사랑과 미움, 이별의 아픔과 사무친 그리움이 담긴 아리랑 바랑을 짊어지고 가는지도 모른다.

현명한 자만이 묻어 두고 싶은 비밀을 끝까지 지킬 수 있다고 한다. 다만 인생의 굽이진 고개를 넘어 삶 속의 주름진 고랑을 돋우어 본 사람만이 그것을 이해하게 된다고 한다.

그것이 결과적으로 행복이라는 것을.

3

　보고도 못 본 척, 알면서도 모르는 체, 묻힌 소리가 신비의 숨을 쉬고 있는 사이 또 한 해가 훌쩍 지나갔다. 어느덧 쌍둥이 형제의 머리카락도 하얗게 물들었다.

　금동은 부모님 유언대로 꿈에 그리던 첫사랑 연화와 황혼의 동반자가 되어 그녀의 도움으로 사업 재기에 성공했다. 그리고 길동은 공직에서 명예롭게 정년퇴직하며 빛나는 훈장을 목에 걸었다.

　전후 베이비 붐 시대에 태어나 앞만 보고 쉼 없이 달려온 쌍둥이가 이제는 지난날을 되돌아볼 여유를 갖게 되었다.

　그러던 차에 일본 정부가 한국 대법원의 강제징용 판결을 빌미 삼아 경제 보복 조치를 단행했다. 이 때문에 한일 관계가 날로 악화하고 연일 반일 시위와 일본 상품 불매 운동이 일어났다. 설상가상으로 일본 최대 규모의 국제 예술제인 아이치 트리엔날레에서 평화의 소녀상에 대한 전시를 중단시키자 'NO 저팬', 'NO 아베' 팻말을 든 애국 시민들의 옥외 집회가 이어졌다. 광화문 광장을 가득 채운 채 분노의 용광로는 부글부글 끓어오르며 열기를 더했다.

　한여름 땡볕 더위에도 불구하고 집회에 참석한 길동과 금동도 목청 터지도록 구호를 외치고 있었다.

　집회가 끝나자, 시민들의 발걸음은 구 일본대사관 앞 평화의 소녀상으로 향했다. 행진은 깊은 밤까지 이어졌다.

　앳된 단발머리 소녀가 달빛 아래 외로이 앉아 있다. 그 소녀는 해가 뜨나 달이 뜨나 비가 오나 눈이 오나 맨발로 두 손을 꼭 쥐고 부르르 떨며 슬픈 눈빛을 보낸다. 굳게 다문 입술과 단정하게 여민 옷고름 속에는 한이 숨겨져 있는 것 같았다. 어디서 날아왔는지 불사조 한 마리가 소녀의 어깨 위에 앉아 소녀의 영혼을 대변해 주는 듯했다.

쌍둥이 형제는 근로정신대로 끌려간 분이 고모를 생각하며 소녀상에서 눈을 떼지 못했다. 어느새 그들의 눈에는 눈물이 그렁그렁했다.
길동이가 이마에 맺힌 땀방울을 닦으며 옆에 있는 금동에게 물었다.
"금동아, 소녀의 그림자를 보면 할머니가 되어 있을 '분이' 고모가 생각나지 않나?"

장성역 앞 평화의 소녀상

"살아 계신다면 비녀를 낀 할머니 모습이겠지. 그런데 밤낮없이 저 그림자가 지워지지 않을까?"

"여자의 한은 오뉴월에도 서릿발을 내린다고 하더라. 처절하게 짓밟히고 찢겨 산산조각이 난 삶의 그림자가 쌓이고 또 쌓여 굳어진 것 같아."

"그런데 그림자 위에 앉아 있는 하얀 나비는 한 많은 소녀의 영혼처럼 느껴지지 않냐?"

"니 눈에도 그렇게 보였구나! 가슴에 품은 한을 싣고 나비처럼 훨훨 날아갈 듯하구나."

"아마 나비가 되어 한과 염원이 담긴 꽃가루를 현해탄 건너 사쿠라 꽃에 전해주려고 하겠지."

"꼭 그래야 할 텐데, 그래야 사쿠라 꽃이 질 때 사죄와 반성의 열매가 맺히고 마침내 노란 평화의 열매로 익어갈 텐데…."

"야, 그런데 왜 신도 안 신고 맨발로 있을까?"

"그러고 보니 양말도 안 신었잖아! 금방이라도 고향 땅으로 달아나고 싶은 다급한 심정을 보여주는 것 같아."

"그래, 머리카락도 싹둑 잘리고 신발도 빼앗겨 버렸으니, 맨발로 뛰는 수밖에…"

"참, 옆자리는 왜 비워 놓았을까?"

"그야 애타게 기다리는 친구들이 있겠지. 함께 끌려갔던 친구 중에 고초에 못 견뎌 세상을 떠났던 친구들과 일제의 부당한 만행에 저항하다가 목숨을 잃고 고국 땅을 밟지 못한 친구들의 영혼이 머무는 곳일 거야."

쌍둥이 형제는 소녀상을 바라보며 시간 가는 줄 몰랐다.

어느새 자정이 가까워졌다. 오늘 밤도 외로운 소녀상을 지키는 자원봉사자의 텐트에는 불이 꺼질 줄 몰랐다.

**

"또 이 뉴스야, 아버지가 저걸 보셨다면 다시 쓰러졌을지도 모르 겠군."

일본의 경제 보복 조치와 우경화로 인해 한일 관계가 점점 더 악 화해 가면서 관련 뉴스가 빈번해졌다.

늦장가 가서 못다 한 사랑에 흠뻑 빠져버린 금동이 일찌감치 집에 돌아왔다. 그는 연화와 함께 저녁 뉴스를 보다가 돌아가신 아버지를 생각하며 언짢은 반응을 보였다.

"아~ 참, 돌아가신 아버님이 일정 때 일본에서 강제 노역하시고 해방되어 돌아오셨다고 했지. 고생 많으셨겠다."

친구 같은 부부로 다시 돌아온 연화가 분위기를 가라앉히며 다정 스레 호응했다.

"응, 죽도록 고생하다가 첫사랑 덕분에 살아오셨다더라. 그래서 아버지가 그분을 생명의 은인이라 생각하고 평생 못 잊고 아라리를 앓으셨어. 아버지보다 아야코 상이 더 대단해. 이혼까지 하고 50여 년 만에 아버지를 찾아왔었거든."

"어쩜, 아버님은 8.15 이별, 아들은 5.18 이별, 데칼코마니같이 재밌다."

"부전자전이야, 역시 피는 못 속이는가 봐."

"당신도 첫사랑을 못 잊어 평생 나만 기다리고 살았잖아."

"알긴 아네, 나는 평생 슬픈 민들레였지"

연화는 미안하고 겸연쩍은 미소를 지으며 분위기를 살려 나갔다.

"당신도 평생 해바라기 같은 남자였지만, 나도 사별 후 먼발치에서 모름지기 당신만을 바라보던 코스모스 꽃이었어."

"당신을 다시 만나게 되면서부터 사업도 풀리고 내 인생에도 모처럼 쨍하고 해가 뜬 것 같네. 고마워."

"근데 말이야, 내가 보기에는 두 분의 국경을 넘나드는 첫사랑 아라리는 참으로 대단한 것 같아."

"연화 씨, 궁금한 게 너무 많아서 이참에 일본에 다녀와야겠어."

"금동 씨, 우리 고향 가기로 한 일정을 조정해서, 당신 일본 갔다 오거든 아버님께 인사드리러 산소에 다녀오자."

어느 날 금동은 길동을 만나 한동안 잊고 있었던 아버지의 첫사랑에 얽힌 이야기를 나누었다.

"길동아, 아버지는 일제 강점기에 태어나 학창 시절, 일제의 황국 신민 교육과 일본식 성명 강요 같은 민족 말살 정책 때문에 반일 감정이 쌓이고 쌓였던 게 분명해. 그 와중에 징용으로 끌려가 강제 노역을 하면서 반일 감정이 더욱 악화했을 거야."

"그래, 그런데 아버지는 일본의 침략 행위에 대해서는 미워했지만, 일본인을 무작정 미워하지는 않았던 것 같더라. 그래서 아야코 상을 사랑했고 평생 그분을 잊지 못했어. 그런데 왜 아버지는 생명의 은인이라 여겼던 그분과의 약속을 지키지 않고, 더구나 반세기 만에 찾아온 그분을 만나지 않았을까?"

"길동아, 그것도 궁금하지만, 뭣보다도 아야코 상이 찾아와 남기고 간 예쁜 기모노 차림의 인형 말이야. 뭔가 인연의 향기가 그윽한데, 우리가 이참에 그 수수께끼나 풀어볼까?"

"좋아, 날 잡아 일본 가서 아버지의 흔적을 더듬어 보자."

**

진달래와 벚꽃이 온 산야를 화사하게 단장한 어느 봄날, 쌍둥이 형제가 향한 곳은 아야코 상이 산다는 일본 오사카(大阪)였다.

길동과 금동은 아침 일찍 큼직한 캐리어를 하나씩 끌고 서울역으로 갔다. 잠깐 졸다 보니 KTX 열차는 어느새 부산에 도착했다.

그들은 홍길동이 해상왕국(율도국)을 꿈꾸며 오키나와로 떠났던 심정으로 배를 타고 대마도(對馬島)로 향했다.

이곳은 부산항에서 49.5km밖에 떨어져 있지 않아 부산에서 맑은 날 맨눈으로 볼 수 있는 섬이다. 국제여객선 터미널에서 오륙도 갈매기의 환송을 받으며 대한해협의 푸른 물살을 가르고 1시간 50분 만에 이즈하라 항구에 도착했다.

대마도는 옛날 신라(鷄林 계림)에 예속된 기록이 있고 세종대왕 때 (1419) 경상도의 한 고을로 편입시키기도 했던 곳이다. 그래서 여기저기에 한국인 조상들의 흔적이 남아 있고 한국적인 정서와 풍습이 아직도 남아 있다. 이곳 항구의 갈매기도 부산 갈매기와 똑같았다.

쓰시마 공항에서 비행기가 이륙한 지 1시간 남짓 지나서 오사카의 관문인 간사이 국제공항에 도착했다. 그들은 공항에 있는 관광안내소를 찾아 시내 관광 안내 지도를 구한 뒤, 맨 먼저 오사카의 요도우라(淀浦) 항구로 향했다.

해안가를 따라 거대한 조선소가 보였다. 대길이 노역했던 군수 공장이라고 하기에는 너무 현대화된 시설이었다. 해안가를 따라 멀리 보이는 산등성이에는 허름한 판자촌이 있었다. 이곳이 조선인 노역자들 가운데 뱃삯이 없어 귀국을 못 했던 사람들이 연명했던 곳이었다.

요도우라 항구가 한눈에 들어왔다. 항구를 떠나는 여객선의 뱃고동 소리는 예나 지금이나 갯바람에 실려 구슬프게 울려 퍼졌다.

항구의 갈매기도 수십 년 전 대길과 아야코가 눈물로 헤어질 때 함께 울어주었던 것처럼 슬피 울었다.

선착장 뱃머리에는 두 사람이 헤어지며 흘렸던 이별의 눈물이 파도에 밀려 갔다 다시 밀려오는 듯했다.

그들은 아야코의 주소는커녕 생사도 모르는 상황에서 궁금증을 토대로 상상력을 동원하여 스무고개를 넘어야만 했다.

아는 것이라고는 아버지에게 들은 이야기 정도, 단지 그분이 오사카 인근의 골프장을 여러 개 경영하고 있으며 나이는 90세가 넘었지만, 나이에 비해 건강해 보이고 귀티가 난다는 사실과 한국인을 좋아하고 한국말을 조금 한다는 것뿐이었다.

일단 발길을 시내로 향했다. 오사카는 일본 제2의 도시답게 시내가 번잡하고 화려한 첨단 도시로 발전해 있었다.

쌍둥이는 시내 중심부의 전철역에서 가까운 한 호텔에 투숙했다.

여행의 피로를 술로 씻어내고 싶었을까?

방에 들어가자마자 금동은 한국에서 가지고 간 소주와 냉장고에서 꺼내 온 아사히 맥주에 말아 순식간에 한 컵을 홀짝 마셨다. 목이 마른 길동이도 술잔을 단숨에 비웠다.

금동은 취기가 올라오자, 아버지가 무겁게 메고 다녔던 아리랑 바랑을 들여다보기 시작했다.

"길동아! 족보에 그려진 물음표가 사실일까?"

"일본 사람은 가이진(외국인)을 좋아한다고는 하더라마는 조선 사람은 조센징이라고 하면서 멸시했다잖아!"

"가이진(外人)이면 어떻고 조선인이면 어떻겠냐? 사랑하면 갖고 싶은 게 인간의 속성인데…."

"허기야, 일본 여인들은 결혼은 안 하더라도 외국인 아이를 갖고 싶어 하는 여성들도 많다고 어느 책에서 보았다."

그들은 물음표에 대한 강한 의구심을 품은 채 밀려오는 피로를 쫓지 못하고 스르르 잠이 들었다.

이튿날 아침, 여느 때보다 일찍 일어난 그들은 호텔에서 식사를 마치고 한국인들이 자주 가는 어느 빌리지 골프클럽에 도착했다. 수려한 주변 산세에 포근히 안긴 클럽 하우스에서 내려다보이는 페어웨이는 푸른 양탄자를 펼쳐 놓은 것 같았고 깔끔하게 전지된 조경수들과 조화를 이뤄 마치 한 폭의 그림 같았다.

클럽 하우스 로비에 들어서자, 단정하게 차려입은 신사 한 분이 다가와 자신이 지배인이라 소개하고 명함을 건네며 정중히 인사했다.

"어서 오세요. 클럽 지배인 가마모토입니다."

한국인이 많이 찾는 골프장이라서 지배인이 한국말을 잘했다.

"안녕하세요. 저는 한국 미래여행사 장성 사업소장 김길동입니다. 그리고 함께 온 친구는 우리 회사 김금동 이사입니다. 이번에 한국인의 오사카 골프 관광을 위한 코스 개발 목적으로 왔습니다."

"아, 반갑습니다. 잘 오셨습니다."

지배인은 기대 이상으로 친절했다.

"우리 클럽은 총 36홀 규모로 자연환경을 그대로 살린 코스입니다. 코스별로 산수경석이 잘 조화되어 있고 난이도가 적절히 배분되어 있죠. 그리고~~~."

"예, 한 폭의 동양화를 보는 것처럼 너무 아름답군요. 새들도 코스를 따라 날고 싶어 하겠네요."

금동은 골프장 경관을 극찬하면서 골프장에 대한 이런저런 얘기를 나누다가 자연스럽게 골프장 주인에 관해 질문을 했다.

"이 골프장은 별나게도 한국적 분위기가 풍기네요."

"네, 많은 분이 그렇다고들 합니다. 그래 봬도 이곳이 오사카에서는 명문 골프장입니다."

"한국 사람들이 좋아하는 스타일의 골프장 같아요."

"일본에 거주하는 한국 사람들은 물론이고 한국에서도 골프 투어 오는 손님들이 많습니다. 한국에서 1주에 3~4팀은 다녀갑니다."

"어쩐지, 사장님이 한국에 관심이 많으시더라고요."

지배인이 금동의 유도신문에 한 치의 의심도 없이 다정한 어조로 답변했다.

"전 사장님이 한국 사람에게는 별나게 친절했어요. 처녀 시절에 한동안 한국에서 살았었다고 자랑도 한 적이 있어요. 엔카 비슷한 한국 대중가요도 좋아했고요. 언젠가 사장님 모시고 라운딩했는데 한일 월드컵 때 붉은 악마들이 부르던 아리랑 노래를 흥얼거리며 페어웨이를 천천히 걸어가시더군요. 한국을 유독 좋아하셨어요."

"혹시 그 사장님 성함이 소노다 아야코(園田綾子) 상 아니에요?"

"맞는데 지난해 돌아가셨어요."

"아, 아니, 그러면 지금은 누가 운영하죠?"

"지금은 그 사장님 딸인지 언니 딸인지 애매한 관계지만, 아무튼 그분에게 물려주었어요. 전 사장님이 골프장 여러 개를 운영해 오다 이혼하면서 이 골프장만 소노다 아야코 사장님이 운영하게 되었고 지금은 현 사장님이 운영하고 있어요."

"혹시 현 사장님 성함을 알려 주실 수 있나요?"

"그야 뭐, 사장님 성함은 사사키 유미코(佐々木 由美子)입니다."

금동이가 프런트 벽에 걸린 행사 사진을 가리키며 지배인에게 물었다.

"저기 곱상하게 늙으신 분이 아야코 사장님이고 젊은 분이 사사키 사장님인가요?"

"네, 맞아요. 웃는 모습이 닮았죠?"

금동은 집요하게 파고들었다.

"아까, 친딸인지 언니 딸인지 애매한 관계라고 하셨는데 너무 닮았네요!"

"예, 서류상으로는 친딸이 아닌데 수양딸 삼은 건지 아야코 사장이 딸처럼 끔찍이 챙기셨어요. 사사키 상도 전 사장님을 오까상(어머니)이라고 불렀거든요."

"그래요. 사사키 유미코 사장님을 한번 뵙고 싶은데 가능합니까?"

"오늘은 라운딩 중이라서 곤란하고요, 내일 오전에 오시면 됩니다. 제가 사장님께 말씀드려 놓을게요."

"가마모토 상, 감사합니다. 내일 다시 뵙겠습니다."

**

어느덧 해가 지고 가로등 불빛이 어둠을 뚫고 점점 광채를 발하고 있었다. 시내를 가로질러 도도히 흐르는 요도가와(淀川) 강물이 불빛을 머금고 출렁이고 있었다. 강줄기를 따라 멀리 오사카항이 보였다. 유람선이 뱃고동을 울리며 닻을 거두자, 갈매기가 슬픈 날갯짓하며 오락가락했다. 순간 떠나가는 배를 향해 눈물 젖은 손수건을 흔드는 한 여인의 모습이 실루엣처럼 다가왔다가 등대 불빛에 묻혀버리고 말았다.

길동과 금동은 고층 빌딩이 숲을 이루고 있는 우메다의 공중정원 전망대를 찾아갔다. 빌딩에서 품어내는 오색찬란한 불빛이 쌍둥이의 마음을 뒤숭숭하게 만들었다.

그들은 전망대 커피숍에 앉아 아직도 풀지 못한 궁금증을 하나하나 풀어나갔다.

우메다 공중정원에서 본 오사카 시내

"금동아, 곰곰이 생각하면 아버지는 암담한 시절 일본에서 강제 노역하며 살기 위해 몸부림쳤던 구차한 삶이 골수에 사무쳤을 거야, 하지만 아버지는 일본에서의 아픈 추억은 언급하지 않았던 것 같아."

"맞아, 그래서 우리 역시 아버지나 분이 고모의 아픈 추억을 굳이 들추어낼 필요가 없었던 거야."

심지어 대길은 일본군에게 강제로 끌려갔던 여동생 분이가 설마 종군 위안부로 고초를 당했으리라고는 생각조차 안 했다. 아직도 이북이나 중국 어딘가에 살아 있으리라는 한 가닥 희망을 버리지 않고 이산가족 상봉 때마다 텔레비전에서 눈을 떼지 못했었다.

"그런데 다시 갈 기회를 노리며 세월을 낚았던 아버지에게 역사 속의 묵은 감정과 뼈에 사무친 아픈 기억을 되살아나게 했던 원인이 대체 뭘까?"

"당시 일본 내각의 우경화 때문에 양국 간에 불협화음이 생기면서 아버지의 과거 아픈 상처가 덧나지 않았나 싶다. 현해탄 쪽만 봐도 만정이 떨어졌겠지."

그 후 대길은 아키히토 일왕이 통석의 염(痛惜의 念)을 금할 수 없다고 했을 때 "일본 사람이 다 나쁜 게 아니라 좋은 사람이 더 많다. 이제 양국이 서로 손잡고 미래를 향해 나가면 좋을 텐데…."라고 했다.

또한 무라야마 총리가 식민 지배에 대해 사죄 담화를 발표('95. 8. 15.)하자 대길은 징용 생활의 추억을 그리워했다.

"내 다리 성성할 때 진작 좀 하지, 내가 강제 노역에 시달렸다 해도 일본이 사과하고 적절히 배상하면 너그럽게 용서하고 싶었는데 … 그나저나 내가 떠나올 때 울어주던 갈매기는 지금쯤은 황혼 녘 선창가에서 슬픈 날갯짓 하겠지. 기숙사 화단에서 가슴팍까지 자란 코스모스의 그윽한 꽃향기가 그립구나. 거기서는 늘 가냘프게 미소를 짓는 코스모스 꽃을 보며 희망을 품었는데….”

“길동아, 아야코 상이 아버지 젊었을 때 오던가 하지, 하필 아버지가 쓰러졌던 해에 왔을까?”

“아마 아야코 상도 무라야마 총리 담화 후에 설레는 마음으로 한국 방문 시기를 저울질하다가 김대중-오부치 선언(’98.10.8)이 발표되고 미래를 향한 새 한일 관계에 훈풍이 불자 희망을 품고 왔을 거야.”

“혹시 아버지가 쓰러졌다는 소식을 알고, 서둘러 오지 않았을까?”

“그야 모르지, 첫사랑이 그리워서 다시 찾았겠지”

“그리움도 그리움이지만, 약속을 어긴 무책임한 사람을 용서하기가 쉽지 않았을 텐데.”

“그것은 필시 첫사랑 인연의 생명력 때문일 거야! 그만큼 사랑했기에 용서도 할 수 있었고 다시 찾아올 용기가 생겼던 것 같아.”

“아마도 아야코 상은 아버지가 약속을 지키지 못한 이유를 충분히 알고 있었음이 분명해. 그래서 아버지의 아픈 상처를 쓰다듬으며 오히려 용서를 구하려 했던 것 아닐까?”

금동은 솔직하고 용기가 있는 아야코 상을 동정했다.

“맞다. 그분이 우리 집에 와서 엄마에게 ‘모든 일본인을 대신해서 사과하고 용서를 구하고 싶어서 찾아왔어요’라고 했던 말에 엄마의 오해가 풀린 것 같더라.”

길동 역시 진실 앞에서 겸허하게 용서를 구했던 아야코 상을 너그러이 포용하고자 했다.

“어쩌면 그 마음이야말로 극우파를 제외한 선량한 일본 국민의 공통된 마음일 거야”

쌍둥이 형제는 아야코 상에 대한 궁금증은 풀었지만, 아버지가 왜 그렇게 처신했는지 몹시 궁금했다.

"금동아, 아버지는 평소 현해탄 건널 때 울어주던 갈매기도 그리워했으면서, 왜 멀리 한국까지 찾아온 아야코 상을 외면했을까?"

"중풍 치료 차 출타 중이라는 것은 괜한 핑계 같더라. 뭔가 떳떳하지 못해서 차마 그녀를 볼 면목이 없었는지도 모르지. 터무니없는 상상이지만, 일본에서 아야코 상에게 신세라도 진 게 있을까? 돈을 빌려 쓰고 안 갚았다든지… 에이 모르겠다."

금동은 두 분간의 만남이 불발된 것은 뭔가 다른 이유가 있을 거로 의심하는 듯했다.

"참, 아버지가 쓰러지기 몇 달 전 어느 강제 노역 피해자 단체로부터 연락받고 전범 기업을 상대로 집단 손해배상청구소송에 참여했다고 하던데 그 영향도 있었던 것 같아."

길동은 배상 문제도 두 분의 만남에 걸림돌이 되었을 것으로 생각하는 듯했다.

"아버지가 주머닛돈, 쌈짓돈까지 털어 추진 단체에 내놓고 잔뜩 기대하고 있었지만, 사기당했는지도 모르고, 요원한 일이었어."

금동은 뭔가 아버지의 애정관에 불만을 품은 듯했다.

"피해 당사자들이 모두 죽기만을 기다리는 것 같아 안타깝다."

"그러니까 공과 사는 구분했으면 좋았을 텐데…. 국경과 인종을 초월한 첫사랑의 순수성은 빛을 잃고 말았지. 이미 지난 일이지만, 아버지가 그녀를 한 번 더 포용했더라면 저승길 발걸음이 훨씬 가벼웠을 거야. 결과적으로 아버지의 아량은 아야코 상의 그것보다 한 수 아래였다고 생각해."

금동은 이유 여하를 막론하고 50여 년 만에 찾아온 첫사랑을 외면한 아버지의 매정함을 지적했다.

길동은 금동의 아리랑 바랑을 들여다보면서 마무리를 지었다.

"금동아, 그래서 니가 첫사랑 연화를 평생 가슴에 품고 살았구나! 운명적인 인연은 따로 있나 봐, 아버지도 언젠가는 아야코 상을 반드시 만나게 될 거야."

**

다음 날 아침, 그들은 식사를 마치자마자 서둘러 사사키 사장이 있는 골프클럽으로 향했다.

클럽하우스 로비에 도착하니 가마모토 지배인이 기다리고 있었다. 단정한 복장에 근육질의 호리호리한 체격은 최소한 싱글 이상의 골퍼처럼 느껴졌다. 그의 상냥하고 친절한 응대는 프로급이었다.

"곤니찌와(안녕하세요), 가네다 상."

"가마모토 상, 다시 만나서 반갑습니다."

인사를 나누고 그를 따라 사장실로 가는 동안 길동이가 지배인에게 질문을 했다.

"사사키 사장님도 연세가 상당히 많으시겠네요?"

"1946년생이라고 들었는데 아직은 정정하십니다. 골프도 잘 치시고요."

"그렇다면 해방되고 그 이듬해 아닌가? 아야코 상이 아버지를 몇 년간 기다리다 결혼했다고 했다는데…."

가슴이 철렁했던 길동이 멍하니 그녀를 바라보다가 금동에게 귓속말로 속삭였다.

"그래서 기모노 차림의 예쁜 인형 한 개를 남겨두고 갔을까?

그런데 그분은 왜 엄마에게 아들만 둘 낳아 잘살고 있다고 했을까?"

금동이 고개를 갸우뚱하더니 속삭이듯 말했다.

그들은 사사키 사장을 향해 다가갔다. 골프복 차림을 한 그녀의 모습은 건강미가 풍겼다. 어디서 본 듯한 인상, 특히 우뚝 선 콧날에 가느다랗게 쌍꺼풀진 눈이 호감을 느끼게 했다.

쌍둥이 형제의 호기 어린 눈빛이 그녀의 눈과 마주치자, 그녀의 눈에서는 뭔가를 갈망하거나 원망할 때 나타나는 특별한 광채를 발산하기 시작했다.

"어서 오세요. 멀리 한국에서 오시느라 수고 많으셨습니다. 미래여행사에서 오셨다고 지배인으로부터 소개 잘 받았습니다. 저는 이 클럽 사사키 유미코 사장입니다."

사사키 사장도 한국말이 유창했다.

"안녕하세요. 사사키 사장님, 저희는 오사카에 골프 관광코스를 개발하러 왔습니다."

"우리 클럽 참 멋지죠?"

"예, 경관이 수려하고 편의시설이 훌륭하군요."

"지배인이 잘 안내했겠지만, 특별히 궁금하신 것 있으세요?"

"제가 이곳에 맨 먼저 들린 이유가 한국인이 많이 찾는 곳이고, 아야코 전 사장님께서 오사카 오면 꼭 들르라고 하셨거든요."

사사키 사장은 잠시 움찔하더니 놀라는 표정을 감추며 물었다.

"어떻게 아야코 사장님을 알게 되었죠?"

금동이가 얼른 끼어들어 답변했다.

"사장님께서 오래전에 한국을 다녀가신 적이 있는데 그때 제가 안내해 드렸어요. 한국을 무척 좋아하시더군요. 큰맘 먹고 찾아왔는데 너무 늦게 왔나 봐요."

"아, 그래요! 정말 안타깝네요. 좀 더 일찍 오셨더라면 아야코 사장님이 반가워하셨을 텐데…."

"벽에 걸린 사진을 보니 사사키 사장님이 전 사장님과 닮았네요. 두 분 다 미인이시군요."

사사키 사장은 처음과는 달리 표정이 누그러진 것 같았다.

"피는 못 속이나 봐요."

"아니! 아야코 사장님의 조카라고 들었는데, 혹시 제가 잘못 들었나요?"

"제대로 들으셨어요. 사실 오십 년 동안 친엄마를 이모로 알고 살았어요."

"그렇다면 어떻게 친어머니를 찾게 되었나요?"

"설명하자면 깁니다. 황혼 이혼을 하고 홀로 사셨던 아야코 사장님이 어느 날 저를 보자고 해서 갔더니 신상 고백을 하더군요."

사사키 사장은 그때 주고받은 얘기를 그대로 전해주었다.

"유미코, 이모가 너에게 염치없는 첫사랑 고백을 해야겠구나."

"뭔데요, 이모?"

"내가 조선에 있을 때, 네 외할아버지 사무소에서 일하던 가네다라는 청년과 눈이 맞아 첫사랑에 빠졌었다. 그런데 어느 날 갑자기 누군가 우리 사랑을 훼방 놓고 말았지. 그땐 태평양 전쟁이 확전 되면서 인력과 물자가 엄청나게 소요되어 무리한 인력 동원이 필요했던 때이긴 했어."

"그래서요. 그분하고 헤어진 거예요?"

그이가 다행히 오사카 조선소로 오게 되어 내가 뒤따라와 어렵사리 다시 만나서 미래를 함께하기로 약속했지"

"정말로 좋아했나 보네요. 순애보가 따로 없군요."

"그야말로 모든 걸 초월한 순수한 사랑 그 자체였어."

"그 후 어떻게 되었어요?"

"틈만 나면 만나고 서로 힘과 용기를 불어넣어 주고 오사카의 미래를 꿈꾸며 사귀었지. 패전 후에는 그이와 같이 기숙사에서 살다시피 했어."

"그런데 왜 결혼을 안 했나요?"

"어떻게 우리의 둥지를 틀지 궁리하던 중에 그이가 조선소에서 불의의 사고로 돌아가신 거야. 그땐 이미 내 몸에 그 사람 씨가 자라고 있었던 거야."

"그 아이는 불행하게도 아버지 없는 고아가 되었겠네요."

"자식 없는 집에서 데려가 키웠으니, 부모가 생긴 거지."

"그래서 지금은 찾아옵니까?"

"음~ 유미코, 만약 너라면 그런 부모를 찾고 싶겠니?"

"쉽게 마음이 열리지는 않겠죠."

이 말끝에 아야코가 갑자기 울음을 터트리더니 눈물을 흘리며 수십 년간 참고 참아왔던 고백을 했다.

"유미코, 내가 너의 엄마다. 부디 이 이모를 용서해 다오. 난 그동안 너를 이모로서만 바라보았을 뿐 차마 엄마라고 말 할 수 없었다. 미안하다. 너를 키워 준 엄마에게는 이 사실을 비밀로 해다오."

사사키 사장은 이 대목에서 눈물보를 터트리며 더는 말을 잇지 못했다.

"역시 피는 물보다 진하군요. 엄마가 외로우셨는지 핏줄을 챙기셨나 보네요. 아야코 사장님이 사춘기를 조선에서 보내며 첫사랑 추억을 못 잊어 한국을 좋아하셨던 것 같아요."

"맞아요. 어머니가 한국을 못 잊고 그리워했어요. 아리랑 노래나 한국 가수가 부른 엔카도 좋아하셨고 잘 부르셨어요."

"아하, 그래서 사장님이 한국 말을 잘 하시는 군요."

"외할아버지와 어머니 덕분이죠. 저도 한국에 관심 많아요."

"그 무렵 어머니가 특별히 잘 부르신 노래가 있나요?"

"'돌아와요 오사카로'라는 노래인데 하도 자주 불러서 저도 가사를 기억합니다. 대충 읊어볼게요.

사쿠라 피는 오사카에 봄은 왔건만
눈물비가 그때처럼 하염없이 내리네!
따뜻한 당신 가슴에 얼굴을 묻고
다시 한번 사랑에 젖어보고 싶어라
돌아와요 오사카로 그리운 내 사랑아
보고 싶어 가고 싶어 당신 곁으로
당신 떠난 항구엔, 뱃고동만 슬피 우네!
뱃머리 사요 나라 젖은 손수건
갈매기야 전해다오 변함없는 이 마음을
돌아와요 오사카로 보고 싶은 내 사랑아"

"가사가 의미심장하군요."

"어머니는 그 노래를 부를 때 가끔 눈물을 훔치곤 했어요."

사사키 사장은 가사를 읊는 동안 돌아가신 어머니 생각에 두 눈이 촉촉해졌다.

아야코는 대길을 신고 부산항으로 떠났던 귀국선을 두고두고 잊지 못했다. 그녀는 요도우라 항구에서 대길과 헤어질 때 했던 약속이 이루어지기만을 손꼽아 기다리며, '돌아와요 오사카로'라는 노래를 부르며 그리움을 달랬음이 틀림없다.

사사키 사장은 복받치는 울음을 참으며 잠시 목이 잠긴 듯했다. 잠시 후 물 한 모금 마시고 말을 이어 나갔다.

"그래서인지 어머니가 이혼 후 2년도 안 돼서 한국 여행을 다녀오셨어요. 그런데 여행 후 시름시름 아프셨지만, 두통, 현기증, 불면증, 화병, 우울증 어떤 병인지도 판명이 안 되었어요."

"혹시 마음의 병 아니었을까요?"

"한국에 다녀온 뒤 마음고생이 심했던 것 같아요."

"한국에 오셨을 땐 아주 건강해 보이던데요?"

"예, 그 후에도 10년 동안은 저랑 골프도 잘 치셨고 아주 건강하셨어요. 그러던 어느 날 어머니가 갑자기 입원하게 되었는데 그 후로 기력이 점점 쇠약해지면서 병원 출입이 잦았어요."

"뭔가 말 못 할 고민거리가 있었나 보네요."

"하루는 어머니 병문안을 갔는데 엄마가 심각한 표정으로 뭔가 결심이라도 한 듯 저에게 청천벽력 같은 인생 고백을 하셨어요."

"예! 무슨 고백을 하셨길래?"

길동이 깜짝 놀란 표정을 지으며 귀를 쫑긋 세우자, 사사키 사장은 엄마와 주고받은 얘기를 그대로 전달했다.

"아야코, 이젠 말해도 될지 모르겠군. 그동안 너에게 거짓말을 했던 이 엄마를 용서해라."

"엄마 뭔데 그렇게 심각한 표정이예요?"

"내 딸, 미안하다. 아야코야 네 친아버지는 한국에 살아 계신다."

"아니 태평양 전쟁 때 노역하다가 사고로 돌아가셨다고 했잖아요!"

"그래, 내 생각이 짧았다. 그때 왜 그랬는지는 다음에 얘기하자."

쌍둥이 형제는 아야코 상이 딸의 존재를 아버지에게는 왜 알리지 않았을까 의아해하는 표정이었다.

그렇다면 아야코 사장은 한국을 다녀와 대길에게 편지를 보낸 뒤 10년 동안이나 그가 찾아오기만을 기다리며 딸에게는 아버지의 생존 사실을 숨기고 있었던 모양이다. 그 무거운 아리랑 바랑을 가슴에 품고 평생을 살아오면서 얼마나 많은 마음고생을 했을까!

"혹시 그 후 아버지란 분을 찾아보셨나요?"

"그러기에는 너무 늦었다는 생각이 들었어요. 태어나서 한 번도 본 적이 없는 분을 찾아서 무엇 하나 싶고 전혀 실감이 나지 않더군요. 오히려 출생의 비밀에 대한 두려움과 무책임한 아버지에 대한 증오심만 생기더군요."

"마음의 상처가 크셨겠네요."

"저는 긴 세월 동안 속고 살아서 무덤덤했지만, 엄마는 평생 아라리를 앓았던 것 같아요. 그동안 엄마는 기회 있을 때마다 저를 이해시키려고 노력했어요. 어느 날 엄마가 이렇게 말씀하셨어요."

"어떻게요?" 하며 길동은 다시 귀를 가까이 했다.

"아야코, 모든 게 피치 못할 운명이었다. 네 아버지도 소용돌이쳤던 과거사의 피해자인 셈이지. 나와 사귀고 있던 그가 갑자기 강제

징용을 오게 된 것부터가 석연치 않았어. 사실 내가 조선에 있었을 때 엄마 아버지는 나에게 몇차례 그를 만나는 것을 경계했거든. 특히 아버지는 부하 직원으로 데리고 있던 그가 징용으로 끌려가는데도 전혀 도와주지 않고 당연시했던 거야. 그 사람도 네 외할아버지의 매정함에 실망했을 거야.

그렇다 하더라도 일본에 온 그이가 조선으로 돌아가지만 안 했어도 이런 비극은 없었을 거야. 엄마는 그이를 애타게 기다렸고, 그이도 처음엔 돌아오려고 노력했지만, 양국 간 수교도 안 된 당시로서는 불가능한 일이었어…."

그녀는 어머니를 회상하며 눈시울을 붉히더니 더는 말을 잇지 못했다.

"참말로 마음이 코스모스 꽃잎처럼 맑고 순수하신 분이네요."

금동이 아야코의 순결하고 순수한 마음에 감동한 듯했다.

"아야코(綾子) 상 이름 그대로 마음이 비단 같이 고운 분이군요."

길동이 아야코 이름에서 비단 능(綾)자를 지칭한 것이다.

"천성이 고우신 분이에요. 사실 저는 처음엔 충격을 받아 무책임한 엄마 아버지를 원망도 했어요. 하지만 나를 낳아준 엄마로 받아들인 뒤에는 엄마 마음을 이해하게 되었어요. 심경이 정리되면 언젠가는 아버지를 찾아보려고 마음먹고 있었는데… 처음부터 아버지가 살아 계신다고만 했어도 찾아뵈었을 겁니다."

사사키 사장이 말하는 동안 고개만 주억거리던 금동이 말했다.

"어머니가 출생과 성장의 비밀을 너무 오래 가슴에 묻어두고 계셨군요."

"네, 엄마가 평생을 가슴에 품고 있다가 돌아가시기 전 어느 날 유언장같이 빼곡히 쓴 서신을 주시더군요."

사사키 사장은 책상 위에 두고 생각날 때마다 읽어보곤 했던 어머니의 서신을 꺼내 읽어주었다.

"유미코, 엄마가 미안하다. 평생 너는 엄마의 가장 아픈 손가락이었다. 나는 너를 볼 때마다 가슴이 미어지는 아픔을 참고 너의 행복 조력자로서 이모 역할만 했었다. 너의 행복이 곧 이 엄마의 행복이었기 때문이지.

내가 너를 잉태한 것은 이 엄마의 욕심 때문이었다. 엄마가 한국에서부터 가네다 상을 너무 사랑했기에 너를 갖고 싶었던 거야. 그때는 그이가 곧 돌아오리라고 굳게 믿었지. 네 아버지가 돌아오면 너를 키우며 잘살아 보겠다고 마음먹고 기다렸던 거야.

그런데 어느 날 갑자기 자식이 없었던 언니가 나를 위한답시고 너를 데려가 호적에 친딸로 올리고 엄마 역할을 한 거야. 결과적으로 나에게 더 무거운 굴레가 씌워진 꼴이 되고 말았지. 그 비밀 때문에 너와 나의 거리는 평행선을 유지하고 있었고 나는 남몰래 울어야만 했었다."

"가슴 아픈 사연이네요. 저도 눈물이 나네요. 물 한 잔 드시고 천천히 들려주세요."

사사키 사장이 눈물을 닦고 목을 축인 뒤 이어서 읽어 내려갔다.

"지난날 난 너를 볼 때마다 '너는 내 딸이다.'라고 말하고 너의 아버지를 찾아주고 싶은 충동이 수없이 일었지만 참았다. 이미 굳어진 행복의 틀을 깨면서 모두에게 충격을 안겨줄 수 없었기 때문이었지.

내가 좀 더 일찍 한국을 방문했어야 했는데 너무 늦었던 거야.

유미코, 네 친아버지가 지난해 돌아가셨다.

너를 세상에 태어나게 한 분을 부디 원망하지 마라. 사실 너를 낳은 후 아버지란 분이 돌아오기만을 기다리다가 지금까지도 너의 존재를 알리지 못했다.

한국에 갔을 때 고백하려 했는데 만나지 못하고 돌아오면서 네가 어릴 적 아끼던 기모노 차림의 인형만 남겨두고 왔단다.

원망하려거든 너를 낳아 놓고 길러주지 못한 이 엄마를 원망해라. 하지만 엄마가 못 잊어 했던 첫사랑이 너의 친아버지였다는 것만은 알아 두어라. 그리고 무정한 아버지가 있었다고만 생각하고 잊어다오.

대신 너를 평생 키워준 부모님께는 어떤 내색도 하지 말고 처음처럼 끝까지 잘 모셔라."

서신을 읽는 동안 사사키 사장은 손수건이 흥건히 적시도록 눈물을 흘렸다.

"그때도 제가 서신을 읽으며 울었어요. 저를 보고 있던 엄마는 저보다 더 슬피 울더군요. 그리고 엄마가 미안하다고 사과하며 제 손을 꽉 잡았어요."

아야코는 대길이 세상을 떠난 후까지도 대길을 가슴에 품은 채 그

의 안부를 간접적으로 확인했음이 틀림없었다.

분위기가 숙연해지자 길동이 고인 눈물을 손 등으로 훔쳐내며 울컥한 목소리로 말을 했다.

"가슴속에 싸안고 있던 첫사랑의 상처에 평생 진물이 흐르고 있었을 텐데 어머니께서 아픔을 참고 견뎌내셨군요. 막상 떠날 때가 되니 무거운 짐 보따리를 내려놓고 싶었나 보네요"

금동이도 안타까운 표정으로 이미 세상을 떠나버린 아야코 사장을 동정하듯 말했다.

"어머니께서 마지막까지 첫사랑을 잊지 못하셨군요. 못다 한 사랑 때문에 생긴 가슴속 옹이는 쉽게 지워지지 않을 거예요. 평생 첫사랑 아라리를 앓았던 어머니의 응어리를 풀어드리려면 사장님께서 어머니를 너그럽게 용서해 주세요."

그 말을 듣고 있던 사사키 사장의 눈이 다시 촉촉이 젖어가고 있었다. 이윽고 눈물방울이 눈꼬리를 타고 스르르 흘러내렸다.

"참, 슬프네요. 아무리 미워도 낳아 준 부모인데 살아 계셨더라면 …."

"저에게는 충분히 생각할 여유가 없었어요. 엄마가 차라리 끝까지 입을 다물어 버리시든지 말할 거면 좀 더 일찍 알려 주셨더라면 하는 아쉬움이 남아요."

사사키 사장은 아쉬운 표정을 지으며 자기 책상 서랍에서 오래된 편지 한 통을 꺼내 왔다.

"저는 이 편지 보고 너무 많이 울었어요. 조금만 일찍 이 편지를 보았더라면 아버지를 꼭 찾았을 거예요."

"언제 발견하신 거죠?"

"어머니 돌아가신 뒤 유품을 정리하다가 찾아낸 겁니다."

길동은 얼른 그 편지를 받아 펼치고는 읽어 내려갔다.

날짜로 봐서 대길이 아야코와 헤어지고 몇 달이 지난 뒤 그녀에게 보냈던 편지였다. 누렇게 변한 세월의 흔적과 더불어 찌든 손때 위에 눈물이 얼룩져 있었다.

사랑하는 소노다 아야코 상!

그대가 잡았던 따뜻한 손을 뿌리치고 냉정하게 돌아선 내 마음은 찢어질 듯 아팠답니다.

"가지 마세요! 꼭 돌아와요, 오사카로!"라고 애원했던 당신의 몸부림이 눈앞에 어른거려 그만 뱃머리에 주저앉고 말았어요. 그날따라 현해탄 갈매기는 유난히도 슬피 울어 주더군요. 고국 땅에 온 지도 벌써 수개월이 흘러갔네요.

당신과 약속한 대로 금방 당신 곁으로 돌아가려고 여기 저기 알아보고 노력하고 있지만, 이곳 사정이 여의찮네요. 그곳도 전(戰)후 수습에 어수선하겠죠.

아야코!

우리는 인연의 언덕에서 헤어졌다가 숙명처럼 다시 만났잖아요. 미움을 사랑으로 감싸고 코스모스 꽃처럼 변함없이 한 쪽만 바라보는 당신이야말로 참된 사랑이었소. 그때처럼 가슴에 묻어둔 추억의 조각들을 되새기면서 참고 기다려 주세요. 당신을 향한 저의 마음은 늘 당신 곁에 가 있어요. 해후의 그날을 고대하면서 말입니다. 우리가 다시 만나는 날, 함께 손잡고 아리랑 노래를 다시 불러봅시다.

저는 밤이면 밤마다 당신의 포근한 마음의 이불 속에서 사랑을 속삭이는 꿈을 꾸고 있소. 당신은 내 생명의 은인이었다오. 아무리 생각해봐도, 당신을 만나지 못했더라면 살아 돌아오지 못했을 거예요. 아마도 나는 힘든 노역에 못 견디고 삶의 의욕을 잃은 채 저항하고 절규하다 결국 쓰러졌을 겁니다.

옥상! 영원히 당신을 잊을 수 없어요.

그대만의 포근한 미소, 오감을 자극하는 사랑스러운 포옹, 넓고 깊은 마음. 어느새 우린 순수하고 온전한 사랑의 포로가 되었지요.

당신과 함께한 순간순간이 눈앞에 어른거리네요.

아무도 모르게 어둠 속에 스며오는 사랑의 향기에 취해 밤마다 눈물 젖은 베개를 안고 스르르 잠을 청하곤 하지요.

오늘 밤은 살며시 당신의 불 꺼진 창문을 두드리려고 해요.

부디 건강하게 다시 만날 그날까지 안녕.

1946년 3월

당신을 사랑하는 金田 大吉(가네다 다이키치) 拜

길동이가 편지를 읽어 내려가는 동안 그녀는 눈물을 훌쩍였다.

금동은 아버지가 고리짝 속에 꼭꼭 숨겨 둔 쇼와(昭和) 시대에 발행된 일본 구화폐 묶음을 떠올리며 이제야 알았다는 듯 고개를 주억거리고 있었다.

"아하, 아버지가 일본으로 돌아갈 때 쓰려고 아끼다가 결국 못 쓰고 말았구나! 이를 볼 때마다 얼마나 억장이 무너져 내렸을까!"

아야코 상이 선착장에서 꼭 돌아오라고 애원하며 눈물 젖은 손수건에 둘둘 말아 대길의 주머니에 넣어 주었던 것도 돈이 아니었을까?

편지를 읽는 동안 울컥했던 길동은 태연한 듯 말문을 열었다.

"두 분의 사랑이 정말 끈끈했었나 봐요."

사사키 사장도 축축하게 젖은 마음을 진정시키며 대답했다.

"그래서 어머니가 평생 아버지를 잊지 못하고 속울음을 삼키며 이 편지를 가슴에 품고 있었던 것 같아요. 돌이켜 보면 어머니는 결혼 후에도 추억 속의 첫사랑 그림자를 쫓아다녔던 것 같아요. 저 때문이었겠죠. 엄마가 이 편지를 받았을 땐 저는 엄마 배 속에서 자라고 있었어요."

사사키 사장이 참았던 눈물보를 터트리며 울음을 삼키고 있었다.

"참 슬퍼지네요. 두 분이 하늘나라에서 다시 만나 못다 한 사랑 나누었으면 좋겠네요."

"저 역시 기도하고 있답니다. 제가 없었더라면 어머니가 눈물을 흘리지 않았을 거예요."

"그래서 사랑은 눈물의 씨앗이라고 하는가 봐요. 이젠 눈물이 사랑의 씨앗이 되어 다시 새싹이 돋아나지 않을까요?"

쌍둥이 형제는 핑 도는 눈물을 억지로 참으며 더는 묻지 않고 오히려 경직된 안면 근육을 누그러뜨렸다.

"한국에 오시면 꼭 연락하세요. 그분이 잠들어 계신 곳으로 안내해 드릴게요."

"고마워요. 마음이 정리되는 대로 꼭 다녀오고 싶군요."

"그리고 참, 골프투어 모집이 되는 대로 저희가 직접 안내해서 찾아 뵙겠습니다."

"그러시면 더욱 좋지요. 오시거든 저랑 라운딩도 하면서 못다 한 얘기 나눠요. 다음에 꼭 연락하세요."

"네, 감사합니다. 안녕히 계세요."

"사요 나라(안녕)~~~."

대화를 주고받는 사이 쌍둥이 형제와 사사키 사장은 이유 있는 끌림 때문인지 헤어지기 아쉬워하는 표정이었다.

사사키 사장은 클럽 하우스 문 앞까지 따라 나오며 잘 가라고 인사를 한 뒤에도 쌍둥이 형제가 탄 차가 자취를 감출 때까지 쓸쓸히 바라보며 손을 흔들고 있었다.

길동과 금동은 택시 안에서 창밖으로 손을 내밀어 화답했다. 차가 클럽의 정문을 통과하자 두 눈을 지그시 감고 아야코 상의 인생에서 풍기는 진한 코스모스 꽃향기에 취해버린 길동이 한마디 했다.

"차마 말 못 할 진실을 바랑에 담아 평생을 묻어두고 살다가 무덤까지 짊어지고 간 아야코 상 인생에서 그윽한 향기가 풍기는구나!"

길동의 말이 끝나자, 금동은 축축해진 눈꼬리와 알싸한 코끝을 손수건으로 닦아내며 한 걸음 더 나아가 보다 적극적인 평가를 했다.

"코스모스 꽃처럼 순결하고 한 쪽만 바라보는 사랑의 믿음으로 견뎌냈겠지. 알면서도 모르는 체 가슴속 깊이 묻어두고 산 세월이 너무 길었어. 참으로 위대한 침묵이 아닐 수 없군!"

길동이 마무리를 지었다.

"한마디로 두 분은 평생 말 못 할 사연을 담은 바랑을 가슴에 품은 채 첫사랑 아라리를 앓았어. 그 긴 세월 동안 하고 싶은 말도 못 하고 마음고생만 하면서 사랑을 해왔던 거야. 그래서 아버지가 비망록에 남긴 시에 '사랑이 있는 고생이 행복이더라.'라고 했나 봐.

현명한 자만이 모두의 행복을 위해서 묻어 두고 싶은 비밀을 끝까지 지킬 수 있다고 하더라. 그래서 아버지가 '보따리는 싸안아야 맛'이라고 했었지."

4

　다음 날 아침, 쌍둥이 형제는 서둘러서 짐을 챙겨 일본 열도 서쪽 끝에 위치한 나가사키(長崎)로 향했다.

　그곳은 16세기 조선을 침략해 노략질을 일삼았던 왜구들의 거점, 태평양 전쟁 때 군수기지 창 역할을 했던 곳, 미군이 투하한 4.5톤 규모의 둥근 원자폭탄 한 방에 폐허가 된 도시 아닌가!

　조선인 피폭자가 2만 명에 이를 정도로 엄청난 피해를 보았던 곳이다.

　길동은 문득 피폭자 가운데 친구 대발이 큰아버지가 생각났다.

　언젠가 피부가 일그러지고 탈색된 피폭의 흔적을 지우지 못하고 마지막으로 고향을 다녀갔던 그분의 모습이 생생하게 떠올랐다.

　그는 징용으로 끌려가 미쓰비시 조선소에서 고생하다가 원폭 구조활동에 동원되어 2차 방사성 물질 피해를 보았다. 그래서 해방 후 귀국도 못하고 평생을 그곳 병원에서 치료받으며 연명하다 결국 운명하고 말았다.

　그들은 친구 큰아버지의 명복을 빌기 위해 나가사키 조선소로 갔다.

　조선소에 도착하자 여기저기 크레인이 우후죽순처럼 솟아 있고 초대형 유람선을 비롯해 크고 작은 선박들이 건조되느라 여기저기서 크레인 소음과 용접 불꽃이 번득였다.

　전범 기업의 흔적인 골리앗 크레인이 위용을 과시했다. 이것은 수십 년의 세월을 견디며 지난 영욕의 세월을 회상하듯 역사의 산 증거물로 남아있었다. 태평양 전쟁 시 침몰하지 않은 전함으로 알려진 무사시호를 비롯해 수많은 전함을 건조했던 그 크레인이었다.

마치 크레인에 매달린 도르래를 타고 길게 늘어진 쇠줄에서 조선인 노역자들의 피와 땀방울이 흘러내리는 것 같았다.

이곳에서만 150명의 조선 청년이 징용으로 끌려와 피눈물을 흘렸었다. 크레인은 틀림없이 그 눈물을 보았을 터이지만 알면서도 모르는 체 아무런 말이 없었다.

**

그들은 다시 발길을 돌려 아버지의 친구 오동 아저씨가 죽을 고비를 몇 번이나 넘겼다는 군함도(하시마섬) 탄광으로 향했다.

나가사키 항구에는 유네스코 세계문화유산으로 등재된 이 섬을 찾는 관광객의 발길이 끊이지 않았다. 그들이 탄 배는 푸른 파도를 가르며 40여 분 달렸다. 멀리 군함처럼 생긴 섬 하나가 보였다. 축구장 두 개 면적의 인공 섬이다.

섬에 도착해 좁은 입구를 지나 미로처럼 복잡한 통로를 따라갔다. 골목길 틈새마다 검은 석탄가루가 눌어붙어 있고, 높은 곳에 자리 잡고 있는 노동자들의 숙소는 건물 뼈대만 앙상하게 남아 마치 강제 노역자들의 슬픔을 대변해 주고 있었다.

푸른 파도가 방파제에 부딪혀 산산이 부서지자, 그 위로 갈매기가 오락가락하면서 슬피 울었다. 마치 이곳에서 탈출하다 파도에 떠내려간 징용공들의 영혼을 달래주는 듯했다.

뒤따라오는 관광객 중에 한국에서 온 사람들이 있었다.

"이렇게 고립된 섬에서 아버지가 그 고생을 다 하며 사투를 벌이셨다니…."

그들 중 한 사람이 안타까운 심정을 토로했다.

재빠르게 눈치챈 길동은 동병상련의 아픔으로 그 사람에게 위로의 말을 건넸다.

"그 먼 곳에서 이곳까지 오시는 동안 마음이 아프셨겠네요."

"열불이 나지요. 아버지 생각도 나고, 그 양반이 끌려가 강제 노역을 했던 곳이 이곳이거든요."

"아, 그런데 아버지는 어떻게 이곳까지 끌려오시게 됐죠?"

"아버지 말로는 영장 같은 출동 명령 통지서가 나와서 어디로 가는 줄도 모르고 이 섬까지 끌려왔대요. 돈 많이 벌게 해준다고 속여 이곳 탄광으로 보내 지하 800미터 갱도를 드나들며 죽을 고비를 여러 차례 넘겼다고 하더군요."

"태평양전쟁이 본격화하면서 동원 수법이 악랄해진 것 같네요."

"나가사키에만 수천 명의 조선인이 강제로 끌려와 노역하다가 목숨을 잃은 사람도 많았다고 합디다. 아버지 친구 중에도 그런 분이 있고요."

"참 안됐군요. 저의 아버지와 함께 징용공으로 끌려갔던 친구분도 하시마 탄광으로 끌려가 죽을 고비를 많이 넘겼다고 들었습니다. 이곳 탄광에만 800여 명의 조선인이 강제 노역에 시달리다 막장이 무너져 죽은 사람도 많고, 가혹한 노동에 견디지 못해 도망치다 붙잡혀 맞아 죽거나, 배수구를 통해 섬에서 탈출하다 익사했던 사람도 많답니다. 목숨을 잃었던 사람이 얼추 120명에 달한다고 합디다."

"바닷물에 휩쓸려 간 시체는 아직도 태평양 바다를 헤매고 있을 텐데…."

잠시 말을 잇지 못하고 한숨을 내쉬는 동안 금동이가 울분을 참지 못하고 끼어들었다.

"저기 보세요. 그분들의 원혼이 갈매기 등을 타고 울고 가는 것 같네요."

"그런데 선생님들께서는 얼굴이 많이 닮은 것 같은데, 무슨 연유로 이곳에 오셨죠?"

"예리하시군요. 쌍둥이입니다. 저희도 한이 많습니다. 아버지가 미쓰비시 조선소로 끌려가 강제 노역에 시달렸고 해방되기 전(前)해 저희 고모는 포목 행상 나갔다가 근로정신대로 끌려가 아직도 소식이 없습니다."

금동은 터져 나오는 분통을 참으며 그동안 전혀 발설하지 않았던 집안의 아픈 속내를 드러내고 말았다.

그 사람들과 함께 온 일행 중 여수에서 온 한 중년 아주머니가 금동의 말을 듣더니 안타까운 심정에서 동정의 표시로 혀를 찼다. 그녀는 두 눈을 부릅뜨고 상기된 표정으로 위로의 말을 건네며 울분을 토했다.

"시상에나, 얼매나 속이 애리요! 어디엔가 살아 계셨으면 좋겠소마는… 근디 종군 위안부로 끌려갔던 할머니들 증언 들어본 게 그놈들이 어린 소녀들을 잡아가 짐승만도 못 헌 짓거리를 했습디다. 이국땅에 끌고 가서 밤낮없이 성 노예처럼 부려 먹다가 말 안 듣고 저항하면 머리카락 자르고 때려죽이기도 했다고 안 합디까. 그 당시 위안부들의 모습이 담긴 사진을 본 게 눈 뜨고는 못 보겠습디다.

보고 들은 것은 허벌나게 많은디 더는 차마 입에 못 올리겠구만이라. 잘못했다고 싹싹 빌고 용서를 구해도 부족할 판에 뭣이 부끄러운지 즈그들이 헌 일도 숨기고 묵묵히 앉아만 있는 소녀상을 치우라고 야단법석을 떠는지 울화통이 터져불라고 헌당께라."

쌍둥이 형제가 여행객들과 주고받는 대화를 유심히 듣고 있던 한국인 노 신사가 점잖게 길동을 향해 입을 열었다.

"어찌 우리만의 아픔이겠습니까! 태평양 전쟁 때 징병, 징용으로 끌려간 뒤 돌아오지 않은 사람 중 유골도 못 찾은 사람이 많다고 하더라고요. 우리 큰아버지의 유골도 아직 찾지 못했습니다."

"언제 어디로 끌려가셨는데요?"

"이야기하자면 깁니다. 그러니까 1942년 부산항을 출발한 한국인 징용자 1,400명 중 한 사람이었답니다.

이역만리 적도가 통과하는 인도네시아까지 끌려가 일본 군무원으로 바타비아 감옥의 포로 감시원으로 있다가 일본이 패한 뒤 감감무소식이랍니다."

인도네시아란 말에 귀가 번뜩 뜨인 길동이 적극적인 답변을 했다.

"그러시군요. 제가 알기로는 군무원 중 일부는 은밀하게 고려독립청년단을 조직하여 연합군과 합세, 일본군에 저항하다가 투옥된 사람도 있답니다.

그때 끌려간 징용자 중 일부는 일본군 군무원으로 연합군 전쟁 포로를 감시하는 일을 하다가, 일본이 패전하면서 전범자로 몰렸죠. 그 수가 200여 명이나 되는데 인도네시아 바타비아 감옥과 싱가포르 창이 감옥에 분산 수용되었다고 하데요. 바타비아 감옥에는 61명이 수용되었는데 그중 4명은 처형당했다고 하더군요."

"끌려가 고생한 것도 억울한데 전범자로 몰리다니… 저도 자카르타에 있는 바타비아 역사박물관을 방문해 큰아버지의 흔적을 찾아보았지만 헛수고였습니다."

"혹시 모르지요. 양칠성 같은 인도네시아 독립 영웅의 묘가 또 발견될지 말입니다. 인도네시아의 독립 영웅으로 추앙받는 양칠성 장군도 포로 감시원이었어요. 그는 일본이 패전하자 현지인과 결혼해 인도네시아의 독립을 위해 싸우다가 관군에게 붙잡혀 총살형을 당했지요. 그의 시신은 독립 후 독립 영웅 묘지에 안장은 되었지만, 묘적비에 수십 년 동안 일본인으로 기록되어 있다가 1978년에야 한국인 징용자로 밝혀지게 되었답니다.”

길동은 과거에 부모님 모시고 바타비아 역사박물관을 다녀온 적이 있어 그때 보고 들었던 지식으로 다소 길게 설명했다.

그러자 그사람은 실낱같은 희망을 품은 듯 말했다.

“그렇다면 혹시 전범으로 체포될까 두려워 국적과 이름을 바꿔 숨어 살다가 돌아가셨는지도 모르겠네요.”

“생존의 관행은 언제 어디서나 있는 법입니다. 살기 위해 중국계 현지인 행세를 하다가 돌아가신 분도 있답니다. 희망을 잃지 마시고 여기저기 수소문해서 찾아보세요.

아무튼 현해탄 쪽만 바라보아도 눈물이 나고 야스쿠니 신사(靖國神社)란 말만 들어도 치가 떨립니다.”

길동의 말이 끝나기가 무섭게 그 사람이 맞장구쳤다.

“당연하죠. 불명예스럽게도 A급 전범이 있는 야스쿠니 신사에 합사 되어있는 영혼들은 얼마나 억울하겠어요. 두 나라 시민단체가 나서서 야스쿠니 합사 철회 소송까지 하며 눈물겨운 투쟁을 하고 있더군요.”

그들이 서로 가슴 아픈 이야기를 나누는 사이, 먼바다에서 불어오는 무심한 갯바람에 실려 온 바닷속 영혼들의 아우성이 귓전을 스치고 지나갔다.

길동과 금동은 하시마섬을 둘러보면서 조선인의 피와 땀에 젖은 석탄가루가 새까맣게 눌어붙은 강제 노역 현장을 두 눈으로 똑똑히 보았다.

오사카로 돌아오는 길에 쌍둥이 형제는 뱃머리에 올라 도도히 흘러가는 바닷물을 보면서 아버지와 함께 징용으로 끌려가 아직도 고국으로 돌아오지 못한 친구 대발이 큰아버지와 수많은 희생자 영혼 앞에 묵념했다.

**

오사카 시내에 있는 숙소로 돌아온 그들은 시원한 맥주로 목을 축인 뒤 그동안의 여행을 정리하는 시간을 가졌다.

"금동아, 요즘 들어 일본 정부의 우경화 행보가 심하지 않나? 일본이 종군 위안부 동원이나 강제 노역 동원 사실을 토대로 과거사를

오사카 앞바다

말끔히 정리하고 새 출발을 한다면 얼마나 좋을까!"

길동이가 두 눈을 지그시 감고 경색된 양국 관계가 걱정되는지, 긴 한숨을 내쉬고는 울분을 털어놓았다.

"글쎄 말이야. 미래 지향적 협력 관계를 위해 과거 잘못을 화끈하게 인정할 것은 인정하고 우리와 이웃사촌처럼 친밀하게 지내면 좋겠다."

"그러면 아버지의 한도 풀릴 텐데. 아버지가 살아 계실 때 강제 노역 피해자들의 손해배상청구소송에 참여한다고 했는데, 배상금은커녕 결과도 못 보고 눈을 감았으니 얼마나 억울했을까!"

"비록 아버지는 돌아가셨지만, 한 분이라도 더 살아 계실 때 하루빨리 매듭을 지어 살아있는 사람들을 위해서라도 빨리 해결되었으면 좋겠다."

"금동아, 우리 속담에 '제 버릇 개 못 준다.'는 말이 있지. 그동안 일본 정부가 한국 대법원의 강제징용 판결을 부정하며 사과는커녕 경제 보복을 하고 있으니, 아버지가 또 실망하겠구나."

쌍둥이의 대화가 결론에 다가서는 듯하더니 길동이가 아버지 걱정을 하는 바람에 다시 열기를 뿜기 시작했다.

"실망스러운 것이 그것뿐이냐! 요즘 들어 일본 정부 태도를 봐라. 헌법 해석을 변경하여 집단 자위권 행사를 용인하면서 명목상으로는 침략이 아닌 방어를 위한 자위대의 군사력 증강이다지만, 과거의 침략 근성이 되살아날까 두렵다."

아야코를 동정하며 가급적 비난을 자제했던 금동이 최근 일본 정부의 태도를 지적하면서 대화가 격화되었다.

"다른 것은 몰라도 우리 어민이 살고 있고 우리 경비대가 지키고 있는 우리 땅 독도에 대해 영유권을 주장하는 것을 봐라. 이젠 일본 정부가 방위 백서는 물론이고 초등학교, 중등학교 교과서에서도 독도 영유권을 명기하며 의도적으로 영토 분쟁을 야기하려는 속셈이 보이지 않냐?"

길동이 맞장구치며 민감한 독도 문제를 꺼냈다. 독도 사랑이 남달랐던 그가 참다못해 언급하는 듯했다.

"아니면 말고 식이겠지. 대마도가 한국 땅이라고 주장한들 우리 땅이 되겠냐? 허공에 메아리일 뿐이지."

"역사적으로나, 지리적 구조로 보나, 실효적 지배로 보나, 국제법상으로도 우리 영토인 독도를 자기네 땅이라고 우기는 것을 보니 등골이 오싹해지더라."

독도 문제에 대해서는 길동과 금동은 쌍둥이답게 의기투합하여 목청 높여 성토했다.

"길동아, 그런데 돌아가신 엄마를 봐라. 암세포를 초기에 발견하고 곧장 수술해서 문제없다고 방심하는 사이, 암세포가 다른 데로 전이되어 말기 암이 되었잖아."

"금동아, 암은 초기에 뿌리를 뽑아야지 아차 하는 순간에 다른 데로 전이되거나 퍼진다."

"언제 어떻게 돌변할지 모르니까 역사적 교훈을 명심하여 철저히 경계하고 대비해야 할 거야."

"맞는 말이다. 역사가 말해주듯이 거짓과 불의는 절대 진실과 정의를 이기지 못한다. 그리고 **역사를 잊은 민족에게 미래는 없다**고 하더라. 다시는 치욕적인 역사가 반복되지 않도록 우리도 국력을 키워야만 해."

그들은 부모님 세대가 겪은 과거 역사적 교훈을 되새기며 뭐니 뭐니 해도 부국강병이 우선되어야 한다고 한목소리로 주장했다.

밤이 깊어 가면서 쌍둥이의 대화 분위기가 정점을 지나 다소 누그러지는 것 같았다. 길동이가 서서히 매듭을 짓기 시작했다.

"하지만 아버지가 늘 '일본 사람 중에는 좋은 사람이 더 많다.'고 하며 한일 관계 개선에 대한 희망을 버리지 않았듯이, 지나친 과거 집착보다는 미래 지향적 관계 정상화를 모색했으면 좋겠다."

"물론이지. 과거 양국 관계 개선에 크게 기여했던 김대중-오부치 선언에 담긴 평화 · 협력의 정신을 살려 나가는 노력이 필요해."

"맞아, 그 선언 정신을 바탕으로 타협과 양보를 통해 슬기롭게 풀어가야 할 거야. 일본의 진솔하고 성의있는 태도를 기대해보자."

"아버지가 두 번 다시 일본 땅을 밟지는 않았지만, 선량한 대다수 일본인의 양심에 기대를 걸고 양국 관계 개선에 대한 희망을 버리지 않았듯이 우리도 희망을 품고 기다려 보자."

길동과 금동은 일본의 우경화 망상을 경계하면서도 아야코 상과 같이 올바른 양심을 가진 많은 일본인을 믿고 양국 관계 정상화에 대한 기대 섞인 염원을 하고 있었다.

"길동아, 하늘나라에 계신 아버지와 아야코 상의 천상 해후를 위해서도 경색된 양국 관계가 하루속히 풀렸으면 좋겠다."

"당연하지, 아버지는 진실 앞에서 용서를 구했던 그분을 진즉 포용했으리라 믿어. 천국에서라도 아버지 가슴속에 묻어둔 인연의 수수께끼가 말끔히 풀려야 할 텐데…."

잠시 숨을 고른 뒤 금동이가 아야코 상의 애정관에 대해 동정 어린 평가를 했다.

"아야코 상은 순수하고 조건 없는 사랑의 비탈길에서 험난한 가시밭길을 스스로 헤쳐 나가며 자신에게 강인한 면모를 보여주었던 거야.

첫사랑을 평생 그리워하면서도 상처받지 않았던 것처럼 사랑했고, 눈물이 사랑의 씨앗이라 여기며 소중히 간직해 왔어.

평생 가슴속에 담아두고 있었던 딸의 존재를 알리려 먼 길을 왔건만, 아무런 말도 못 하고 발길을 돌렸던 그 마음이 얼마나 아팠을까?"

"금동아, 그래서 그분이 아버지 돌아가신 그 이듬해 아버지를 뒤따라가셨나 봐."

"그렇지. 그게 바로 숙명적인 인연 아닐까?"

"어찌 보면 두 분간의 반세기 만의 세 번째 만남이 빗나갔기에 두 사람 사이의 인연이 더 끈끈하고 멋지게 느껴지는 것 같아, 오히려 못 만난 것이 다행인지도 모르지."

"길동아, 그것은 지나친 감상적 비약이야. 50여 년간의 사무친 기다림의 아라리를 생각하면 꼭 만났어야 완성미가 돋보였을 텐데…."

"피천득의 '인연'을 보면 '현명한 사람은 옷깃만 스쳐도 인연을 살려낸다.'는 말이 있더라. 기필코 천상에서 다시 만나게 될 거야."

길동의 말에 금동이 동의하듯 고개를 주억거렸다.

쌍둥이 형제는 대길과 아야코의 만남에 걸림돌이 되었던 양국 간의 관계 개선에 기대를 걸면서 천상에서 두 사람의 세 번째 만남이 꼭 이루어지길 마음속으로 기도했다.

첫사랑 아라리를 앓아 보지 않고 감히 사랑을 논할 수 있을까?
있다면 정녕 그것은 사랑에 대한 오만이요 모독일지도 모른다.

제7장 저 하늘에도 아리랑이

장성호에서 바라본 백암산과 입암산성

1

대길과 순애, 아야코는 첫사랑에 대해 말할 자격이 있었다. 그들의 가슴속에 묻어둔 사랑은 마침내 천상에서 정당성과 영원성을 확보하고 완성될지 궁금하다.

과연 대길과 아야코의 천상 해후(邂逅)가 이루어지고 저 하늘에서도 아리랑 노래가 울려 퍼지게 될까?

이듬해 한식날, 쌍둥이 형제는 벌초하러 축령산 기슭에 있는 부모님 산소를 찾았다. 예초기 소리가 산골의 정적을 가르고 떠나자 두 개의 봉우리가 마치 엄마의 젖가슴 같았다. 그들은 정중히 술 두 잔을 올리고 엎드려 큰절했다.

길동과 금동은 어머니 품에 안긴 듯 묘에 볼을 비비며 어릴 적 자장가 같았던 엄마의 심장 박동 소리를 들으려 숨을 죽이고 있었다. 인내를 가지고 마음의 눈이 열리기를 기다리던 그들이 세상의 무관심에 마음을 여는 순간 섬광이 번뜩였다.

이윽고 천국의 문이 열리고 대궐 같은 집이 나타나더니 대문이 삐거덕 열렸다. 대문에는 '순애와 대길'이라 새겨진 문 표가 덩그러니 붙어 있었다.

쌍둥이가 방문을 열고 들어가 어머니 아버지를 얼싸안아 보려고 몸부림쳤지만 허사였다. 포기하고 돌아서는 순간, 어머니의 목소리가 들렸다.

"아가, 지난 세월을 탓하거나 집착하지도 마라. 때로는 알면서도 모르는 체 망각의 의지를 키워야 한다. 인생은 드라마라고 하지 않더냐?"

"예, 엄마!"라고 길동이가 대답하자, 잠시 머뭇거리던 어머니가 속에 있는 말을 끄집어냈다.

"내가 떠나오기 전에 강물에 뿌려주라고 하면서 밥그릇 걱정까지 해서 느그들 마음을 상하게 했던 것 같구나. 그때 내가 한 말은 내가 그 자리를 양보하면 아버지 곁에 나에게 이름표를 달아주고 떠난 큰엄마를 모실 수 있지 않을까 해서 한 말이야."

"엄마, 걱정하지 마세요. 다 함께 모실게요."

이말의 의미가 궁금헸던 금동이가 얼른 답변했다.

"그리고 느그 아버지가 그토록 오랜 세월 동안 가슴속에 품어 왔던 옥상도 만나 회포를 풀고, 나도 모르게 만리장성을 쌓았던 몰래 한 사랑도 저승에서 만날 수 있도록 아버지에게 자유를 드리고 싶었다. 물론 나도 가슴속에 품은 아리랑 보따리를 모두 풀어버리고 가벼운 마음으로 천상의 세계를 자유롭게 떠돌고 싶구나."

그 순간 길동의 뇌리에는 번개가 쳤고 천둥소리가 요란했다.

"어머니! 그 깊은 마음을 미처 헤아리지 못한 아들을 용서해 주세요. 저는 엄마가 평생 이골이 나도록 오르내렸던 고갯길 때문에 아버지를 원망하는 줄로만 알았어요. 이젠 평전 고갯길은 낯익은 정든 고향길이겠죠.

저희는 격동기 비극의 역사에 몸서리쳤던 아버지와 어머니 삶의 상처를 어루만지며 아직도 흐르는 진물을 닦아내고 있습니다. 사실, 저희는 그동안 엄마의 잃어버린 이름표를 가슴속에 달고 있었어요.

그리고 부탁이 있어요. 이젠 천국에서 자식들을 위해 묻어두었던 이름표를 달고 어머니 가슴에 멍울을 심어 놓고 떠나버린 첫사랑도 찾아보세요."

길동의 말이 끝나마자 어느새 어머니는 사라지고 없었다. 가슴 벅찬 감동에 무릎을 꿇은 채 넋을 잃고 멍하니 묘지만 쳐다보고 있던 쌍둥이의 눈에서는 진한 눈물이 멈출 줄 모르고 흘러내렸다.

금동이가 술 한 잔을 정중히 따라 올리자, 아버지가 반갑게 맞이했다.

"어서 오너라. 내가 오랜만에 세상 나들이를 한 것 같구나. 이곳에 오니 근심 걱정 하나 없고 엄마와 함께 편안하게 잘 있다."

금동은 두 손 합장하고 엎드려 지난 세월을 반성하며 아버지의 영생 안락을 빌었다.

"아버지! 일제 강점기의 설움과 압박을 딛고 격동의 세월을 견디며 지구촌 시대에 이르기까지, 아리랑 노래를 부르며 희망을 잃지 않고 험난한 고개를 넘어왔던 삶의 지혜에 다시금 고개를 숙입니다.

지난 100년 역사의 소용돌이 속에서 그 시대가 안겨준 아물지 않은 상처와 그 흔적은 운명이었습니다. 격동의 시대가 맺어준 인연은 어쩌면 숙명이었습니다.

아버지! 강제 노역의 아픔을 이겨낼 힘과 용기를 주었던 아야코 상과의 만남이 어찌 묘한 인연이란 말입니까? 사랑이 있었기에 생명도 있었습니다. 우리 집까지 찾아와 모든 일본 사람을 대신해서 사과했던 아야코 상을 넓은 가슴으로 품어주세요.

그리고 이름 없는 묘지의 주인공도 만나시고요. 부디 천국에서는 이승에서 인연을 맺었던 분들을 다시 만나서 못다 한 사랑 나누세요."

"금동아, 이젠 너도 늦장가 가더니 속 많이 차렸구나! 내 걱정하지 말고 니가 평생 못 잊어 했던 첫사랑 연화와 못다 한 사랑 원 없이 나누고 잘 살아라. 그리고 화난다고 집 나가지 말고 성질 좀 죽여라."

아버지는 다시 금동이 옆에 엎드려 눈물을 흘리고 있는 길동을 바라보았다.

"길동아 어서 고개를 들어라."

"아버지! 거짓말을 했던 자식들을 용서하세요. 효도랍시고 먼저 가신 엄마의 죽음을 쉬쉬하며 알리지 않았던 사실은 잘못된 효도였습니다. 평생을 함께한 어머니의 떠나는 모습을 보여드리지 못해 죄송합니다. 황룡강을 건너 축령산 자락으로 가던 장의차가 아버지 계신 요양병원을 지날 때 가슴이 미어질 것만 같았습니다. 그때 아버지 모시고 함께 통곡하며 떠나보냈더라면 하는 후회와 죄책감마저 듭니다."

"그래, 너의 마음 잘 알고 있다. 거짓말이 진실이기를 바라고 믿었던 내 마음도 괴로웠다. 엄마의 죽음 그 자체만으로도 슬픈데 이를 숨기거나 알면서 모르는 체하는 것도 정말 슬픈 일이었다. 느그나 나나 슬플 때 슬픔을 소리 내어 슬퍼하지 못했기 때문에 더 슬펐는지도 몰라.

길동아! 이젠 눈물을 거두어라."

대길은 자식들의 마음에 감동한 듯 피식 웃으며 구름에 달 가듯이 가고 없었다.

2

그해 설 연휴를 기해 쌍둥이 형제는 고향을 찾았다. KTX 열차를 타고 장성역에서 내려 시장통을 지나 어릴 적 이른 새벽부터 오르내렸던 평전 고갯길로 향했다.

이날따라 함박눈이 소복이 내려서 온 세상을 하얗게 바꾸어 놓았다. 그들의 발걸음은 신이 났다. 어릴 때 눈썰매 탔던 그 고갯길이 그리웠기 때문이었다. 그런데 가도 가도 아스팔트 길 위에 자동차 바퀴 자국뿐이다. 마을 전체가 공원으로 바뀌어 고갯길도 없고 뛰어 노는 아이들도 없었다.

그들은 공원을 한 바퀴 돌아 내려다보이는 기차역을 보면서 꿈을 가득 담은 보따리 하나 둘러메고 서울로 떠났던 지난날의 추억에 젖어 들었다.

공원 잔디밭에도 흰 눈이 소복이 쌓여 있었다. 대를 이어 첫사랑 추억이 아롱진 정자나무가 고고한 자태를 드러냈다. 긴긴 세월 동안 얼마나 많은 사람들에게 그늘을 만들어서 품어 주었을까! 추억의 그림자들이 어른거렸다. 정자나무 밑 벤치에 두 명의 눈사람이 앉아 누굴 기다리는 듯했다. 하얀 눈사람이 쌍둥이를 보더니 일어서서 흰 눈 위에 그림자만 드리우며 잔디밭으로 다가오고 있었다.

마치 신기루 같았다.

공원 잔디밭에 들어서자, 홀로 아리랑 노랫소리가 듀엣으로 은은하게 울려 퍼졌다. 어디선가 많이 들었던 귀에 익은 목소리다.

저 멀리 동해바다 외로운 섬

오늘도 거센 바람 불어오겠지

조그만 얼굴로 바람맞으니
독도야 간밤에 잘 잤느냐?
아리랑 아리랑 홀로 아리랑
아리랑 고개를 넘어가 보자
가다가 힘들면 쉬어 가더라도
손잡고 가보자 같이 가보자

노랫소리가 멈추자, 그림자와 발자국은 온데간데없고 두루마리에 말린 장문의 편지가 하얀 눈 위에 서서히 펼쳐진다.

보고 싶은 자식들에게!
　우리가 아리랑 고개를 넘어 천계의 기운을 받아 구름 풍선을 타고 천국의 문지방을 넘은 지도 벌써 수년이 지났구나.
　우리의 영생 안락은 자식들 모두의 염려 덕택이라 생각헌다. 무엇보다도 평생 내 마음을 짓눌러왔던 느그 어매의 잃어버린 이름표를 찾아주어 고맙구나. 우리의 굴절된 삶의 진실을 변명하는 느그들 목소리를 영원히 기억할란다.
　느그도 잘 알다시피 나와 느그 어매는 격동기를 지나며 굽이치는 역사의 소용돌이를 헤치며 복잡하게 얽힌 인연의 매듭을 풀어가면서 생존을 위한 몸부림을 쳐야만 했다. 모든 것이 피할 수 없는 우리의 운명이려니 하면서 말야. 그것은 분명히 그 시대를 살아온 우리에게 역사가 안겨준 값진 선물이었다.
　누구나 인생을 살아가면서 수많은 인연을 만나지 않겠냐? 살다 보면 인연은 얽히고설키게 된다. 이 애비처럼 말이야. 인연은 소중한 것이다. 인내를 가지고 조심스레 풀고 소중하게 간직해야 한다.
　옛말에 사람하고 그릇은 있으면 있는 대로 다 쓰인다고 하더라.

귀여운 내 새끼들아! 엄마다!

우리를 잊지 못하는 느그들 마음이 정말 고맙다. 느그 소원대로 아버지를 다시 만나 내 이름표를 달고 은하수의 축복을 받으며 멋진 결혼식도 올렸다.

우리의 천상 결혼식장에 전생에서 인연을 맺었던 많은 사람이 찾아와 축복을 빌어주더라. 하객 가운데 이름표만 남기고 일찌감치 떠나버린 큰 엄마도 오셨고, 아버지가 옥상이라고 불렀던 소노다 아야코 상도 오셨다. 그리고 느그 아버지가 몰래 한 사랑 나애실 씨도 오셨더구나. 아직도 아버지 주위를 맴돌며 혼자 외롭게 지내고 있더라. 명절 때나 제사 때 내 옆에 밥이라도 한 그릇 더 담아 놓아라. 근디 분이 고모는 아직도 분을 못 삭이고 우주를 떠돌고 있는지 오지 않았다. 아버지도 가슴 아파한다.

그리고 내 가슴에 멍울을 심어 놓고 떠난 첫사랑도 만나보았다. 행방불명되어 애만 태우더니 일찌감치 이곳에 와 터를 잡고 잘 살고 있더구나. 6.25전쟁 때 인민군에게 무참히 학살당했던 아랫마을 예쁜이를 만나서 말이야. 연분이란 따로 있는 것 같다. 내가 염려한 대로 그 사람은 빨갱이들한테 잡혀 지리산까지 끌려다니다 빨치산 토벌 시 떼죽음을 당했던 갑이더라. 그 사람도 소용돌이쳤던 역사의 피해자였던 거야. 이제야 가슴속 응어리가 모조리 풀리는 것 같구나.

너희도 이미 눈치를 챘겠지만, 니 아버지가 그토록 못 잊어 했던 옥상 말이야. 그 양반 마음은 정말로 순수하고 꽃처럼 고와서 이 에미를 감동하게 허더라.

즈그 나라가 저지른 과거 잘못을 솔직하게 인정하고 사죄했던 분이야. 느그 아버지와 내가 옥상을 따뜻하게 맞이하기로 했다.

느그 아버지는 이승에서는 격동기의 심술 때문에 인연의 실타래가 꼬여 마음고생이 심했지만, 슬기롭게 헤쳐 나왔던 거야.

아버지가 격동기 인연을 맺고 사랑을 나누었던 모든 분에게는 엄마라 불러도 좋다. 알고 보니 모두 불가피한 인연이었다.

오늘은 아야코 옥상의 집에서 파티가 있는 날이다.

소심한 느그 애비의 알량한 자존심과 이별의 예감 때문에 빗나갔던 옥상과의 해후(邂逅)가 이루어지게 되어 내 마음이 더 홀가분하구나. 오늘 나는 무대 아래 객석에서 주연 배우들의 천상 해후에 축복의 박수를 보낼란다. 그리고 마지막엔 우리 모두 손에 손잡고 아리랑 노래를 부르기로 했다.

사랑하는 아그들아! 아버지다!

역사의 소용돌이에 허우적거렸던 우리의 삶의 무대는 대단원의 막이 내렸다. 압박과 설움의 일제 강점기를 지나 비극적인 6.25 전쟁을 거쳐 최루탄과 물 대포가 난무했던 민주화 운동을 체험하면서 시련을 견디며 험난한 아리랑 고개를 넘었다.

모든 게 지난 일이다. 과거는 미래를 위한 디딤돌일 뿐 집착의 대상이 아니야. 하지만 밝은 미래를 위해서는 과거에 대한 사죄와 반성, 타협과 양보, 그리고 용서의 징검다리를 조심스레 건너가야 하지 않겠냐?

한일 관계도 마찬가지이겠지, 양국 간의 현안들이 하루빨리 매듭이 풀려 두 나라가 함께 손잡고 미래를 향해 나아가면 좋겠구나.

두 나라 사이의 앙금이 가시고 매듭이 풀리는 날, 엄마와 아야코 옥상과 함께 평전 고갯길을 넘어 인연의 언덕에 들렀다가 오사카 여행을 하기로 했다.

나도 여태껏 한 번도 보지 못한 기모노 차림의 인형의 주인도 하루빨리 만나고 싶구나. 비록 늦었지만, 변명 아닌 변명도 하고 옥상과 함께 용서를 구하고 싶다.

지상에서도 모든 게 잘 풀리도록 아야코와 함께 기도하기로 했다.

아그들아, 꼭 당부하고 싶은 말이 있다.

이제는 미래의 꿈과 희망을 향해 또 다른 아리랑 고개를 넘으며 아라리를 앓아야 한다. 요즈음 지천(地天)에서 일어나는 급격한 변화의 파고는 격동기 우리가 넘었던 아리랑 고개 못지않은 것 같구나.

인공지능을 가진 로버트가 인간을 대체하는 무한 경쟁 시대, 약육강식의 국제적 생태계, 인간과 바이러스와 죽고 죽이는 전쟁의 반복 등 격변하는 세상 속에서 느그들이 살아남으려면 비탈진 아리랑 고개를 넘고 또 넘어야 할 거야. 가다가 힘이 들면 쉬어 가는 한이 있더라도 절대 포기하면 안 된다. 숨이 차고 고통스럽더라도 참고 견디면 이 또한 지나가더라.

"예, 말이요, 쌍둥이 아버지! 언릉 서둘러야 쓰겠소야."

"벌써 출발할 시간인가! 아그들 보고 있응께 시간 가는 줄 모르겠네. 그려."

아그들아, 엄마가 빨리 가자고 독촉해싼다. 아야코 오까상이 마련한 천상 재회(天上 再會) 파티에 늦지 않게 가려면 후딱 준비해야겠다. 나도 아야코 옥상을 만나려면 좀 더 젊게 차려입고 구두도 번쩍번쩍 닦아야 하니까, 서둘러 올라가 봐야 쓰겠다.

워메, 그새 눈이 몽땅 쌓여 부렀다. 어서들 들어가거라. 평전 지나서 집에 갈 때 서낭동 깔크막 조심해라. 미끄러지면 큰일 난다.

안녕!

천국에서 엄마와 아버지로부터

아리랑 정신과 삶의 의미

〈장성 아리랑 바랑〉은 e-book 으로만 출간했던 〈못다 푼 아리랑〉의 궁금증을 모두 풀어낸 완결판이다.

작가는 대하소설 형식으로 많은 원고를 썼다가 편집위원들의 요청으로 지우고 털어내고 등장인물을 간소화하여 마침내 전지적 작가 시점으로 다시 써서 한 권의 책에 담았다. 백 년의 삶의 역사를 단 한 권의 책에 담아내기는 쉬운 일이 아니다.

'장성 아리랑 바랑'은 일제 강점기와 6.25전쟁, 5 · 18 광주 민주화운동 등 거대한 역사의 회오리로 인해 인생행로가 송두리째 바뀌어 버린 주인공들의 삶을 해부하여 아리랑 DNA를 여과 없이 보여줌과 동시에 역사적 진실을 토대로 반성은 물론, 용서와 화해를 통해 더 나은 미래를 위한 해법과 방향을 제시하고 염원한다.

특히 작가는 이 책을 통해 우리 민족의 삶의 원동력인 아리랑 정신과 그들이 겪었던 삶의 의미를 강조하고 있다.

이 소설은 전라남도 장성을 배경으로 일제강점기 이후 고난의 세월을 가로질러 억센 삶을 살다 가신 분들의 파란만장한 인생

역정을 되돌아보며, 그윽한 삶의 향기를 전달해 주고, 삶의 소리를 들려주며, 삶의 의미를 느끼게 한다.

이 책의 주인공들은 진정한 삶의 의미가 무엇인지를 말이 아닌 삶 그 자체로 보여주었다. 그들은 삶의 의미를 행복이라는 결과적 만족보다는 살아가는 과정의 고뇌에 더 큰 비중을 두었고, 평생 무거운 바랑을 메고 결연한 의지를 보여주는 것으로 그 의미를 대신했다.

작가는 고통과 슬픔을 견뎌내며 복잡한 삶의 방정식을 풀어낸 주인공들의 억새 같은 삶의 원동력을 아리랑 정신에서 찾고 있다.

대길과 순애, 아야코는 일제 강점기를 거쳐 격동의 세월을 견디며 지구촌 시대에 이르기까지 아리랑 노래를 부르며 희망을 잃지 않고 험난한 고개를 넘었다. 그들의 가슴에는 시대가 안겨준 아물지 않은 인연의 상처가 남아 있었다.

그들의 삶을 들여다보면 격동의 시대가 맺어준 인연의 향기가 진하게 풍긴다.

그들은 일제 강점기와 6.25전쟁의 소용돌이 속에서 시련의 파도를 헤쳐 가며 주어진 환경을 운명으로 받아들였다.

그 과정에서 얽히고설킨 인연의 끈끈함과 사랑의 아라리가 삶에 의미를 더해 주었다.

격동기 비극의 역사에 몸서리쳤던 그들 삶의 상처에도 진물이 흘렀지만, 그들은 참고 견디며 무거운 비밀 보따리를 평생 가슴속에 품고 살면서 모두의 행복을 위해 침묵해 왔다.

작가는 "그들에게 아리랑은 삶의 애환이며, 사랑이자, 희망이었다. 그들 삶의 원동력이 곧, 유구한 역사 속에서 다져진 아리랑 정신이다.

그것은 은근과 끈기, 사랑과 열정, 흥과 한, 용서와 포용, 꿈과 끼, 정의와 극복의 유전자가 담긴 혼이요 뿌리다."라고 했다.

강제 노역의 아픔 속에서도 사랑을 게을리하지 않았던 대길에 얽힌 인연의 수수께끼는 주인공들이 하늘나라로 간 뒤 쌍둥이 형제의 가족애로 못다 푼 아리랑의 상흔이 치유되고 바랑 속의 궁금증이 모두 풀리게 된다.

인연이 남긴 사랑의 씨앗은 눈물의 싹을 틔워 그리움과 응어리를 남겼다.

그 과정에서 알게 된 천금 같은 교훈 하나가 있었다. 한일 양국 간의 과거사 문제에 대한 인식 차이와 과거사 청산에 부정적인 일본의 태도와 전전(戰前) 보통 국가로 회귀하려는 우경화 행보가 대길과 아야코의 세 번째 만남에 걸림돌이 되었다는 사실이다.

하지만 작가는 "일본 사람 중에 좋은 사람이 더 많다."는 대길의 말을 중시하고 미래지향적인 한일 관계 개선을 염원한다.

대길과 아야코는 못다 푼 아리랑 바랑을 메고 못다 한 사랑을 위하여 양국 간의 원만한 관계 발전을 위한 염원을 간직한 채 하늘나라로 떠났다.

결국, 대길과 순애, 아야코에게는 힘겹게 오르내렸던 고갯길도 삶의 언덕도 굴레가 아니었다.

인연이 뭣인지? 사랑이 뭐길래?

그들 삶의 저변에 늘 그림자처럼 따라다녔던 보이지 않는 굴레는 바로 아리랑 바랑이었다.

저 하늘에도 아리랑 아라리가 있을까?

대길과 순애 그리고 아야코, 쌍둥이 형제의 염원이자 우리 모두의 염원이 해결되는 순간 저 하늘에서도 우렁찬 아리랑 합창이 울려 퍼질 것이다.

편집위원 일동 -끝-